文春文庫

正直申し上げて

能町みね子

文藝春秋

正直申し上げて　目次

文と絵　能町みね子
カバーイラスト　冬野梅子
デザイン　鶴丈二
DTP　エヴリ・シンク

正直申し上げて

正直申し上げて　まえがき

　こちらは週刊文春でずいぶん長いこと書かせていただいてます、「言葉尻とらえ隊」という連載を文庫化したものでございます。もともとは流行り言葉や芸能人・有名人の発言の言葉尻を釣り上げてなにやら褒めたり貶したりするという連載だったんですが、なにせ週刊誌なので、どんどん時事コラムっぽくなっていって、今に至ります。連載も長くなりまして、文庫化ももう第5弾となりました。

　今作は２０２１年10月から24年4月まで、岸田内閣ができたあたりから、能登半島地震復興支援・勧進大相撲が行われたあたりまでのコラムということになります（はて、後世、こんな基準で時代をイメージできるでしょうか。ちなみに朝ドラ『虎に翼』で、「はて？」も流行ってます）。ちょうどこの間に、コロナ禍が一応終息したような空気感にもなっております。さらには安倍元首相の暗殺という大事件もありました。

　読み返してみると、ツイッターがイーロン・マスクの横暴で「X」に変わってその性質まで変わっちゃった時代でもあります。私はネットでの言葉、とりわけツイッターの言葉を拾うことが多いものですから、これはなかなか重大な変化でした。ネット世論は「世論」なんて呼べないほどに劣化したものも多く、やはり炎上ネタが多いですね。ガーシーなる時代の徒花（と呼んでいいのか？）も登場した時代です。

ついでにいえば、ジャニーズ・宝塚・松本人志と、巨大なスキャンダルがバンバン出た時代でもありました。って、これは3発とも元はと言えば週刊文春発信のスクープなんだっけ。それでも私の性で、たまには自分が連載している週刊文春を貶したり（たまには褒めたり）もしております。ほかのメディアに対しても、正直申し上げさせていただいてます。

しかしこのタイトル「正直申し上げて」は、私の思いを表したものではございません。あるしょうもない政治家の、全然正直申し上げていない発言から取っております。そのへんは本編からお楽しみください。

すごく時間がかかることだと思います

中山愛理

8月15日、「純烈」リーダー・酒井一圭プロデュースによる戦隊ヒーローのイベントが和歌山で開催されました。彼はかつて「百獣戦隊ガオレンジャー」に出演していたのです。

しかし、彼がイベント後にツイッターに一部アップしたショーの動画は、コミカルな戦闘の場面で「あれ何？」といって酒井本人がガオホワイト（女性隊員）を振り向かせ、その隙に尻を触り、第三者からツッコまれるというシーン。

こんなの当然、炎上します。台本通りなんでしょうが、今どき痴漢行為をイタズラ程度のものとして見せるなんて。

セクハラコントを今どき子供向けのショーでやっていることはもちろん、このシーンをいちばんの見せ所のように自らアップし、そこに「#ガオホワイトの尻」とハッシュタグまでつけるリーダー酒井の意識の低さにはびっくりです。さらに驚くのは、純烈

2019年、
酒井一圭は重大発表をした……
本日より純烈ファンの通称を
女性は「純子」男性は「烈男」
どちらでもない中性の方を
「レア烈」とします!!
「レア烈」は配慮というより
イジリに聞こえてしまうんだが……
なんだかなあ。
（それまでは自然発生的に
「純友」「烈友」だったらしい。そのほうがいい）

ファンはこれをおおむね笑顔で受け入れ、1か月以上さほど問題視されなかったということ。

動画に寄せられたコメントを見ると、主にプロフィールや文体から高齢女性と思われる純烈ファンたちは、特に眉をひそめていない。大量に絵文字を入れながら「お尻触っちゃダメダメ」「リーダー♡らしい演出」など面白がる感想が並びます。銭湯のドサ回りという古めかしい戦略をあえてとってきた純烈も、そのファン層も、こういう意識まで古めかしいんだな。ある意味納得だけど……。

中には、「ウメコの生脚もお忘れなく～」と書いている、「おばちゃん」を自称する純烈ファンもいます。これは同シリーズ「特捜戦隊デカレンジャー」で、女性隊員・ウメコの入浴シーンが恒例だったことを指しているようです。

演じた菊地美香は、ブログで「塚田さんも監督もオーディションで（入浴シーンがあると）言わなかった？って言うけれど、聞いてなかったです。笑／当時19歳だった私はちょっと戸惑ったけれど、せっかくやるなら楽しまなくちゃ！」と書いてるけどさ……。強要に近いよ、これ。

今回の件が大きく広まったのは、ヒーローショーを行う劇場「シアターGロッソ」でかつて進行を務めていた中山愛理による9月21日のツイートがきっかけでした。彼女はかつてGロッソで、尻を揉まれる、胸を触られるなどのセクハラ被害を受けたことを告発し、制作側である東映の関係者が処分されたことがあります。今回はその件を踏まえ、「やめて下さい、不快ですって先輩や上司にきちんと言えるようになるといいな。すごく時間がかかることだと思います」と書いています。

東映の戦隊モノって、子供向けだからこそジェンダー表現には多少は慎重なのかと思ってたけど、むしろ幼年男子に古めかしい意識をガッツリ植え付けているようだし、純烈ファンの世代はセクハラをおふざけとして受容する人がいまだに多い。こんなことが強烈に分かる今回の事件、「すごく時間がかかる」と出演者が実感するのも納得です。

ただ、この風潮を批判しはじめた人には圧倒的に戦隊モノのファンが多いようなので、そこは救いと言えば救いなのかな。

2021／10／7

幸せになっちゃいけない

マツコ・デラックス

私は最近、他人の結婚を極力祝わないようにしています。結婚は果たしてどんなときでも「おめでたい」のか、ずっと疑問なのです。追い求めていた夢が叶った、あるいは切望していた地位や名誉や物が手に入った、そういったことは「おめでとう」でしょうが、結婚となれば何を置いてもまず「おめでとう」となる風習には抵抗があります。

まして、結婚している状態を無条件で「幸せ」と表現することには全力で抵抗しています。幸せの価値観は人によって当然違うし、〈結婚＝幸せ〉という刷り込みは人を不幸にします。結婚していない人は何を手に入れても「とはいえ、幸せではない」になりかねないし、不満を言う既婚者は「でも幸せなんだからいいじゃない」に押し込められてしまう。

で、今回は、夏目三久の引退で「解散スペシャル」となった「マツコ&有吉　怒り新党」の話です。

芸能人の結婚がニコニコ見られるようになった代償(?)として、意地悪な目が集中したのが小室圭さんである
長髪!!
態度悪!!
いや、私は長髪いいと思うよ!
(↑そういう問題じゃないけど)
パーマかけるとか
もっとなでつけてまとめるとか
どうかな…

芸能人同士の結婚って、昔はもう少し意地悪く見られていたと思う。ファンからの嫉妬や落胆、結婚式が豪華か質素か、結婚生活が続く・続かない、子供ができたのできてないの、そういうゲスな感情を「おめでとう」の言葉にむりやり包んで提供されるものだったはず。しかし、最近はそれがだいぶ浄化され、ファンも笑顔で祝いましょうね、祝えないなんて性格悪いですね、と思われるようになった気がします。

そんなわけでこの番組は、世間でも非常に好意的に見られている有吉・夏目の結婚を、そのままの雰囲気で伝えていました。マツコ・デラックスの結婚の捉え方はさすがで、番組内では一貫して結婚を「愛」のような視点から語らず、共同生活によって自分を律することができる、結婚は一つの箍《たが》になる、という点でうらやましがっていて、その見方は私にとっても非常にしっくりくるものでした。

しかしマツコが、地下から這い上がってきた自分と有吉の境遇を重ね合わせ、この結婚を「私みたいにずっとケンカ売りつづけなきゃいけない人間もいていいけど、（有吉は）天下を取り、綺麗な女房をもらい、幸せになることへの恐怖みたいなものを和らげてくれた」と評価したことは結局引っかかっちゃったんだよな。

「幸せになっちゃいけないんだ、みたいなね、あるじゃないそういうの」「身近な人が堂々とそれをやっても、有吉弘行という人の価値を落とすことなく幸福になったっていうのは望みですよ私の」と、マツコはずっと〈結婚＝幸せ〉の観点で語る。

ネット記事によればこの言葉は「痛いほど刺さる」「最高級の祝辞」と絶賛されてるそうなんですけど、私は残念なんですよ。

結婚成功→幸せ！じゃなくて、大事なのは結婚したあとじゃないんですか⁉　結婚しなくても幸せはありえるんじゃないんですか⁉　「結婚こそ幸せ」という固定観念を捨てれば、「幸せになっちゃいけない」なんて思うこともないんじゃないですか。「結婚しない＝不幸」の刷り込みを深めるのはやめてほしいのよ。

「（結婚して）幸せをつかんでよかったね！」ではなく、私は「幸せになってください！」と思ってます、心から。

2021／10／14

地震だ

立花孝志

ツイッターウォッチャーの私としては、新首相誕生のタイミングで、岸田文雄および今回の総裁選候補者、ついでに主要各党代表のツイッターをほじくってみたい。くしくも10月7日夜10時、首都圏に強い地震がありました。速報性が特徴であるツイッターで、緊急事態にリーダーはどうするか。ちなみに原稿執筆時点で地震から約12時間です。

岸田文雄は地震の情報を示して「最新情報を確認しつつ、命を守る行動を取ってください」とごく最小限の言葉を発し、その後「官邸に入ります」とだけツイート。全体的にイメージどおり無難で、硬すぎず柔らかすぎず、たまにプライベートの情報も挟んでいます。

そういう意味で「岸田派」なのは、実は立憲民主党の枝野幸男と、国民民主党の玉木雄一郎。二人は地震についての発信がかなり早く、速報性を生かしています。たまには支持者や反対論者とからむこともありますが、主に自分の政治主張をしっかり書くことをメインにしている穏健派。

　地震の約10分前に「3日間も殆ど徹夜が続き、ハードです」とお仕事アピールをしていたのに、現時点で地震のことは何も書いていない高市早苗。瞬発力を生かせていません。人間性も少し見せつつ政策をアピールしているものの、やたら動画を載せてそこで主張をしているため、たぶん支持者以外は面倒臭くて見ません。

　こんな「高市派」は、野田聖子、共産党の志位和夫、れいわの山本太郎、社民党の福島瑞穂。主張は両極と言ってもいい人たちだけど、速報性を生かせず、届きづらい形での主張が多い点で奇妙にも一致しています。高市・山本の二人はネットで支持を集めているイメージがあるので、意外です。

　公明党・山口那津男と前首相・菅義偉のツイッターは、語るほどのことがない。とにかく元気がなく死にかけです。「山口派」にしておきます。

ツイッターの生かし方は
党を問わず人それぞれ……
(派の名前はお好きに変えてね)
岸田派
きしだ
えだの
たまき
★無難 ★発信早い
★穏健
高市派
たかいち
のだ
しい
やまもと
ふくしま
★発信遅い
★動画でアピールしたがる
山口派
やまぐち
すが
★……。
河野派
トランプ
こうの
まつい
たちばな
★ツイッターがないと
生きていけない

さて、ツイッターに取りつかれているのは当然この人、河野太郎。地震のことは一切書かず、翌朝に手元の写真とともに「朝から広報本部で打ち合わせ」と仕事アピール。彼は支持者の褒め言葉をすべて真に受け、批判は罵倒と同一視してブロックし、ツイッターの罠にハマって「オレだけの楽園」を作り上げ、気持ちよくなっていたら総裁選に落ちました。そんな「河野派」は、維新の松井一郎。彼は他党や一般人にケンカを売っていくスタイル。ケンカせずブロックする河野とは流儀が違うものの、やはりツイッターに取りつかれています。

さて、もう一人、強力な河野派がいる。NHK党の立花孝志です。なんとこの人、地震の瞬間に「地震だ」とだけ書いている。絵に描いたようなツイッターユーザーだ！地震が起きたとき、「揺れた」「怖っ！」みたいに、生理的叫びに近いものを意味もなく発する、これこそ正統派ツイッターユーザー。河野太郎もこれからは、地震のときちゃんと「揺れた！」みたいなどうでもいいことを書いたらいいのに……と思って調べたら、すでに13年9月4日の地震のとき「揺れた！」って書いてました。さすがツイッター中毒者。

2021／10／21

私、法務省。どこにでもいるごく普通の中央省庁！

ほうむSHOW

いわゆる三面記事をチェックしたくて地方新聞のデジタル版をよく読むのですが、静岡新聞は独特のノリが引っかかります。

記事の更新時刻を表示するところに「ちぃっと前」という表現があるのです。「1時間前」「3時間前」などの表記もあるので、数分前ということなのか。「ちぃっと」は静岡の方言で「ちょっと」みたいな意味でしょうが、新聞が時刻を「ちょっと前」と表すのは不正確だし、ひどい殺人事件の記事に「ちぃっと前」なんて書かれているとおふざけに見えてしまう。ふつうに時刻を書けばいいのに。

静岡新聞は、記事に「いいね」ならぬ「いい茶」をする機能もあります。これも静岡だからお茶にしたというだけで、何かシャレがきいているわけでもなく、このセンスもいまいち理解できない。

新聞とか官庁とかお堅い組織がネット空間に参入すると、こんなふうに、センスがあ

池上彰の選挙特番は
ゆるふわ化に関して功罪あったな、と…
X山△夫(45)
就職の面接会場で便意限界
お漏らしするも"運"よく入社
○田X彦(60)
好きな子からラブレターもらう
デートで「人違い」と明かされる
↑こういうのもたまにはいいけど
それより選挙の前に大きな番組やってほしい!!
選挙後じゃどうにもならないからさぁ!!

ろうがなかろうが柔らかく親しみやすくなろうと突っ走ります。ゆるふわ化。総ゆるふわ化の弊害。

いつも堅いことを書いている日本銀行のツイッターは、9月、急に「じゃーん！新一万円券」と変なノリで新札の画像をアップしました。

ま、こんなのはまだいいほう。8月には法務省の一プロジェクトである「ほうむSHOW」が、急に「いっけなーい！待機待機／私、法務省。どこにでもいるごく普通の中央省庁！だけど中央省庁って霞ヶ関が最寄りっぽいのに法務省はそうじゃないよねとか言われちゃったもんだからもう大変！（以下略）」などと、絵文字たっぷりで手垢の付いた「漫画あるあるネタ」的なツイートをしました。この頃法務省はすでに、入管庁によるウィシュマさん死亡事件で批判されている真っ最中。そんなときにこんな脳天気なツイートをする無神経さに非難が集中し、これは結局削除に追い込まれています。

いま思えば、ツイッター黎明期には「NHKについてユルく案内」をコンセプトにして人気を博し、書籍まで出したNHKや、他業種ともネット上で積極的に交流し、今でも根強い人気があるシャープ株式会社など、「ゆるい」ことによって成功した企業が目立ちました。あれらを見習って組織は安易にゆるさに走るけど、NHKやシャープは、表面的には「中の人などいない」なんて言いつつも、中の人の存在がありありと分かるほど人間味を出しているのです。だから人気が出たわけです。

対して、静岡新聞は文字面を少しいじっただけ。「ほうむSHOW」に至っては、ネタ自体がパロディ（悪く言えばパクリ）だし、ツイートの内容も単に省の場所を説明しただけで、中身がありません。ゆるさだけパクったってうまくいくわけがない。

ただ、官庁の広報が下手クソでまだよかったとホッとする部分もあります。もしここで人間味を出されて人気が出て、「あんな親しみの持てる人たちなんだから、入管の問題とか細かいこと言うなよ」ってなられちゃ困るんで。「ほうむSHOW」のフォロワーはいまだに2千人程度。

2021／10／28

他人に元気や勇気を与えるとか、そういった事とは別の話

18歳青年

衆院選選挙一色のこの時期こそ全く関係ないものを追いたい。そこで、最近豊作の謝罪文を集めてみました。

まず、タピオカ恫喝事件の木下優樹菜。しっかり賠償金判決が出ましたが、それを受けて彼女は動画で謝罪しています。

演技じみていると叩かれてもいますが、私はこの動画をまあまあ評価します。というのは、おそらくカンペなどほぼ見ず、自分の言葉で謝罪していたからです。

書き起こすと、「こんな私でもファンの方や、この2年間ずっと待ってくれてたみんなが、いろんな形で励ましてもらっていた日々でもありました」のように、「てにをは」や主述の噛み合わない文章が多出します。口頭の文章って、ふつうこうですよね。話し始めで着地点を定めていないからこうなるわけで、用意した文章を読んだらこうはならない。よーいドンで謝罪に挑んだ感じはなかなか気持ちが入ってるなあ、と思いました。

下書きの糊が貼りついて
めくれなかったのかもしれません。
だとしたら完全に事務方のミスです。
©菅義偉
懇意、に、なり
こ、の、よ、うな……
めんどい……
貼りついて見えない部分
お手本
亜まろ

もう一つ評価できるのは、琉球新報が10月22日に報道して話題となった、沖縄から徒歩で日本縦断を試みる18歳の青年。「勇気と感動を届けたい」と意気込んでいましたが、特に経験もないのに真冬の日本海側と北海道を野宿しながら歩き通し、宗谷岬を目指すという無謀にも程がある挑戦で、本気で心配する声と、呆れてバカにする声が高まりすぎて炎上状態になりました（両親にも反対されたが諦めなかった、などと無責任に報じる琉球新報にも問題があると思いますが……）。

最初意地を張っていた彼も結局すぐに断念したようでホッとしましたが、なぜか謝罪文まで出すことに。そこまでさせられるのは気の毒だなあ、と思って読んでみると、意外にも実のある内容です。「旅はあくまでも趣味の範囲内であり、他人に元気や勇気を与えるとか、そういった事とは別の話だと思いました」「結果的に他人に元気や勇気を与えられてるとしても、それを自分から発信していくのは違うと思いました」……そうそう!!　よく数日でその地点まで辿り着いたね！　最近は「自分の活躍で元気を与えたい」って言いたがるスポーツ選手が多くてうんざりしてるところだったのよ。彼は日本を縦断するより価値のあることに気づけたと思う！

ところで、最近いちばんキレが悪かったのは、文春オンラインにアイドルプロデューサー渡辺淳之介との不倫旅行を直撃されて直筆謝罪文を出したアイドルZOCの巫《かんなぎ》まろでした。丁寧な筆致ながら、文章が不自然です。

「お仕事を通じ、渡辺さんと懇意になり、／このようなお付き合いが到底許されることではなく／ご家族の方に不快な思いをさせてしまい、／深くお詫び申し上げると共に、／私のあさはかな行動を反省いたします。」

この部分の「懇意になり、」と「このような」の間、内容が飛躍してますよね。本当は「奥様がいらっしゃることは存じ上げていたのですが、不適切な関係となってしまいました。」みたいな感じで1~2行入るのでは……？

下書きを見ながら書いたとき、2行くらい飛ばしてしまったと見た。謝罪は心。

2021／11／11

ショータイム

新流さん

ユーキャン新語・流行語大賞のノミネート30語が発表される季節がやってきました。

私は以前から、ノミネート語の選考委員の人格を「スポーツ（特に野球）が大好きで、反政権の考えを持つおじさん」と想定して「新流さん」と名づけており、毎年新流さんがどんな気持ちで30語を選んでいるのか妄想して楽しんでいます。

しかし、ここ数年、新流さんは腰が引けています。政治関係の事柄を挙げると炎上につながるからです。そのせいか、仕事に対するモチベーションも低下しているようで、彼は最近「流行語」ではなくただの「流行」を挙げてくる傾向にあります。

今年もその方向性は変わらない。「ジェンダー平等」や「ピクトグラム」がエントリーしていますが、これらは「流行」や「話題」かもしれないけど、「流行語」ではないでしょう。

新流さんはスポーツ好きですから、オリ・パラ関係の言葉はやたら選ばれています。

私はしつこくくりかえされた
これが選ばれると思ったが……
安全安心な大会
安全安心な
安全安心
安全安心
みんなもう忘れたのかな?

オリ・パラを全く見ていない私は「エペジーーン」「スギムライジング」「チャタンヤラクーサンクー」という言葉を今回初めて知りました。最近の傾向から見て新流さんは「東京オリンピック」という身も蓋もない単語をぶちこみそうで心配でしたが、そこまで投げやりじゃなかったのでホッとしました。

しかし、「ぼったくり男爵」のような競技外の事柄はともかく、オリ・パラ関係で、興味のない人にまで波及した流行語として実際に認められるのは「ゴン攻め」くらいだと思います。新流さん、張り切りすぎです。

また、新流さんは、野球ファンにのみ流行った言葉をほぼ毎年ゴリ押ししますが、今年は日本のプロ野球はあまり追わなかったようで、代わりに「ショータイム」「リアル二刀流」と、なんと大谷翔平一人に2枠も使ってきました。どんだけ野球が好きなんだ。

ところで、「『ショータイム』なんて一般名詞じゃん、何のこと?……あ、大谷翔平か」

と一瞬考えてしまった私は、この感覚に何か覚えがありました。そして、ふと思いついて調べ、驚きました。3年前（2018年）にも、ほぼ同じ意味の「翔タイム」がノミネート語に入っているのです！

そして私は当時このコラムで、「『翔タイム』は大谷翔平にちなんだ言葉ですが、ネット世論ではほかの候補語に比べて抜群に知られておらず、やはり新流さんの野球びいきっぷりを感じます」と書いていたのです！

新流さんってば、もしかして、たった3年前に（表記違いとはいえ）同じ言葉をノミネートしたことを忘れちゃっているのでは？

新流さんは今回の選定に際し、「長引くコロナ禍で、コミュニケーションが希薄になり、軽い言葉やあたたかみのない言葉が生まれてきている」なんてコメントを残しているけれど、あなたの選択基準もかなり軽いから、そんな偉そうに言える立場でもないと思いますよ。でも、私はなんだかんだでそんな新流さんが好きなんです。いつまでも野球が好きな、流行から少しズレた新流さんでいてね。

2021／11／18

ダサいこと

囲碁将棋・文田大介

この時期はＭ－１の３回戦の動画を毎日見ています。

私はお笑いのコンテストでもＭ－１が格別に好き。舞台にはマイク以外何もなく、俳句や短歌のように削りに削った会話劇で笑わせるという縛りの中で、毎年バリエーションに富んだ「作品」が生まれるのが楽しみなのです。

Ｍ－１はこのあと、準々決勝→準決勝→決勝（地上波ゴールデンで放送）と続くので、３回戦とはいえまだ２９３組もの漫才があります。それがすべてネットに上がっているので、私は時に音声だけ聞きながらダラダラと流し、笑ったり笑わなかったりしています。

しかしお笑い界は、上下関係やジェンダー観に古めかしさが残る世界でもあります。２９３組もあれば、そんな匂いがネタの中に漏れることもあります。ベテランではなく若手（Ｍ－１の出場権は「結成15年以内」である）からそんな匂いがするのは残念だけど、関西の吉本芸人になぜかそういうものが多い印象。

無名の若手なので個別のコンビ名までは出しませんが……夜の街でアジア系の女性が「オッパイどう?」って言ってくることあるけど、アレ行くヤツおる? と言い放ち、そんな人への侮蔑感情を前提にして始まる人種&職業&女性差別につながりそうなネタ、友達のお母さんを性的対象とすることを仄めかすネタ、年の差がある女性コンビが年上をオバハン呼ばわりし、家事も料理もできないからプロポーズされないと腐す昭和時代のようなネタなどを見ると、どうしても私の中のBPOが騒ぎ出します。

しかし、感覚としてはもはや「セクハラで不快」とか「差別的で不快」とかよりも、「若いのに、古っ……」という「呆れ」が先に来ます。

そんなことを考えていたら、日刊サイゾーに載っていた、中堅芸人「囲碁将棋」(結成17年、M-1出場資格外)のインタビュー記事では彼らがまさにこの感覚

今年勝ち進んでる
ダウ90000という5人組(母体は劇団)
なんか、男1女4という超変則的編成。
彼女が誕生日でさぁ……
で、この組み方自体をネタにする
わけでもない。新しくておもしろい!

について話していて、膝を打ったのだ。
囲碁将棋の文田大介は「ハラスメントは気を付けてます。（略）女性に髪切った？とかも（言えない）」と言う。それは「何が炎上するかわからないから」だとしつつも、もう少し細かく言えば「『そういう自分でいるのがダサいな』っていう感覚ですね。（略）『こういうのをセクハラになっちゃうのもわかってないの？』という自分がかっこ悪いから気を付けているだけで」ということらしい。

そう！　そうあってほしい！

インタビュアーが「それこそセクハラ的なものもネタの一つと捉える方もいらっしゃると思いますが」と少し踏み込んでも、「そういうダサいことはしたくないですね」と一蹴。ああ、安心する。

笑いってすごく微妙な感覚で、「笑えた。でも、セクハラだからダメだ」と個人の中で切り分けるのはなかなか難しい。むしろ、「え、これってセクハラで、問題なのでは？」と一瞬でも思った時点で急に「サムく」なる、そういうものだと思う。何がセクハラなのかすら分かっていないのは古くてダサい、ダサいはサムい。そういうところからでいいから、若手の皆さんも感覚を摑んでいってよね。

2021／11／25

本棚マウント

SPA!

11月7日、来年2月に開館予定の東京・中野区立中野東図書館が内部写真をツイッターに投稿しましたが、3階分の高さがある空の巨大本棚をアピールしたことで、「こんな高い本棚に本を並べても取れない」「本を何だと思っているのか」「地震対策は大丈夫か」などといった批判で見事に炎上しました。区側は、上段には紙製や発泡スチロール製のダミー本を並べて落下防止ネットを設置し、さらに一部は裏面も棚になっているのでそちらに実物を配置する、などと弁解しています。

これが炎上した理由は、やはり本好きが本をないがしろにされることに相当な嫌悪感を持っているからだと思うんですよね。本は知の源、当然読むためにある、よりによって図書館が見栄えのためだけに本を使うなんて冒瀆だ、というように。

しかし、電子書籍もだいぶ普及した今、「本という物体」が単にインテリアとして、たくさんあるとカッコいいとか、知的に見えるとかいう目的で扱われるのはもう避けら

ナイトスクープの人は
「保管用がある」
のではなく
最初から
読まずに保管
するらしい……
開けてないです…
ビニール付き

れないんじゃないかと思う。

去年11月に開館した角川武蔵野ミュージアム内の目玉は「本棚劇場」。四方に高さ約8mの互い違いの棚が設置され、約5万冊の本が並んでいます。去年YOASOBIが紅白歌合戦でパフォーマンスした場所でもあり、実に「映《ば》え」ますが、大量の本は主にプロジェクションマッピングの投影先として使われています。本は一応その場で手に取って読んでいいらしいけど、大半の本は絶対に手が届かない場所にあります。開館前のリリースでは「上層の棚の蔵書に関しては事前申し込みなど検討中」などとありましたが、そこまでして読もうとする人、いるんだろうか。本をこんなふうに扱うこの施設の運営元は、出版社系の財団です（ついでにいえば私の苦手な隈研吾の建築だ）。

今年9月には、SPA!が「書籍マウント」について説明していました。読書家である自分を見せつけてマウントを取る行為だそうで、その中級編として「本棚マウント」

が挙げられています。リモート会議などの背景に自分の本棚を映し、学術書などを並べて知性を見せつけマウントを取る……んだそうで。ちなみに上級編は「原稿執筆マウント」。私は今まさにマウントを取ってることになるのか。

と、このように、世間で本という物体は「映え」や「マウント」の材料と思われるようになってきました。図書館も出版社もその風潮にノリノリです。ガチの本好きは、本の見せ方についてはよほど毀損するような扱いでない限り少し静観して、蔵書の種類とかに文句をつけるほうが得策のような気がしてきたよ。

ところで4月の「探偵！ナイトスクープ」では、本を買いすぎて家の床が抜けてしまった人が出演していましたが、なんと彼は本をただ持っているのが好きという自称「保存マニア」で、月に5～10万円分も買うのに漫画のビニールすら外さず積んでいるという、想像を絶する「本好き」でした。読むでもなければ「映え」ですらなく、もはや概念だ。本の可能性は果てしない。

2021／12／2

飲みいきましょうよ！

ラランド・サーヤ

若手芸人のラランドが、私はずっとじんわりと怖い。文春オンラインで報じられたサーヤの彼氏がタトゥーだらけだったとか、そういう枝葉の部分が理由ではない。核心はこのスクープへの彼女の対応です。

ラランドという男女コンビのパブリックイメージは——学生時代から注目されてネタには定評があり、芸人には珍しい個人事務所所属。ボケのサーヤは事務所の社長でもあり、広告コンサルタント会社にも籍を置き、身体を張る仕事や女性の容姿いじりなどに物申す新世代。一方でツッコミのニシダは遅刻ばかりの「クズ」な男——こんな対比になっています。

しかし、元々松本人志に憧れてお笑いを始めたというサーヤは、自分が主体的にいじる側でありたいという気持ちが各番組でのスタンスに現れまくっていて、私はいつも窮屈さを感じてしまいます。

迷惑がってるように見えて
実は彼氏をアピールしたいのでは…？
とも邪推している。
タトゥーアーティスト
TAPPEI
サーヤ
（タトゥーは）無理に
認めさせることでは
ないし……
この人も
達観的
達観に
あこがれる人

フジテレビ系「セブンルール」に出演した際、彼女は、会社員として働くことで自分たちを商品として見るようになり、このターゲットの人にはこういう見せ方と客観視できるようになった……などと語っています。これを聞くと、二人のキャラも計算による商品に見えてきます。特にニシダは、ほかの「クズキャラ」と呼ばれる芸人に比べて愛嬌があまりなく、逆にツッコミがしっかりしているので、ずっとしっくりこないのだ。

文春のスクープへの対応はまさにこの計算が出ていた……いや、計算しなきゃという気持ちが前面に押し出されて見えました。それが私にはなんとも痛痒く感じます。突撃されたサーヤは「すげー！　マジすか？　本物？」とはしゃぎながら交際についての質問には答えず、「やっぱ張ってた？　わかりやすい車いたんですよ！」「なになに、お酒も入ってないのに。飲みいきましょうよ！」と、高すぎるテンションで記者にのしかかってくる。このくだり、目を見開きながらまくしたてているのがありありと浮かびます。

その後も、記者の実名をツイートしたり消したり、「記事の内容によっては顔と携帯番号とフルネーム出すからね」と脅したり、さらには「事務所コメント」と称して本人のコメントを出し、自分の交際は語らず勝手にニシダの恋愛状況を暴露していじったり。

人の恋愛をネタにする週刊誌が野暮だというのは正論だし、内心腹が立ったのか、逆に嬉しかったのか分からないけど、こんなにもエンジンをブンブン空ぶかしして余裕ぶるほどの話じゃないと思うんですよ。この対応には、降って湧いたこの状況を客観視し、虚勢を張ってでも仕事の肥やしにしなければ！　というサーヤの広告会社社員感が炸裂していて怖いのです。これを「ユーモアのある返答」と評価する人もいるようだけど、私はそうは思わないよ。

一方で木下優樹菜は、最近車で併走してまで写真を撮ってきたＦＲＩＤＡＹの記者を、「ヤバくない？　怖くね？」とモザイクつけつつもYouTubeで晒し上げ、直接的に説教しています。私はこっちのほうが好きなんだよなあ、感情に正直でさ。虚勢はすぐ剝がれるから……。

２０２１／１２／９

超チルなラッパー

JC・JK流行語／egg流行語

私がユーキャン新語・流行語大賞よりもはるかに頼りにしている若者系の流行語大賞ですが、いつの間にか乱立してきました。私が捕捉できたのは、AMF主催「JC・JK流行語大賞」、今年からと思われるSimeji主催「Z世代トレンドアワード・ギャル流行語大賞」、そしてeggによる「egg流行語大賞」。いろんな企業が参入して荒れ気味だけど、12年間も発表し続けてきた「GRPギャル流行語大賞」の発表が現時点で何もないのはショックだ（こんなことチェックしてるのは私くらいか）。

さて、各ランキングの5位までを挙げると、「JC・JK」は、きまZ／Let it be／~もろて／平成ギャル／超チルなラッパー。「Z世代」は、はにゃ?／テッテレ／ビジュ／爆イケ／アセアセ。そして「egg」は、きゃぱい／ルーズソックス／羽ばたいてるね／超チルなラッパー／ずっしょ。

面倒なので、言葉の意味の説明は省略！　3つのランキングに入る言葉がまるで一致

超チルなラッパー
ルーズソックスもふつうに流行ってるらしい。

しないあたり、若者のあいだでも共通言語がなくなってるなあという印象です。

3つを比べると、後発の「Z世代」の言葉はなんとなく意味が分かり、若者らしいエネルギーをあまり感じません。爆速で流れる流行に対してもわずかに遅れている気がします。それに対し、「JC・JK」と「egg」はTikTokの流行をナチュラルに反映しています。

さらに言えば、「JC・JK」の運営は、3位の「～もろて」について「去年流行を予測して見事的中」などと胸を張っているんですが、実は去年の時点で「egg」の3位は「～させてもろて」。明らかに先取りしています。元祖・ギャルのeggが最も流行に敏感な模様。

ちなみに「JC・JK」で2位の「Let it be」って何？　と思ったら、小室圭の婚約発表会見での「好きな言葉はLet it beです」という発言が発祥元らしい。「JC・JK」のサイトではこの言葉について、「カップルが動画と（発言を）組み合わせてロマン

ティックなvlogをアップしている姿がよく見られました」と、良いように書いているけど、実際にはTikTokでめちゃくちゃにイジられている発言です。ネット上のおもちゃとして悪意をもって拡散されたというほうが正しい。この言葉を平然とランキングに入れる「ＪＣ・ＪＫ」の良識、微妙じゃね？

ところで、これらのランキングで唯一カブったのが「超チルなラッパー」ですが、これも発祥はTikTok。ある女子高生が言ったこのフレーズが大流行した……というだけの話なんだけど、実は、三省堂主催の「今年の新語」1位も「チルい」なのである。

これは英語の「チルアウト」から派生し、音楽などによってリラックスできる、気分がよい、という意味を表す形容詞。選評によれば、「チルする」「チルってる」「チルな」などの派生形が多いことを認めつつ、外来語が形容詞化するという語形の珍しさに着目して「チルい」の形を取った、とのこと。やはりギャル流行語は、辞書の分野から見てもしっかりいまを捉えています。

2021／12／16

理由／真実

ネットニュース

私が最近、某文芸誌にコラムを寄せたとき、それがウェブにも一部転載されることになりました。文芸誌に掲載された際は私が発案したとおりのタイトルが採用されたのですが、担当氏はウェブ転載時に「○○が△△だった理由」という形のタイトルにしていいか、と提案してきました。却下しました。

ネットニュース記事は、最近いろんな「理由」を明かしてくれます。とにかくクリックさせるために煽り立て、不安にさせ、欲望をかき立て、これを読まなきゃいけないという気分にさせることに尽力しています。今は新聞社までその勢いです。

ためしに、12月9日という1日間にヤフーから配信されるニュースタイトルで「理由」を探してみました。「習近平政権がデジタル監視を強める本当の理由」（プレジデントオンライン）など、タイトルの文末に「理由／理由とは？」がつくものを数えると、なんと「現代ビジネス」が4記事もあるのをはじめ、全部で49記事もの「理由」が！

ま、文春オンラインも
(たぶん週刊文春も)
たくさん「理由」教えてくれますけどね
テレビ局が櫻坂46・原田葵(21)を
欲しがる意外な理由とは
12/7
配信

「ワケ」というパターンも探してみる。やっぱり現代ビジネスが「父親から2500万のアパートを『生前贈与』された66歳男性が『大後悔』したワケ」など2記事でワケを明かしているのをはじめ、西日本新聞やスポニチなど、新聞社も含めて22記事がいろんなワケを教えてくれています。

12月9日という1日間で、ヤフーニュースだけで71個もの「理由《ワケ》」が分かってしまう。中を読んでみたら大した「理由」じゃないことも多く、もうそろそろ化けの皮が剝がれてもよさそうですが、「理由」商売はどうもまだまだ栄えそうな気配です。

もっと踏み込んだ言い方は「真実／正体」です。この言い方はさらに下世話ですが、こちらも12月9日の1日間だけで、「ビールの真実」から「『中国の民主』の正体」まで、2つの真実と6つの正体が明かされていました。世の中、口が軽い人が多いですね。

そして、さらにヤバいことに、もはや

タイトルで「ヤバい」と言い出す例も登場。やはり現代ビジネスが「コロナワクチンの『モデルナ社』、じつは『経営戦略』を見たら〝ヤバい内容〟ばかりだった…!」と、カッコと引用符というスパイスもモリモリ使って恐怖を煽ったり、FRIDAYが「なぜ日本人は『成長』という宗教にハマるのか…そのヤバい習性」と、あまりヤバくなさそうなヤバい理由を教えてくれたりしています。

極めつけは読売新聞の「独自」。私は以前から読売新聞オンラインが、独自とは思えない記事によく「独自」とつけていることが気になっていましたが、ついに文春オンラインでプチ鹿島がそこに注目し取材。新聞側も、大して独自性がない記事にも「独自」とつけていたことを遠回しに認めました。明言はしていませんが、どう考えてもクリック数のためですよね。

ネット記事に「ヤバい」「独自」が多用される〝真実の理由〟とは……それは単なるクリック数稼ぎですよね。記事を読むときはなるべくこれらの添加物を差し引いて考えましょう。

2021/12/23

実はまだ一度も生きていて良かったと思っていないんです

西川史子

脳出血で入院した西川史子が約4か月ぶりに退院しました。本当に良かった。

私は、西川史子みたいに嫌われ役になることを厭わず気を張って生きている女の人を見守ることが好きになってしまいました。彼女みたいな人の変化を見続けることで、自分に返ってくる何かがある。

西川史子といえば、当初は男性に迎合するような保守的な女性観をベースに、高飛車に毒づく文化人としてテレビを席巻していたわけですが、そのあと結婚や離婚での挫折を経て明らかに心身共に不調となり、それからはそういう内面的弱さも全部見せるキャラクターに変化していった人です。どっちにしろ、在り方がサービス過剰。応援するしかないじゃないですか。

入院中のインスタを見ると、広い交友関係から来るお見舞い品などで優雅に見えなくもないですが、文章は淡々としています。そして、彼女のマジメさやサービス精神があ

実はインスタで9/2に
「生きていて良かった」って一度
書いてるんですよね
ミス日本のとき
dr.ayako_nishikawa
同期からの花とカードです。
生きていて良かった。
強い西川先生をまた見せて!!

ちこちに垣間見えます。

　クモ膜下出血を経験した星野源の本を読んで共感したというくだりでは、その流れでサラッと「星野さん流のエロもしっかりあって、集中治療室や病室でオナニーを試るところなんて、（そっか、私も）とは思いましたが、なかなか…」なんてことまで書きます。オモシロで書くには飾り気がないし、そこまで言わんでも、とも思う。やはりここにも天然のサービス精神が見える。

　11月にはYouTubeの楽しさを初めて知ったと書いていますが、なんと、ひろゆき、堀江貴文、中田敦彦の動画をほぼ全部見たとあります。入院中でも仕事に役立ちそう（私はそうは思いませんが）なチャンネルを集中的に見るところに、やはり彼女のマジメさが見えます。宝塚やシソンヌのコントも好きだそうだけど、入院中くらいそっち中心のほうがいいのでは……。

彼女は入院の数か月前のインタビューで、結婚生活では一歩下がって夫を立てるつもりが夫の三歩前を歩いていたとか、180万円で買った『ヘブンリーベッド』に寝ているのに悪夢ばかり見るとか、パンチのあるフレーズばかり放っていて、とても面白い。しかし、ネット上にある彼女の講演動画（インタビューの2年前のもの）を見ると、これらのフレーズが全くそのまま出てきます。エピソードはすでに完成品、完パケ状態なのでした。やはりここにも持ち前のサービス精神が見えてきます。

さて、退院時のインスタでは、なんと「実は（脳出血後に）まだ一度も生きていて良かったと思っていないんです」と正直すぎる思いを書いていて、心配になります。体調面の不安は実際相当なものだと思いますが、今度は「痛々しいさらけ出しキャラ」を受け入れすぎているようにも見えて、少し怖い。高飛車キャラで疲弊した時のようにならないでほしいのですが……。

私は、強いふりをしていた人が、挫折して、反動のように、世に一石を投じられるくらい強くなっていくのが好きなんですよ。入院・退院で気の張り方がいい方向に抜けて、ブランニュー西川史子が見られたらいいいんだけどな。

2021／12／30・2022／1／6

プロレスじゃないですから

泉健太

立憲民主党の泉健太代表が、自党の議員の質疑が迫力不足だと言われたことに対し「『大きい声を出さなかったから迫力不足』とか、むしろそんな話の方がおかしい」「『何を求めてるんですか？』って話ですね。プロレスじゃないですから。真剣勝負ですから」と発言して、見事にプロレスファンから怒られました。息子がプロレスラーである今井絵理子も泉発言を批判しています（彼女は「批判なき政治」を目指していたはずなのに、ちゃんと批判するのね）。

迫力不足と言われたのは声量のことばかりじゃないでしょう。「野党は批判ばかり」という「批判」に乗せられ、「批判ばかりとは言わせない」と言い出して批判そのものを控えたら野党の意味がない。

彼はさらにその後、シンプルに謝ればいいものを「変な例えをしまして、すみません」と言いつつ「私もプロレス好きなのに…」「乱闘国会や激突国会ばかりを求めず、言葉と政策の真剣勝負で臨みたい。との思いでした」と、火に油を注ぐようなことをツイートしていて、何も分かっていないのでした。

プロレスの対立概念として「真剣勝負」を持ち出すのがよくないんだってば。つまりアナタは、プロレスを「乱闘や激突が目的。真剣勝負ではない」って言ってるんですからね。おまけに「私もプロレス好きなのに」だなんて、まるっきり〝I have a black friend〟みたいな発言じゃないですか。泉議員、過去にプロレスについて語った記録は少なくともSNSでは一つも発見できませんでしたよ。

かつて
安倍政治は白鵬の相撲に似ている
と言って好角家（私も）のヒンシュクを買った人もいました…。
野田佳彦
プロレス好きですって！本当ですって
あ？
泉氏
馳浩

「プロレス」という言葉を「茶番」や「出来レース」という意味で使うことが、少ししゃれた言い方のように思われたのは一昔前の話。今そんな言葉遣いをすれば、プロレスをバカにしているとファンに怒られます。2年ほど前には、TKO木下隆行が自らのパワハラ騒動の一部を「プロレス」と表現したことに、プロレスラーの当人である丸藤正道が「全く理解不能」「どこに〝プロフェッショナル〟の〝レスリング〟があるわけ？」と抗議して話題になりました。泉議員はプロレスのことも分かっていないし、時流も捉えられていません。

ところで、このことについて調べる過程で、「超党派　格闘技（プロレス・総合格闘技等）振興議員連盟」なるものがあることを知りました。元プロレスラーの馳浩や須藤元気らによって20年に発足、コロナ禍で苦境に立っているプロレス業界を振興させるために作られた連盟らしい。大いに結構じゃないですか、と思ったら、やっぱり泉議員はここに入っていません（今井絵理子は入ってる！）。

ほかに格闘技関係の議連はあるのかと調べたら、やはり超党派の「大相撲愛好議員連盟」や「大相撲の発展を求める議員連盟」というものがありましたが、後者の総会では17年に、会長の竹本直一（自民党）が力士について「体がでかいから普通のことができない」と暴言を吐いて問題になっていました。絶句。

結論。やっぱりプロレスに実際にかかわる人のほうがしっかりしている。格闘技いっちょかみの議員、みんなダメ。

2022/1/13

河瀬直美

去年12月26日にNHKBS1で放送された、『河瀬直美が見つめた東京五輪』が燃えに燃えています。

五輪反対デモに参加していたとされる人のインタビュー映像に「実はお金をもらって動員されていると打ち明けた」というテロップがついていたのですが、その部分の音声を聞き取ると「……で、光熱代から、全部一緒で……」と詳細のはっきりしない内容。ほかの部分も「結局デモは全部上の人がやるから、書いたやつを、それを、言ったあとに言うだけやから」「(デモの日時をいつ知るかについて)それはもう、予定表もらってるから自分、それを見て行くだけで」と、受動的に参加しているという程度のことしか言っていません。捏造であり、デモ参加者への名誉毀損だと河瀬が大いに批判されています。

この騒動、五輪賛成派の河瀬らが反対派デモをこき下ろすためにやったのだとつい単

動画の冒頭では
河瀬氏
オリンピックを7年前に招致したのは私たちです
この数年の状況をみんな喜んだはずだ
と言っていて、その時点で「喜んでねーよ!!」と炎上。
最後のほうではIOCとの距離の近さを心配する島田氏にしなだれかかるシーンがあり、違和感……
ペター

純に捉えちゃいそうですが、実は構造がややこしい。問題のシーンは「河瀬に頼まれて別働隊として撮影している島田角栄が一般人をインタビューしている映像を、NHKが撮っている」のです。

番組全篇を見ると、河瀬を「アスリートに感情移入するあまり五輪を肯定的に撮る人」、島田を「批判的な視点を盛り込めなくなるのではないかと懸念する、五輪の闇の部分もしっかり映したい人」として、二人を対比的に描く物語となっています。しかしそのわりに、島田の「批判的な視点の中での、わりと肯定的な部分」ばかりが映るので、違和感があります。問題のテロップのシーンも番組の流れ的にかなり唐突です。

NHKはすぐ誤りを認めました。NHKが言うには、金銭授受以前に、そもそもこの男性がデモに参加した事実が確認できなかった、という。そして、慌てて河瀬らの責任を回避しようとしています。13日の定例会見では前田晃伸会長が「河瀬さんら映画関係者や視聴者の方々に本当に申し訳ない」と、まず冒頭で監督に謝りました。よく考えると、いちばん名誉を傷つけられたデモ参加者たちには謝っていないし、「お金で動員された人がいる」と報じたことも否定せず逃げていて、モヤモヤしますが……。

ともあれ、これだけ見れば、NHKが勝手に両氏（特に島田角栄）の意図をねじ曲げたと取っても不自然ではない。

ところが、炎上のさなかに河瀬は「めちゃくちゃ面白かった！自分達に都合が悪いとすぐBPOだの放送倫理違反だの言ってくる人たちの誹謗中傷に負けずこれからも頑張ってください」という一般人からのリプライに対してだけ「はい✨」とキラキラした絵文字つきで答えています。

この一般人は、和田政宗議員のRTが多いなど、ふだん政権擁護の話題ばかり書いている人。本人はNHKの謝罪に対し「残念でなりません」と言ってるけど、ほかのあらゆる批判にも賛辞にも答えず、わざわざ政治色がものすごく強い人にだけ寄り添っている。炎上以前に抗議した形跡もないし、彼女はこの3文字で、実質的にはNHKの編集方針に賛意を示してるんだと思います。

2022/1/27

フジテレビっぽくない！

視聴者

フジテレビの『トークィーンズ』という番組が好評でレギュラー化するらしい。……という内容のフジテレビの広告ページをぼけっと読んでいると、視聴者からの好意的な感想として「フジテレビっぽくない！」というものがありました。

「っぽくない」ことは、いいことなのか？

ちなみに『トークィーンズ』のどこがどうフジテレビっぽくないのかは説明もないし、私も見てないし、分かりません。この際、番組の内容は別として話を進めます。

「フジテレビっぽくない」という言葉を検索してみると、チャラチャラしていないプロデューサーや、地味めでまじめそうなアナウンサーなどが「フジテレビっぽくない」と呼ばれている例が発見できます。つまり、軽薄で不真面目なのがみんなの思う「フジテレビっぽさ」ってことだ。番組内容がどうというより、人格面での形容が多い。何にせよ、「フジテレビっぽい」という言葉はやはりネガティブな意味で捉えられることが多いようです。

放送局で言えば、ほかにネガティブな形容として使われやすいのは断然ＮＨＫ。記憶が正しければ、ＮＨＫ自らが「ＮＨＫっぽくない番組です」と自局の番組をＰＲするのを私は80年代くらいから見ていると思う。「ＮＨＫっぽい」とは、言うまでもなく、固くて面白みがないという意味です。フジとは対極。これもまた人格面での形容となりうる。

トークイーンズ、華やかだし
フジテレビっぽくない？
わかつき
ウイカ
さしはら
いとう
あさこ
他女性多数
もしかして女の人多い
＝フジテレビらしくないってこと？
イコール

しかし、私が思うに、ＮＨＫがわざわざ「ＮＨＫっぽくなさ」を意識すると、たいてい「ＮＨＫっぽくないものを、ＮＨＫがまじめに考えました」という形が見えて、違和感のあるものになってしまう。紅白出場者を若者向けにしつつ、アニメ作品にちなんだ謎の茶番を組み込んだのなんか典型例で、こういうのを見ると「ＮＨＫっぽくない感じを目指してるＮＨＫだなあ……」と毎度思います。

さて、この2局に対し、「っぽい」という言葉に圧倒的ポジティブさがあるのはテレ東でしょうね。局の関連サイトでは、「『これって、テレ東っぽい！』と感じた〝テレ東あるある〟エピソードを教えてください！」という質問を受けた社員が、「若手の裁量が大きい」という要素を挙げています。若手の裁量が大きいのは人材も金もないからなんですが、それでもまったく負の印象がありません。他局の番組が「テレ東っぽい」という言葉で褒められているのもよく目にします。

「っぽい」を堂々言えるテレ東、「っぽい」を自ら否定したがるフジとＮＨＫ。そりゃ前者のほうが今の時代、ウケますよ。「っぽい」にネガティブなイメージがついてしまった人や企業が、わざわざ「っぽくない」を押し出して何か始めるのは見てらんない。あなたはあなたでいいのよ！

ところで、他の局はどうかと見てみると、日テレはバラエティ番組、ＴＢＳやテレ朝はドラマについてよく「っぽい」と言われていますが、さすがに人格面に使えるような形容にはなっていません。「っぽい」のイメージが人格に及ぶほど強固なフジやＮＨＫ、ある意味すごい。

2022／2／3

アドルフ・ヒトラーを、民間人の橋下氏および公党たる日本維新の会を重ね合わせた発言

日本維新の会

菅直人が日本維新の会について「ヒットラーを思い起こす」なんてツイッターに書いたもんだから、橋下徹が激怒して見せたのだけど、この件をテレビも新聞も、深刻なニュースのような感じで報じはじめました。維新が抗議文まで出したからますますニュースにせざるを得なくなり、みんな維新の思うがままです。

意外にも、橋下は10年も前から「人を批判するのにヒトラーに似ているなんて言っちゃいけない」（12年6月4日ツイッター）と言っていて、ここについては一貫しています。逆に言えば、橋下は10年以上にわたってヒトラーにたとえられ続けてきたのだ。石原慎太郎なんて褒め言葉として橋下をヒトラーにたとえたことがあり、菅よりも問題発言です。イケる！　と思ったときに一気に攻勢かける、それが維新。

菅も折れず、維新の人気についてさらに「低所得者層の人達が共鳴」なんて根拠不明で反感を買うようなことを書き加えました。こっちの発言のほうが問題だよ。なんで事

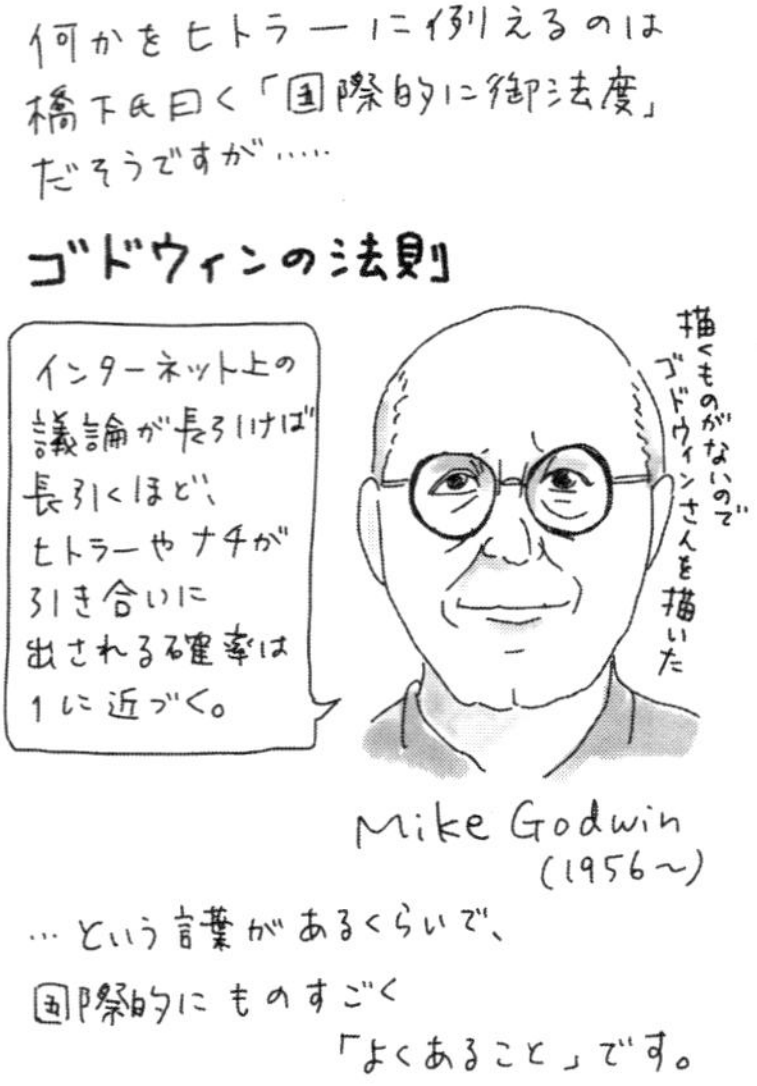
何かをヒトラーに例えるのは
橋下氏曰く「国際的に御法度」
だそうですが……
ゴドウィンの法則
インターネット上の
議論が長引けば
長引くほど、
ヒトラーやナチが
引き合いに
出される確率は
1に近づく。
描くものがないので
ゴドウィンさんを描いた
Mike Godwin
(1956〜)
…という言葉があるくらいで、
国際的にものすごく
「よくあること」です。

態を悪化させるのかね。

ところで維新の抗議文は、これはこれで実にひどい。2段落目から抜き出すと、「ナチス・ドイツの独裁者アドルフ・ヒトラーを、民間人の橋下氏および公党たる日本維新の会を重ね合わせた発言であり、看過できない」――「を」が連発されていて、助詞が間違っている。ツイッターの殴り書きならともかく、党のハンコまで押した正式な抗議文で日本語を間違うというのがいかにも維新、細かいところに本質が出ます。この抗議文、このあとも怒りばかり表明していて、どこがどう事実に反するかという内容は全く書きません。それでも、感情と雰囲気で突き動かされる人にはこの感じがウケるんでしょう。

ところで、「ヒトラーたとえ」は、ベタです。菅はかつて安倍晋三についても「秘密警察を駆使し、政敵を倒したスターリンやヒットラーを思い出す」と言っています。そして、実は橋下本人も、民主党政権時代に、民主党の方針についてヒトラーを持ち出して批判したことがあります。

橋下は、「石原慎太郎の発言は許すのか?」「自分も言ってたのでは?」などという批判に「称賛だからOK」「増税案の批判で、党の体質の批判じゃない」などと居丈高に言い返しました（後者は意味不明だ）が、「今回の菅さんの僕へのヒトラー呼ばわりコメントは無知ゆえの弁舌評価表現として許したるわ」と、最後っ屁のような発言も加えています。旗色の悪さを感じているのかもしれない。

とにかく、ヒトラーたとえは批判として極めて陳腐だし、何もいい方向に転がらない。もうみんな、やめよう！　そして、菅直人のツイッターは誰かに監修してもらおう！あまりにもセンスがない。

ちなみに産経新聞によると、維新幹部はこの件について「立民が逃げ回るならば党本部に乗り込む。維新を怒らせたらどうなるか徹底的に思い知らせる」と言ったらしい。脅迫そのものである。この言葉、ヤクザか北の大将軍様みたいですね。なお、これは言葉の使い方をたとえたものであり、党の体質の批判ではありません。

2022/2/10

美木さんに僕の命を預けました

石原慎太郎

石原慎太郎は晩年、脳梗塞の影響で、17年に都議会百条委員会に出たときには「すべての字を忘れました」と発言したり、歩き方がおぼつかなかったりと意外にも弱々しい姿を見せていました。しかし、19年12月に「金スマ」に出演し、美木良介のロングブレス法を教わることで元気に歩けるようになった様子が放送されています。

石原は、19年に出された美木の著書『１２０歳まで生きるロングブレス』の帯に写真で登場したうえ、「美木さんに僕の命を預けました」というコメントまで寄せています。彼は作家なのだから、これだけの言葉を軽々に言うわけがないと私は思う。当時は美木良介に相当心酔し、頼っていたんじゃないでしょうか。

そういえばロングブレスってどうなったんだろう、と思って調べると、さすがに勢いがなく、美木良介のツイッターもブログも17年で更新が止まっていて、ほぼ公式スタジオの経営に業務を絞っているようです。

GOETHE
「なぜ、経営者が皆
ロングブレスにハマるのか？」
のときの、ナルシスティックな
中年男性経営者たちの半裸写真。
見城
ふぅ
ふぅ
ふぅ
これを超えるグロテスクな広告は
なかなかないと思う。

美木良介のロングブレス関連本は、初期（徳間書店版）では表紙に女性が登場し、白いバックで「女性ダイエットの決定版！」なんて宣伝文句もあったのですが、19年には見城徹率いる幻冬舎に移り、先述の『120歳～』を出版。20年には同社の雑誌「ゲーテ」で「なぜ、経営者が皆ロングブレスにハマるのか？」という特集が組まれ、見城はじめ中年経営者達が半裸を披露しています。最新単行本は去年出された『ロングブレスの魔法　呼吸を変えれば人生が変わる』。表紙のバックも黒くなり、タイトルからも自己啓発書的な臭いが漂います。どんどんオス臭く、マッチョに、男性経営者にウケそうな感じに形を変えています。

　もちろんロングブレスで健康になるならそのことに文句はないんですが、加齢や衰えによって追い詰められるとある種の人たちはマッチョと自己啓発に一層しがみつき、虚勢を張るのだなあ、そしてそこにまた商売が生まれるのだなあ、ということを私はロングブレスで知ってしまった。

20年末に出版された石原の著書『男の業の物語』のカバー写真は印象的でした。表彰カップや額などが大量に並ぶなかで鏡に映った石原が腕組みしているというものですが、鏡の中なので顔にピントが微妙に合っていないうえ、なぜか頭上に部屋の換気口が映りこんでいるという中途半端で珍妙なもので、とてもカバーに使う写真とは思えない。「虚勢」を絵に描いたようなこの写真は忘れられません。

「先に難病のＡＬＳ患者の死を幇助した医師たちの行為を『殺害』容疑で逮捕した警察への批判の際、ＡＬＳを難病とせず業病と記したのは偏見によるものでは決してなく、作家ながら私の不明の至りで誤解を生じた方々に謝罪いたします」

これが石原慎太郎の最後のツイートです。

もちろん作家だから、おそらく代筆で書いているツイッターを本質だと思ってほしくはないでしょうが、あれだけマッチョな言動を貫きながら最後が「謝罪」というのは（もちろん謝罪自体はするべきものだったと思うけれど）なにか象徴的だと思う。弱みはきちんと認めないといけない。

2022/2/17

こうした活用は認められないのでしょうか？

日本テレビ

朝日新聞が幻冬舎の見城徹に、石原慎太郎についてのインタビューをしていました。作家として語られた部分は興味深いものでした。しかし朝日は、政治家である石原の差別発言については、非常に腰の引けた「一応聞いときました」という程度の質問しかしていません。「――個人的には『ババア発言』など容認できないこともあります」と。「ババア発言」とは、「文明がもたらしたもっとも悪しき有害なものはババア」「女性が生殖能力を失っても生きているってのは無駄で罪」などという一連の発言のことです。このことをさらりと「『ババア発言』など」とまとめてしまっては、場合によっては彼がどこかで誰かを「ババア」と罵倒しただけのようにも見えかねない。しかも「個人的には～容認できない」という逃げまで打っている。これは個人的に許せるかどうかで語れる問題ではないのに。

ほかにも石原の差別・問題発言は「ああいう人（障害者）ってのは人格あるのかね」

「三国人、外国人が凶悪な犯罪を繰り返し」「（東日本大震災の津波は）天罰」など山ほどありますが、「ババア発言」を選んだのは、石原や見城に忖度し、最も軽い形で問題に触れたいという態度に見えます。

案の定、見城は「世間的な調整や気遣い、忖度のできない人なんです」と答えたので、むしろ石原は豪快で率直な人物だと印象づけることになってしまいました。私は、これについては答えた見城よりも朝日の質問が悪いと思う。こんな半端な質問をするなら、いっそ政治家としての一面を完全に無視し、作家としての話だけを聞けばよかったのでは？

さて、この件はインタビューですが、最近は報道でも忖度が目に余ります。

日本維新の会の市村浩一郎が、わざわざアベノマスク5枚を使って作られた産着を国会で見せ、「こういう産着とかにも『使ってもいい』というようなこともですね、まず大臣の方からおっしゃっていただければ」と提案したというあまりにもバカバカしいニュースがありました。

しかし私は、こんな太鼓持ちの発言より、これを報じる日テレが「こうした（産着などへの）活用は認められないのでしょうか？」と白々しく問いかけていたことのほうが腹立たしいのだ。

そんなもん、どう使おうが受け取り手の勝手です。そんなことより、アベノマスクをそこまでして無理に使う無意味さに言及してよ。特に役にも立たないし、捨てたほうが安く済んで圧倒的に手間もかからない、ってことはみんな分かっているでしょう？先々代の首相様がお作りあそばされたマスク、感涙しながら使わないと銃殺でもされるんですか？

報道は、議員の質問がどれだけバカバカしいかを問わない。まともに取り合うことで、「配ることはもう決定！　ありがたい！　でも、マスクとして使わなきゃダメ？」に論点がどんどんズレていく。壮大な忖度で、茶番が進行する。

「インタビューは、聞く人と聞かれる人の共同作業」なんて言い方もありますが、報道が報じる人と報じられる人の共同作業になってしまっては本当に困ります。

2022／2／24

怒りというよりも、徒労感と虚しさ

ユマニテ

芸能事務所ユマニテが出した「東出昌大についてのお知らせ（専属契約解消についてのもの）」は気味の悪い文章でした。句読点だけでなく、なぜか空白（□で示します）と空行をランダムに挟みながら、しんみり、もったりと語る20行。

「不祥事以来□2年間にわたって、弊社はさまざまな問題に／全力で対処してまいりました。」「しかし□昨年秋、東出の配慮に欠ける行動で／その再生への道は頓挫いたしました。／その時□私たちが感じたものは／怒りというよりも、徒労感と虚しさでした。／そして熟慮の末に、これ以上□共に歩くことは／できないという結論に達しました。」「改めて東出昌大の作品の1つ1つを思い返しました。それらは東出にとっての宝であると同時に□我々にとっても□大切な足跡であります。／それだけに□今回の決断は□苦渋の選択でありました。」

どう捉えたらいいんだ、このベトッとした空気感は。

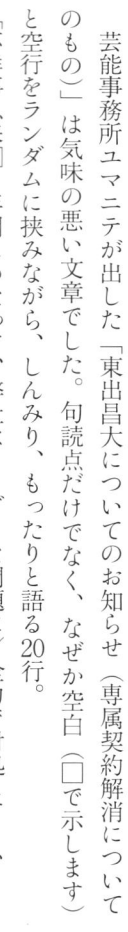

これについて松谷創一郎は「一般的には、B社がA社の納得できる業績を挙げられず、結果的に契約解消となったときに、A社が『徒労感と虚しさ』とか『共に歩くことはできない』などと言うことはない」として、東出にネガティブな印象を植え付け、今後の経済活動を阻害する圧力となりかねない昭和の芸能界しぐさだと切って捨てています。

私もそのとおりだと思う。だいたい、不倫はともかく、昨年10月にロケ先に恋人を泊めたという件はさほど責められることでもないですし。

三田佳子にしっとりと
朗読してほしい文章です。
その時、
私たちが、感じたものは。
怒りというよりも……
徒労感と虚しさでした。
朗読劇
ユマニテ

そして、この文章を読んで私がすぐに思い出したのは、三田佳子です。次男・高橋祐也の不祥事のときに出した三田佳子の文章、あの気味の悪さに似ている。

高橋祐也が4度目に逮捕された時、三田佳子はこんなコメントを出しました。

「(前半略)親としては、もう力及ばずの心境です。/このうえは、本人も40手前ですし、自らの責任と覚悟をもって受け止め、そして罪を償って生き抜いてもらいたいと思います。来月、喜寿を迎える私ですが、二度の大病や怪我を乗り越え、日々生かされている思いでおります。／多くの方の支えや応援に感謝しつつ、俳優としての残りの人生をかけて、仕事に邁進していきたいと存じます」——いつの間にか喜寿とか大病とか言い出して、自分の話になっている。

もちろん中年に差しかかる息子の不祥事でわざわざ謝罪する必要もないんですが、何かコメントを出そうと決めたときに、息子のことを語っていたはずなのに「自分がどんなに大変か分かってほしい、気の毒だと思ってほしい」という気持ちが自然に先に湧き出てしまうこの素質。

ああ、ユマニテの文章の気味の悪さは「毒親」っぽさだ。

寛大な私だけど、あの子が悪いから仕方なく突き放すの。でも、よかったら今後も見てあげて（器の大きさアピール）……と、べったりした自己愛をさらけ出しながら味方してもらおうとする文章なのだ。三田佳子という個人ならまだしも、会社を代表するメッセージとしてこの毒親っぽさは異様です。自己愛で会社を保たないでほしいです。

2022／3／3

学生たちの心は揺れた

朝日新聞デジタル

朝日新聞はどうも手ぬるい（という話はここで何度も書いている）。最近気になった記事は「大学の不祥事『書いたら退学?』」として、日大新聞について取り上げたもの。

記事内容によれば、学生が編集する日大新聞の1月号が、前理事長の不祥事について「再生への苦闘　疑念突き付けられた『自浄能力』」「専横招いた組織風土にこそメスを」などと批判的に大きく取り上げたらしい。これだけ見れば、大学という権力に怯まず闘っているイメージです。

しかし日大新聞は、50年以上前の日大紛争時代に発行停止の憂き目に遭ったこともあり、今まで「大学の悪いことは書かないという暗黙の了解」があったそう。数年前の悪質タックル問題のときも完全スルー。前理事長の逮捕についても、こんなことを書いたら退学させられる、新聞が廃刊になると、ほとんどの学生記者が消極的で「学生たちの心は揺れた」とのこと。大学側が前理事長との永久決別を宣言してからやっと記事にし

慶應塾生新聞、硬い記事もあるが……
《CAMPUS IDOL》
経済学部2年
○○さん
○○さんは現在、「Ray」というファッション雑誌の専属モデルとして……
文学部2年
△△さん
まっすぐな瞳が印象的な彼女に、いま力を入れていることについて尋ねた……
こういう軽〜い記事が目立つ!!
さすがというか。

た、という経緯があるらしい。

記事は「学生記者たちは葛藤を乗り越えてよくやった」と言わんばかりの論調に見えますが、そうかなあ……？　学生新聞とはいえ、一応ジャーナリズムがやりたくてやってるはず。学校側が逮捕者を追放してからやっと安心して記事にしたというのは、そんなに誇れることではないでしょう。

さて、ほかの学生新聞はどうなんでしょう？　すぐに手に入らないのでネット上の記事しか見ていないことをお断りしつつ——東大新聞、京大新聞、一橋新聞、筑波大学新聞あたりは大学側に不都合な部分も報じていて、しっかり「報道」をしている印象です。しかし、慶應大（慶應塾生新聞）はもともと全共闘時代に政治色を排した団体として立ち上げられたこともあり、近年取材した著名人には櫻井翔、ＥＸＩＬＥ岩田剛典、松岡修造などの名が並んでいて軽薄なイメージ。一方で、早大（早稲田大学新聞）は学生運動時代に革マル派と接近し、後に大学当局に公認を取り消されたため、おそらく事実上消滅。約3年前には全く新しい「早稲田新聞」というものが立ち上がる動きがあったようですが、その後立ち消えてしまったようです。今どきの学生新聞って、大学側との折衝に加え、採算や部員不足の問題もあるし、一般紙以上に運営が大変そう。

しかし、朝日は最近こういう「大変な人がいます。がんばってます」と、同情だけで終わる記事が多い。なんならこの記事、「忖度せずに報道するのって怖いよね〜心揺れるよね〜分かる〜」と自らを慰めているように思えてなりません。心や気持ちの話ばかりじゃ報道にならないよ。もっと読みでのある記事が書けるはず、と期待してるから私は厳しく言ってるんですよ！

ちなみに最近の朝日のいいところは、デジタル版に設けた「コメントプラス」なる欄に、記事に対する批判的な意見も載せていることです。この記事についても常見陽平が「やや看板倒れ、複雑な心境になる記事である」「日和見的、忖度の塊だなとも読めてしまう」と書いていて、私もそのとおりだと思いました。

2022/3/10

また一緒に遊びたいんで元気でいて下さい

東谷義和の友人と思われる人

現役暴力団員もユーチューバーになれる時代。そもそも暴力団であることを明かしている人物に広告料を払うことになるビジネスってどうなんだ……と思いつつも、何かにつけて、ありとあらゆる「張本人」が発信できてしまう世の中になったんだな、と感慨深いものがあります。戦争が起これば、当然その渦中にある当事者も発信できます（通信環境さえ確保できれば）。世界を俯瞰できるような気分になる報道と両輪で、私はウクライナ在住の人のツイッターやYouTubeなどをチェックし、今の状況を、身近な、ミクロな視点で感じようとも考えています。

ところが私はそうして世の中の動きをチェックするのにすぐ疲れ、反動のように、非常にどうでもいいYouTubeも見てしまう。またちょうどいいタイミングでそんな人が出てきたんですよ。YouTuberのヒカルが詐欺師だと名指しした人物・東谷義和が自らもYouTubeを始め、大いに話題になっているのです。

紀州のドンファンの元家政婦による
YouTube「SUMIYOの部屋」も
見てます。
妙に暗い
社長はすばらしい方ですよ……
ヘアメイク（カツラ）、照明、背景、
謎のBGM（娘の曲らしい）、
全部気になります

東谷は今までにも「ＢＴＳに会わせる詐欺」をはたらいた疑惑の人物として週刊誌に取り上げられたことがありますが、その時はあくまでも匿名表記でした。しかし、ヒカルが堂々と実名を挙げてしまったせいで信用を失い、家族にも被害が出た、と彼は語ります。

この人物、芸能人と幅広い付き合いがあるのは事実らしい。かつて、男性芸能人に女性を紹介したり、お店をアテンドしたりしていたそう。いかにも「裏の仕事」です。彼は疑われた詐欺行為には一切触れず、つきあいのあった芸能人で手のひら返しをした人の醜聞をこれから暴露するとヤケクソのように意気込んでいます。

私は今、そんなものを見てるんですよ。反動にも程があるね。

ある日のユーチューブ生配信では、城田優と綾野剛、どちらの情報を話したらいいか、と問いかけ、視聴者にスパチャ（コメント付きの投げ銭）を投げてもらって、お金が集まったほうの話を明日暴露する、と発表しました。お金の集め方がうまい人です。

さて、そのコメント欄を後から読んでいると、4万9800円という飛び抜けて高額のスパチャを投げている人がいました。こんな大金を払ってまで城田優か綾野剛の暴露を聞きたいなんて、一体どういう人なの？　と思ってそのコメントを見ると、なんと……「また一緒に遊びたいんで元気でいて下さい」というコメントがついているのでした。

ハッとしてしまった。

おそらく東谷の実際の友人なのだろう。芸能人の女性関係や違法行為を実名で暴露しはじめた彼の身を案じて、純粋に援助したんじゃないだろうか。

当然のことかもしれないけれど、こんな彼にも、YouTubeに協力してくれたり身を案じたりする友人がいるということだ。下世話な興味100%で無責任に見ていた私は虚を突かれてしまった。これもまたミクロの視点。どんなところにも想像の及ばないドキュメンタリーがある。

2022／3／17

わ
女性的役割語

Eテレで放送しているレイチェル・クーのシリーズをたまに見ています。イギリス人のレイチェル・クーが明るく元気にレシピや食文化を紹介する、ポップな色合いの楽しい料理番組。BBCの番組の日本語吹き替え版です。

先日、いつの間にか『レイチェル・クーのチョコレート』という新シリーズになっていたのに気づいて久しぶりに見ていたら、吹き替えの日本語にうっすら違和感を覚えます。なんだろう？

レイチェル（の吹き替え）、語尾の「わ」を言わない！

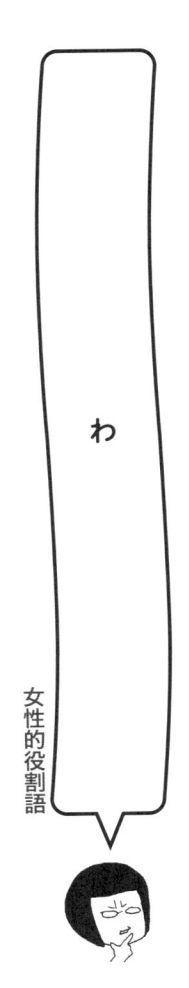

こういう欧米人女性に吹き替えを当てるときは、「～だわ」「～なのよ」など、役割語と呼ばれる、過剰に女性らしい言葉がセレクトされるのが常だったと思う。

しかし、レイチェルはいかにもそういう言葉遣いをしそうなのに（そもそも日本語をしゃべらないってのは置いといて）、「コンフィは油に浸して徐々に加熱する！」「身が

思いきり「今の日本人」ぽく
吹き替えたら やっぱり雰囲気的に
ダメなんだろうか？
えっ 超繊細ー！ 口の中でめっちゃ早く 溶けるんだけど!!
めちゃめちゃ おいしい〜♡
※実際の吹き替えは
「繊細で、口の中ですぐ溶けちゃう！」

ほぐれはじめる！」「レモンが利いている！」などと、ちょっと不自然なくらいに断定的な語尾を多用して話します。従来の吹き替えなら「加熱するわ」「ほぐれはじめるわよ」「利いてるわね」なんて言いそうなのに、そうはしない。女性的な語尾は「じっくり火を通すの！」のように、「の」を使うくらい。たまたま目にした「コンフィ&チョコバー」の回のセリフを全部確かめてみましたが、女性的語尾の「わ」については「間違いないわね！」と言ったたった1回しか使われませんでした。

これだけ使っていないということは、きっと明確な意志に基づくものじゃないだろうか。

これは調査したわけではなく私の印象ですが、国際ニュースで市民の声に吹き替えを当てるとき、かつては特に欧米人女性に「〜だわ」「〜のよ」という語尾を当てるケースが多かったように感じます。こんなふうに吹き替えで役割語が多用されることは、強い偏見に基づくものだと思う。こちら（日本人）とあちら（外国人）に明確な差をつけるのが当然、という態度に見えるのです。声優さんも張り切って感情を込めるので、まるで洋画の登場人物のように現実味のない感じになってしまいます。

現在でも、日本語において男性と女性の平均的な言葉遣いには多少の差がありますが、私は自分の周りの若年女性で、日常的に「～だわ」という言葉遣いをする人を一人として見たことがありません。役割語の多い吹き替えで見るニュースは、私たちと断絶した、画面の向こうのできごとという感じがします。

しかし、最近の国際ニュースを見てみると、レイチェル同様、明らかに「だわ」系の吹き替えは減っています。比較的ニュートラルな「です・ます」調の言葉が多いのです。淡々と話す市民の言葉にドラマチックな強い抑揚をかぶせる手法には相変わらず閉口するものの、死語になりかけている女性的役割語の吹き替えが減ってきたのは、本当に歓迎すべきことだと思う。

2022／3／24

芸能人ってこんな風にして一般人巻き込むんですよね

マリエのインスタグラムへのコメント

映画監督の榊英雄が女優に性行為を強要していたというスクープが話題となるなか、私はマリエを思い出していました。

去年の4月、インスタライブで島田紳助による性行為の強要未遂を訴えて話題になったけど、その後動きがない。あれ、どうなったんだろうか。

残念ながら、どうもなっていないらしい。マリエ自身も告発中に「別に訴えないよ、めんどくさいから」と言っていたし、島田紳助が引退しているためにおそらくマスコミも後追いする気がないし、強要発言の現場にいて「共犯」とされていた出川哲朗ややるせなす石井も事務所が関与を否定する文章を事務的に出したし、それで騒動は終わってしまいました。

告発中にマリエが「殺されるんだろうな、明日くらいに」と何度も言うほど緊迫感のある内容だったのに、嘘みたいに何もない。加害側が罰を受けた感じもなければ、元々

あまりテレビに出ていなかったマリエは干された感じもなく、今も顔を出して仕事をしている。マリエに続いて告発者が現れたということもない。

当時のマリエのインスタを見ると、告発した直後、応援コメントよりも圧倒的多数の非難や嘲笑が寄せられていて、まずそこに驚きます。また、バッシングは匿名をいいことに悪意や遊び半分で書き込むのだろうと思ったら、意外にも、自分のアカウントには日常生活や子供の写真などをふつうに上げ、なんなら実名も丸出しのまま「マジメにバッシングしている」という例が多いことにさらに驚きます。

吉住のコントのタイトルは
「正義感暴れ」なんだけど
私はけっこう（テレビ）見るんだよねっ
だから当事者なんだ♡
リアルにいるこういう人は
客観的な正義ではなく、本気で
「当事者」として怒ってると思うので
このセリフはすごい。

もっとも象徴的に感じたのは、自分のアカウントでは化粧品や我が子の写真をアップしているごく一般的な女の人による「過去は過去で割り切って乗り越えるしかなくないですか？（中略）嘘だろうが真実だろうが私たち一般人には関係ないので（中略）言い方悪くはなりますが芸能人ってこんな風にして一般人巻き込むんですよね」という長文のコメント。

まったく関係ない一般人が告発をたまたま知っただけで、巻き込まれた気になってしまっている！　コメントする人たちはマリエの告発の真偽はどうでもよくて、この告発によって自分の好きな芸能界について「問題意識を持たなきゃいけない」となる状況が本当に不快なんでしょうね。

Ｒ－１グランプリ２０２２で、吉住は、「周囲の人には優しいけど芸能人の不倫にだけ激怒する人」のコントを演じました。あれはとても面白かったけど、実は現実そのものなのかも。楽しいテレビを見るときに「この人は悪い人かも」という雑念が入って「自分が侵害されること」がいちばんの問題、という人がいるのだ。

こんな人たちはおそらく、マリエ側がさらにひどい目に遭う（例えば本人が言うように、殺されてしまうなど）ことも望んではいない。彼ら・彼女らの中では、世の中に波風は立っていないのだから。

こうして、気持ちが乱れぬよう、「ひどいこと」は何も起こっていない、自分とは何も関係ない……と、物事に正対しないことを選ぶ人たちは、そのうち「こんなひどいことはありえない、嘘に違いない」と、陰謀論に進んでしまう。それが怖い。

2022／3／31

感銘を受けた

岸田文雄

ロシアは悪、ウクライナは善、すなわちプーチンは悪でゼレンスキーは善という非常に分かりやすい二項対立で物事が進んでいるように見えます。

ニュースでは、街が包囲されただの、押し返しただの、マクロな視点で、ゲームのように戦況が伝えられています。一方で、妊婦が殺されたとか、病院が爆撃されたとか、ミクロな情報も刺すように入ってきます。

バランスが取れず、捉えきれない。戦争なんてそんなものかもしれない。

世界にはほかにも紛争で市民が虐殺されている地域があるのになぜこんなにウクライナだけ取り上げられるのか、その理由はたくさんあるけれど、ゼレンスキーの発信力にもよるのは間違いない。

彼は日本の国会でも演説をしましたが、立憲の泉代表は事前に「他国指導者の国会演説は影響が大きいだけに、オンライン技術論で論ずるのは危険」「演説内容もあくまで

でもゼレンスキー大統領が有能なのは
ただただうらやましくもある。
ゼレンスキー演説を見ている
日本のじいさんたちを見ていると…。

両国合意の範囲にすべき。それが当然だ」とツイートしていました。この言葉はまるでロシアのスパイであるかのように叩かれ、彼はすぐ弱腰になって「昨日の投稿も、実施が前提の投稿」と急激にトーンダウンしましたが、私はむしろ当初の慎重姿勢のほうが支持できました。

大半の国民がゼレンスキーを知らなかった去年末の段階で「ゼレンスキー」をツイート検索してみると、「安倍晋三は日本のゼレンスキー」という、現在のイメージからするとかなり意外な表現が散見されます。当時は、約20％という低支持率に焦ってロシアに対し強硬的な態度を取るゼレンスキーと、様々な疑惑を中韓への強硬的な発言で煙に巻こうとする安倍が重ね合わされていたようです。

ところが、ロシアの侵攻に対し全力で抵抗したことで、彼の支持率は急上昇しました。もちろん降伏せず闘わねばならない事態なのは間違いないですが、侵攻直後にゼレンスキーが18～60歳の男性の出国を禁止とし、実質的に一般国民にも戦いを義務づけたことが私にはどうしても引っかかっています。一般国民の抵抗、愛国心の高揚、支持率の上昇、これがひとまとまりになっている。もし日本がどこかの国から攻め入られ、首相が国民男性に戦いを義務づけたとしても、私はミクロな視点をもって、身近な人にはまず逃げてほしいと考えます。それはごく自然なこと。

日本国会でのスピーチ後、岸田文雄は「極めて困難な状況の中で祖国と国民を強い決意と勇気で守り抜いていこうとする姿に感銘を受けた」と、映画を鑑賞した後のようなぼんやりした感想を述べています。話のメインはそのあとの支援内容のことだったとはいえ、話の枕にしても政治家として恐ろしく緊迫感のない言葉です。戦争中の政治的リーダーへの「感銘」は、かなりピント外れなものに感じるし、ややもすれば迂闊な発言にもなりえます。

ウクライナ国民を始め、各国の市民についてはミクロな視点をもって味方でいたいけれど、各国（日本も）の政治家に対してはマクロな視点を大事にして、冷静に見ることを指針にしたいもんです。

2022/4/7

強い権力を背景にした加害

是枝裕和ら映画監督有志

榊英雄らによる性加害が報道されるなか、是枝裕和らが声明文を出しました。そこには「私たちは映画監督の立場を利用したあらゆる暴力に反対します」「特に映画監督は個々の能力や性格に関わらず、他者を演出するという性質上、そこには潜在的な暴力性を孕み、強い権力を背景にした加害を容易に可能にする立場にあることを強く自覚しなくてはなりません」とあります。

ところが、その是枝監督の『万引き家族』でも、安藤サクラがリリー・フランキーとのラブシーンについて「『映しませんから、大丈夫です』というふうに聞いていて。その後、現場に行ったら、『前貼りで』と言われて『えっ！　是枝さんの作品で前貼りをするの!?』と意外すぎて（笑）。『どうしよう。でも、もう今日だし、どうしよう』とオロオロしました」「『しょうがねぇや』という気持ちで望《ママ》みましたね（笑）」と話しています。榊と違って撮影中の問題とはいえ、やっぱり「強い権力を背景にした」強要があったようです。
今年話題となった片山慎三監督の映画『さがす』には、主人公の女子中学生が友人の男子に要求されて仕方なくおっぱいを見せるシーン（バックショットで、そのものは映っていない）がありますが、このくだりは「クスッと笑える情景」として挿入されています。映画自体は面白いと感じただけに、中学生へのセクハラをコミカルなものとして済ませたこのわずかなシーンが、私には小骨のように引っかかっています。

パク・チャヌク監督「お嬢さん」(2016)は
露出の多い映画ですが、
着衣でのリハーサルをしたうえで
無人カメラを
使うなど、
ケアが
行き届いて
いたそうで。
衣装最高。
人前で脱ぐような体当たり演技こそ
女優！みたいなド根性精神、
とっくに時代遅れだね。

のちに片山は『さがす』で強烈な役柄を演じた16歳年下の森田望智と交際中というスクープが出たし、そのスクープ記事では映画評論家の前田有一なる人物が森田を評して「日本の女優には珍しく、頭を使って考えるタイプです」という腹の立つコメントをしているし――榊監督のような加害行為ではないけれど、傑作と言われる『万引き家族』にも『さがす』にも、周りにうっすら因習のような気持ち悪さが漂っている。

ちなみに、いま園子温監督にもセクハラの疑惑がかかっています。

もっとも、園は10年以上前に「裸になれない女は今すぐ、実家に帰るべきだ」と書いたこともあり、正直、意外性は全くありません。

4年前のインタビューでは「日本の女性たちは誰ひとり、自由を使いこなせておらず、全体に抑圧されている」「自らの足で歩いていく獣のようであってほしいと思う」と、一転して女性の味方のような発言をしていますが、私が思うにこれは世間の風潮に合わせたわけじゃなく、彼としては一貫しているのだと思う。

彼のような人の中では、〈女性が抑圧されないこと＝性的に奔放になり、ためらわず裸になること＝セクハラもイタズラ程度に明るく楽しむこと・誰とも（自分とも）気軽にセックスなどをすること〉という回路ができあがっているのではないでしょうか。

女性が（性的にも）自由であるためには自らの意志で行動を決められることが当然の条件ですが、彼らは自分の権力性を無視し、「男たちの『ほんのイタズラ』をセクハラだと思うなんて、まだまだ女たちは性的に抑圧されている。もっと自由になれ」と本気で信じているような気がしてならない。

2022／4／14

しかるべき措置／人の口は災いの元

園子温／G・M・ナイル

芸能人の直筆による謝罪や結婚報告のＦＡＸ類が大好きな私ですが、最近続々と出てきたそれらにはあまり食指が動きません。私はできれば筆跡やら文体やら、細かいところを突いて面白がりたいの。疑惑が重大で、かつ本人は認めていない、なんて場合は安易に茶化したくないの。そんなときはまずは真っ正面から内容を語りたい。ということで、園子温の件。

彼は謝罪文らしきものを手書きで出していますが、性加害の疑惑を全く認めていません。「関係者の皆様」や「視聴者の方」に「お騒がせ」したことは詫びるが、被害者には一切詫びません。

もちろん誰しも反論する権利はあるけど、あれだけ証言が出ても突っぱねているのは、決定的証拠が出ない自信があるのか、粘って相手の心が折れるのを狙っているのか。たぶん後者だと思う。

天竺鼠・瀬下の不倫報道（2回目）は、内容はエグくてとても笑えないけど
謝罪文は一応ちゃんとしてたと思います。
瀬下
この度は私の無責任な行動で傷つけてしまった女性の方々に心よりお詫び申し上げます。
お詫びに激辛ラーメン食べます！とは言ってません

園子温の文章のいちばんの主題は後半の部分。週刊誌の記事には事実と異なる点が多いとして「代理人を通じて、しかるべき措置をとって参る所存です」と、にらみを利かせたところです。法的措置を匂わせる、ほぼ脅しに近い文。

字面上は週刊誌へのにらみになっているけど、実質的には告発者個人への脅しとなっていて、園自身も当然それを意図しているでしょう。自分が各方面から叩かれ、何か声明を出さなきゃいけない、しかし疑惑を認めたくはない――この意図までは理解できるとしても、さらなる告発を抑えるためにこんなにらみを利かせる必要があるだろうか。もっと言えば、「俺は告発者を脅すぞ」とアピールすることで印象はさらに悪化する、というところまで考えは及ばないんだろうか。

手書きの文字は汚いとまでは言わないけれど、縦の行がかなりヨレている。しかもその場にあったのか、長い文章を書くには明らかに向いていない太めのサインペンで書いたようで、インクもかすれている。姑息な感じが滲み出ています。

そしてまた一つ、被害者ににらみを利かせた文章が登場しました。こちらは声明文ではなく、週刊新潮で性加害を告発されたナイルレストランオーナー、G・M・ナイルが、行為直後に被害者に送ったメールです（以下、伏せ字にされていた部分は推定。空白や句読点は適宜修正）。

「何を勘違いしたのか馬鹿をして素敵な○○（被害女性）を傷つけて本心からごめんなさい」と謝ってはいますが、つまり加害の自覚はしっかりある。そして、あろうことか文章の後半では「○○（知人男性？）にはなんにも言ってないからね。彼は貴女のこと少し知っているから。人の口は災いの元。○○（被害女性？）の名誉の為誰にも口外していません」と伝えています。

女性の被害（自らの加害）を口外するなど論外なのに、その可能性を仄めかす時点でにらみが利いている。「人の口は災いの元」という言葉は自戒にも取れるけれど、「口は」ではなくあえて「人の口は」と書く時点で自分以外の行為を想定しているようにも見えます。つまり「誰にも言うなよ」という脅しにも取れるようになっているのです。

謝る文章の中にこういう「にらみ」がある時点で、もう真っ黒。

2022/4/28

お笑い怪獣なんだからしょうがないんだ

ジャングルポケット・斉藤慎二

もうゴールデンのテレビ番組を見ることはほぼない私ですが、大相撲関係となると話は別。御嶽海とその母が出ると知って久しぶりに『踊る！さんま御殿!!』を見てしまった。

しかし、久しぶりに見た明石家さんまの司会術はもう、もう、私にとっては見るに堪えないものでした。毎週こういうものが流れているのか。「ゴールデンの番組を見ないと時代に取り残される」のではなく、今は「ゴールデンの番組を見ていると時代に取り残される」のかも、と思う。

4月19日は「有名人親子SP」として、有名人がその親と出る回でした。御嶽海はフィリピン出身の母・マルガリータと出演。さんまが彼女をことさら「綺麗で有名やから」と言う時点で嫌な予感はするんですが、決定的にキツいシーンはそんなルッキズムとは関係ないところで起こりました。

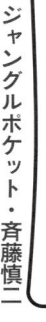

なんかもう…全体的に無理だった……。
これしかないなと思って!
かける動作
ビンタや味噌汁をかけるというガッツリした体罰を楽しそうに語る三代目JSB・ELLYの母

日本語がやや片言の彼女が「家族」という言葉をうまく発音できなかったとき、文脈的には十分理解できたはずなのに、さんまは露骨にワケが分からないという顔をして「カンソウボン?」と聞き返したのだ。

芸人が噛んだ時のやりとりではない。素人、かつ日本語ネイティブではない人を相手に、これ。日本語話者が外国人の日本語の発音を笑っているという、本当にただそれだけの差別的なやりとり。

ここで反応良く働いたのがジャングルポケット・斉藤慎二。「わざと間違えて笑いにしようとしてるでしょう!(略)何でも笑いに持っていこうとするクセがあるだけだから! 病気なだけだから気にしないで!」とまくしたてました。

彼はこの踏み込んだ発言で、さんまに「誰が病気やねんアホ!」と返させて場の方向性を変え、御嶽海の母のほうもケアしたのだ(しかしさんまは、その後も立て続けに聞き間違いネタを繰り返している)。

斉藤は、視聴者の「ひと言体験談」コーナーで「マリアと名づけられるはずが、親が顔を見てマサコに変えた」という自虐ネタがやや太めの女優を使って演じられたときも、「これはひどいな〜! マサコ、いい名前ですよねえ」と大声でツッコんで、名前や容姿についての偏見ネタを力業で軌道修正しています。さらには、自らの母が体型をいじられそうになると、「ウチのおふくろで笑い取ろうとして! 大丈夫だ俺が守ってやるから! お笑い怪獣なんだからしょうがないんだアイツは!」とか「失礼なこと言って! お笑いでトップになったから天狗になってんの?」とか冗談めかし、発言が失礼だということも明示し、最終的に笑いにもしています。

すごい。この人がいないと番組が成立しない。

でも、「斉藤さんすごいなあ」だけじゃダメだ、という気持ちもある。

だって、本当は「お笑い怪獣なんだからしょうがな」くはないから。

斉藤は何も悪くないけど、これは一種の過剰適応というか、セクハラされた女の人がその受け流し方を覚えて社会でうまくやっていくのと同じ構図なのだ。容姿・外国人差別みたいな安易な要素がなくたって、面白いトーク番組は成立するはずなのにな。

2022/5/5・12

組

映画業界

つい数年前、私自身が、ある映画に関わる仕事に誘われたことがありました。その監督（X氏とする）は、映画通ではない私でも作品を見たことがあるくらい有名な人でした。最初にプロデューサーに呼ばれて一対一で打ち合わせた際、私は「ぜひX組に入っていただいて」という言葉を言われた記憶があります。

そうか、私も「組」に入るんだ、と思った瞬間……正直、少し高揚がありました。特に映画に関わる仕事をしてきたわけでもない私が、それなりに名のある監督に急に認められた、引き上げられた、というような気持ちがふわっと芽生えたのです。

結局その話はつぶれたのですが、今それを思い出すとなんとも気恥ずかしい気持ちになります。彼が「組」という言葉を使ったのも、私からこんな高揚を引き出したかったんでしょう。それにまんまと乗ってしまった。バツが悪い。

さて、最近醜聞が連続している河瀬直美に暴行の疑惑まで発覚しましたが（本人は腹

文春スクープ班も「文春組」って呼ばれたりするのかな？と思って調べてみたら……
峯岸
指原
文春組
文春でスクープされた元AKBの2人がそう呼ばれてました。
意味が違う!!

を蹴ったことは否定)、彼女はまず「既に、当事者間、および河瀬組内において解決をしている」という弁解をしました。さらには「当事者同士、および組のスタッフが問題にしていない出来事についての取材に対して、お答えする必要はないと考えます」と、高圧的な文言まで加えました。

　メディアが勝手に「河瀬組」と呼ぶなら仕方ないとしても、河瀬直美は外向きの発信のとき、自らシンプルに「組のスタッフ」なんて言っちゃうんだな。「チーム」や「制作班」ではなく、「組」。

　集団でなんらかの文化的な作品を作るということは多々ありますが、映画業界ではなぜかそのグループ名について当たり前のように「〇〇組」と呼びます。音楽でも劇でも漫画でも多人数で制作することはありますが、「組」という言い方はそんなにしないはず。「組」は、断然、映画です。

「○○組」って、暴力団風の組織が想起される言葉。日本国語大辞典の「組」の項にはいろいろな意味が載っていますが、おそらく「⑩親分を中心とする博徒の仲間、また、土木建築業などの結社にいう語」という項目が近いように思います。映画の制作班を、強権的なリーダーによる上意下達の組織になぞらえているわけです。

もちろんそれは、内向きには決してネガティブな意味にははたらきません。冒頭の例で私が感じたように、「チーム」なんて言葉よりも「組」のほうが「親分を尊敬して集まった忠実な部下による結束力の強い組織」だと自覚することができるんでしょう。しかし、そのぶん外部と意識は乖離します。だから「組のスタッフが問題にしていない」と言えば一件落着、と思っちゃうんでしょう。組内のトラブルは組の掟で処理。「組」という呼び名に、映画業界の古き悪しき部分がこびりついているように見えます。

ちなみに私を呼んでくれたX監督も、最近の映画業界における悪習告発の流れのなかでしっかりパワハラを報じられていました。「組」に一瞬でも浮かれた自分が恥ずかしい。ポシャってよかった。

2022／5／19

ダンマリ

水道橋博士

「ダンマリ」は、辞書的には単に「黙っていること」という意味ですが、報道などでは、沈黙している人に「意見を表明しろ」と責める文脈で使われます。最近の記事を見ても、「（五輪番組の問題に）ダンマリの河瀬直美氏」（女性自身）とか、「木下ほうか『性加害報道にダンマリ』決め込む事務所」（ＦＲＩＤＡＹ）とか。ツイッター等で議論をしたがる人たちは好んで使う言葉。

さて、参院選にれいわから立候補する予定の水道橋博士が、園子温の性加害報道についてサンデー毎日に記事を寄せたのですが、この文章でも「ダンマリ」という言葉が使われていて、私はそれがとても引っかかりました。

この記事は、園子温を一応批判しつつも言葉の端々に彼を擁護したい気持ちがにじみ出ていて全体的にどうもムズムズするんですが、それ以上に、最近の性加害報道をめぐる動きに対する視線がかなり歪んでいるのが気になりました。

爆笑問題の太田光くんは、園監督に毅然と物申して若者たちから絶賛
←要旨です
今どきの若者たちが「クソダセェ」と毛嫌うのは身内に甘く他人に厳しい野党無罪系
ドルフィンソング三木
ハカセ
長谷川かいま
よくブログに出てくる付き人的な2人
……水道橋博士の「若者像」って単に「ツイッターでからんでくる人」のイメージだけど
いつもいっしょにいる付き人的な彼らも
そういう感じなんだろうか？

「山口某案件（注：山口敬之の事件と思われる）のように〝政権絡み〟と思われた場合は、夜も日も明けないような大騒動であったのが、今回の告発（注：園子温事件）では、なんとダンマリを決め込む出版社、放送媒体、#MeToo系アカウントの多いこと」「広河隆一氏が、『週刊文春』によってそのおぞましい、性暴力、性行為要求、ヌード撮影といった行為が暴かれたときにも、#MeToo系アカウントが一斉に沈黙」――つまり水道橋博士は、山口敬之を批判する人が園子温らには「ダンマリ」だ、と主張したのです。

さらには、「代わりにくだんのアカウントがここ数日、標的にして大騒ぎしていたのは、邦画界のリアルな性被害よりも、某経済新聞に載った〝二次元〟の巨乳女子高生の漫画広告」とも。これは日経に載った『月曜日のたわわ』という漫画の広告が性的搾取だと批判された問題を指すと思われます。

この視点は、なんのことはない、ネッ

ト上に跋扈する、性加害を軽視する人たちによる典型的な主張とまったく同じです。彼らは、性加害を告発する人たちを「右翼嫌い・オタク嫌い」だと決めつけ、だから（彼らが思う）左翼的な人が性加害をした場合は批判者も「ダンマリ」に違いない、と決めつけて嘲笑します。

実際には、園子温も広河隆一も、ものすごく批判されているのに。

水道橋博士は当然すぐにこの点を指摘され、「ボクの（ツイッターの）フォローが足らないのですね。反省します」と弁解しましたが、私が思うにフォローはむしろ多すぎる。ツイッターによくいる、被害者や告発者を冷笑するタイプの野次馬に影響されすぎです。「ダンマリ」なんて言葉で誰かを責めるのは、ツイッター論調そのもの。

政治家のツイッターは、水道橋博士と対立する多くの維新議員のようにデマすら恐れず一方的に主張だけけして対話しないか、そもそもほとんど発信しないかのどっちかです。だから、ツイッターで誰とでも対話を試みる水道橋博士には確かに誠実さがあるのですが、簡単に冷笑する側の論調になびいている様子から見て、残念ながら使い方が下手だと思うのです。

2022/6/2

人間性

中間市長・福田健次

ひろゆき（西村博之）が、福岡県中間市の「シティプロモーション活動」アドバイザーに就任したそうで。市のＰＲやＳＮＳ活用に協力したりするようです。

ひろゆきが一定の若者から支持されていることは確か。ひろゆきの就任自体が、そういう若者に好印象を与えることは否定できません。

しかし、ひろゆきといえばアメリカ議事堂襲撃事件を引き起こしたＱアノンにつながる匿名掲示板カルチャーの祖であり、２ちゃんねるにおける誹謗中傷書き込みの管理者責任として命じられた30億円とも言われる賠償金を踏み倒したことを堂々と語る人物でもあります（なおこの額については、本人が17年に「累積で30億くらいいった」と自称しながら、21年には「総額何十億円って言われる」と又聞きのように表現が変遷していて、信用ならない）。とにかく、責任を取らないことに特化した人。

ひろゆきは去年も、福岡市の行政オンライン化に向けたプロジェクトのメンバーに名

こんなに「タレント議員感」のある
タレント議員もなかなかいないな、と
中間市長
福田健次
キメ顔!!
ひろゆきさんの人間性!!
みんなのヒーロー
「福田のけんちゃん」
やたら拳を握る…
あー…やってもいいスよ〜

を連ねたり、「デジタルの日」の企画について菅義偉（当時首相）に助言したりしています。中高生がYouTubeで偉そうに持論を披露するひろゆきに心酔してしまうのは仕方ないとしても、行政側がこんなに迂闊にアプローチをするのは何なんだ。

試しに中間市長・福田健次について調べると、軽薄さの権化のような人物でした。

元々福岡のローカルタレントだった彼は、市長就任直後、「北九州人図鑑」なる番組で意欲を語っているものの、いきなりMCの女性を「美佳ちゃん！」と馴れ馴れしく下の名前で呼び、ふだんは「日本国の名だたる方々」が来るような市長室で撮影させてあげているのだと胸を張ります（冗談にしても傲慢すぎるのでは?）。具体的政策についての発言はわずかで、「心もいつもニコニコ」「とにかく明るくしよう」「元気、笑顔、人間力を発信」と、拳を握りながら空虚な言葉を勢いよく連発しています。ローカルタレント感丸出しで、「ミニ森田健作（政治家としての）」という感じ。

市長は今回の記者会見でも、ひろゆきについて「屈託の無い、腹を割った話ができる唯一の方」「人間性・知性をお借りし、市の若者に夢と希望を与えてくださることを期待している」とベタ褒めし、こういうプロジェクトによっていずれは中間市から総理大臣が出るかも、などと大それたことを言い出す始末。中身の無さがすごい。

しかし、よりによってひろゆきの「人間性」を評価するとは。彼の経歴を見れば、「人間性」だけは評価できないと思うのですが。

具体的な実績を加味せず、イメージだけで未来を語って、イメージだけで人を選ぶ首長たち。「人間性」という言葉も、イメージのいい言葉が勢いで口から出てきただけで、具体的に何かを評価しているわけではないんでしょう。

ちなみに、この就任についてひろゆきが福田健次宛にツイッターで書いた一言は「今後とも、よろしくお願いしますー。」というもの。

なんたるやっつけ感。彼の人間性、まさにこんな感じだと思いますけど……。

2022/6/9

あの夏の真実がここにある。

東京オリンピック公式映画

『東京２０２０オリンピック　SIDE:A/SIDE:B』の予告CM、最後に挿入されるキャッチコピーは「あの夏の真実がここにある。」私は笑ってしまいました。「真実」って。ロングバージョンのCMでも「７５０日５０００時間の『事実』と『真実』。」と言っています。「真実」って言葉、意識的に使ってるな。

３月24日にはこの映画の制作報告会見が行われましたが、ここでは各報道機関から河瀬直美に厳しめの質問も多少出ていました。しかし、私はそれよりも、終始河瀬の味方だったMCの笠井信輔が「会長の交代劇もあったが、オリンピックの影の部分も描いているのか」と反対派に目配せするような質問をしたとき、河瀬の答えがものすごくフワフワしたものだったことが非常に印象的でした。あまりに冗長なので、以下、河瀬の回答文の何か所かを抜粋。

「森会長が女性蔑視というか、その発言によってやはり多くの人たちを傷つけるというようなことになったということではある」「森会長の本意としたことと、世に出てしまっていくその言葉ということと、今の時代SNSも含めて、世界中にそれが、ニュース、情報として、瞬時に伝えられていく」「しっかりとこうしてマイクを持って話すときには、発言に、えっと、すごく気をつけるというのか、ちゃんと、自分の真意を伝えるという努力をしなければいけない」「(日本に女性蔑視やジェンダー不平等の問題があるならば) 森会長の発言によってそれがたくさんのみなさんに伝わって、そして私たちはこのままではいけないっていうふうに思って、この国がいい意味で変わっていくというきっかけになったのであれば、それはしっかりと記録に残すべき」

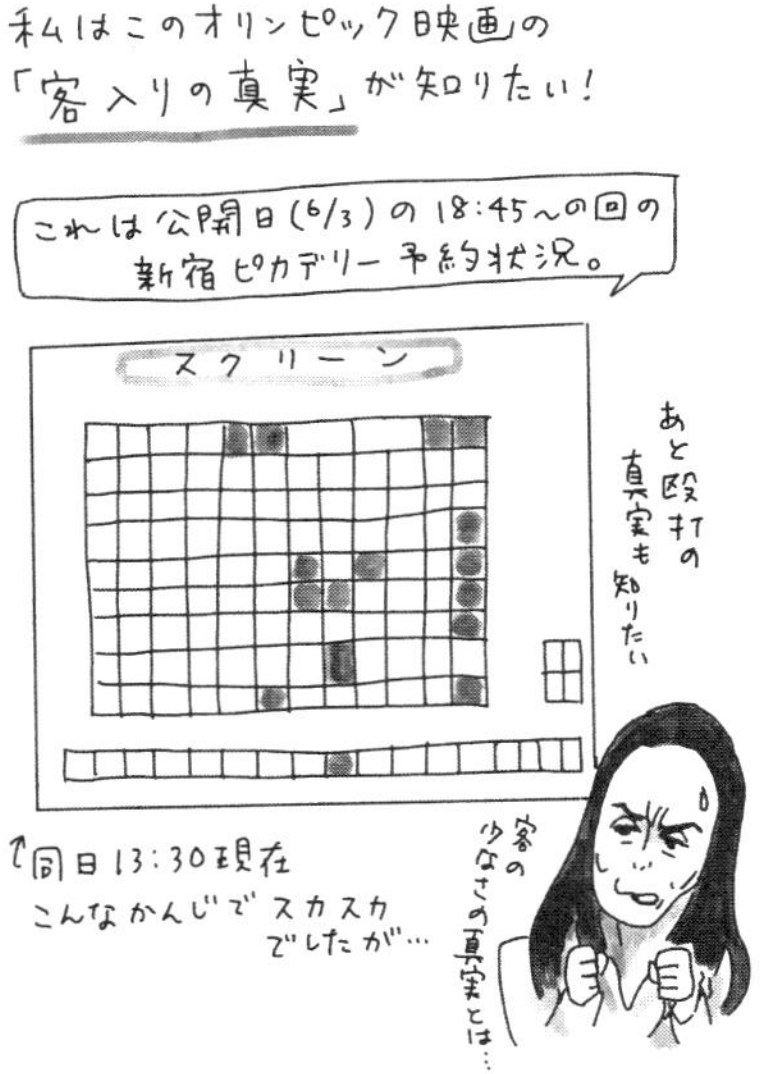

私はこのオリンピック映画の
「客入りの真実」が知りたい!
これは公開日(6/3)の18:45〜の回の
新宿ピカデリー予約状況。
スクリーン
あと殴打の真実も知りたい
↑同日13:30現在
こんなかんじでスカスカでしたが…
客の少なさの真実とは…

……つまり河瀬は、森の発言自体のマズさは極めてまどろっこしい口調で渋々認めつつも、森の言葉には本意・真意があって、広める側が間違えたのだとほのめかし、一方、森の発言のおかげで我々日本人は「真意を伝える努力をすべし」

「ジェンダー意識の低い日本は変わるべし」という2つの教訓を得たのだと、すさまじく強引な論法で森発言を肯定して見せています。

河瀬らにとってはこっちが「真実」なんですね。

ドキュメンタリーで「○○の真実」といえばふつうは暴露的な内容で、「みんなが△△と思っていたものが、実は……」となります。「オリンピックの真実」となれば、ふつう「明るく楽しい祭典の裏では実はこんな暗い／ひどいことが」という文脈になりそうなものです。しかし、今回のオリンピックには反対派が多いため、「あんなに叩かれたオリンピックだけど、実は……」と語ることもできてしまう。河瀬はこちらを「真実」とし、「真実」という言葉の使い方を奪って無効化してしまいました。

権力者側が言葉を奪って無効化するのは最近本当によくあること。トランプを利するフェイクニュースが蔓延する中でトランプ自身が自分に不利なニュースを「フェイク」と言い張ったり、外国人へのヘイトスピーチが問題視される中で、そんな日本人を批判する人に対し「日本人へのヘイトスピーチだ」という人が現れたり。「奪われる」ことには敏感になっておきたい。

2022／6／16

恩人に何かあれば私はできる限りのことをします

GONZO

まず、本人が非公開としたブログ記事には触れておりません、と断ったうえで……。

漫画「毎日かあさん」でほのぼのした実際の親子関係を綴りつづけてきた西原理恵子の娘（大学生）のブログが「発掘」され、西原理恵子が炎上しています。「お母さんは何を思って私の許可無く、私の個人情報を書いて、出版したんだろう」「人が嫌がっていることを無理矢理することはぜったいに許されることじゃない」など、母が作品に自分を登場させたことを強く嫌悪する内容で、その拡散により西原が「毒親だ」「虐待だ」と叩かれているのです。

ただ、ブログの内容は決して告発調ではなく、日々思い、悩むことをぽつぽつ語るスタンスです。母に対して憎しみばかりがあるわけじゃなく、本当は愛したい、でも「（母を）拒まなければ、私が死んでしまう」。時には母を「血縁者」と突き放した言葉で呼び、一方で早くに亡くなってしまった父を恋う。何気ない日常とともに内省的な思いが語ら

↑この2人と組んでる時点でみんな（私も）気づくべきだった。

れる瑞々しい文章で、私は読みふけってしまいました。

中でも母に対して面と向かって言った言葉が印象的。「私は、これ以上言葉で人を傷付けないで、性差をこれ以上作らないで、と伝えた。お酒を飲んでいてふわふわしているお母さんは下を向いてぼーっとしたあと、お皿を洗いに行った」。ここで急に登場する「性差」という言葉。兄との育て方の差、これまでの西原の対人関係や思想における男女差……娘はここに最も許せないものを感じていたのでしょう。ぼんやりしている母の描写との対比で「性差」なる言葉が鮮やかな差し色のように効いてくる。

ところで、ブログが広まった後は娘本人も西原も現状ほぼ静観の中、周囲の人たちがやかましい。

SNSはほぼ西原批判一色ですが、西原側には高須克弥という暴走富豪がおり、当てつけのように「かっちゃん（克弥本人）も卒父。子供は早めに巣別れしてライバルに育ってくれるのが最高」などと、まるで他人事として義娘（？）を突き放すツイートを投下。

もっと厄介なのは、保守的政治観を掲げて常にツイッターで論争しているGONZOなる芸人。高須・西原に恩があるそうで、「恩人に何かあれば私はできる限りのことをします」と言い放ち、よその家の話には言及しないと言いながらも、西原の批判者に対し「恩人を守る」という義理だけで戦いを挑んでいる。

これは、親子関係という、義理や損得だけでは割り切れない複雑で微妙なバランスを詩情を含めて語れる人と、義理人情を第一とする、詩情も機微も内省も知ったこっちゃない人との戦いだ。私はこれだけをもってしても、前者が讃えられる世界であってほしいと思う。

西原も、本来は詩情を持った前者の人だと思われていたはず。でも私は、このブログや高須・GONZOの言動を見て、後者の人ではないかという疑問が深まってきました。漫画のモノローグシーンに出てくる草原と空の絵でごまかされていた気がする。あのパターン、多すぎる。手抜きじゃないのか。

2022／6／23

私の影響?!　無理なくね

市川海老蔵

市川海老蔵の小学生の子供たちが断食まがいのことをしているというニュースにゾッとしてしまった。福岡県で去年発覚した、「ママ友」に洗脳された母親が我が子に食べ物を与えず餓死させた、という衝撃的な事件の裁判が行われているさなかなのに……。

いつも異常な回数更新しているブログで、海老蔵は、6月11日に「今日勸玄はブロッコリーで過ごすとさ」「麗禾は本日は断食するそうです、、まじか!?私の影響?!／無理なくね」と我が子の暴走を止めず、翌日には「36時間ぶりの食べものですって、すごい意志!!（麗禾を）尊敬します」と、褒めてしまっています。

子供が親の行動を見て素朴にマネをしたくなったのかもしれないけど、小学生で断食に挑む異常さには、冒頭で書いた洗脳事件を想起してしまいます。スタンスが「子供を見守る優しい親」であるところがなおさら不安。

さらに問題なのはこれに追従するネットニュース。最近のネットニュースは有名人のブログの内容をただ写したような記事を量産していますが、アベマタイムズやスポニチはこの件についてすら「海老蔵の娘が36時間断食した」という出来事を無批判に書いていてびっくりです。この手のメディアでは、事実に疑問を呈したり問題提起したりというスイッチは完全に切られてるんだな。

話は飛びますが、FLASHでは急に石田純一×いしだ壱成の親子対談が行われていて、この内容にも驚きました。

海老蔵の「3日間水だけ飲んでデトックス」
も「専門家のもとで」やっているらしいけど
何の専門家？呪術の専門家では？
女性セブンが報じた
黒い呪術師
×
1日11リットル
飲みなさい……
のむぞのむぞのむぞ
のむぞのむぞのむぞ

ここ最近どんなふうに生活し、どんなトラブルに巻き込まれたのかといういちばん気になる話はほとんどなく、二人はなぜか最近の映画界の性暴力問題について語る。しかし、いしだ壱成は園子温をひたすら擁護するのです。

「僕も何度かお世話になって」「彼のように有能な監督が叩かれて映画を作れなくなってしまうのは残念」「あの人、性別は関係なくて、僕も口説かれたくらい

（笑）。だから実際はそこまで深刻な話ではなくて、〝見え方〟が悪かった」「ある行為が断片的に切り取られたのだとしたら、不運だったと思います」等々……。

この問題ではほかに見ないレベルの擁護で、さすがの石田純一も「でも最近の問題を見ると、女性側の目線も考えようよと俺は思う」と多少の軌道修正を試みますが、壱成は「逆に男のほうも不憫」「普通に相手に恋をしてるだけの場合もある」「園さんの場合は、特にそう」とまるで譲りません。しまいには純一もその話に乗り、「（某大物監督は）女優を自分の部屋に呼んで、まず脱がせる」「裸で正座させて……シュールな絵なんだけどさ（笑）。でも、それくらいの熱量だった」と、過去にあったセクハラを肯定的に語ってしまうのでした。

國光（小林）真耶夫妻とずっと揉めている海老蔵も、トラブル続きの壱成も、ワイドショーや文春報道的なものの格好の餌食となる芸能人って下世話に注目しつつも同情してしまうものだけど、時には報道からじゃなく当事者本人の言葉から考えを窺ってみると「やっぱり本当にまともじゃなかった」ということを知ることもできてしまう。これもネット社会の悲しく便利なところであります。

2022/6/30

自民の左傾化はもはや止まらぬ

参政党支持者

新興の「参政党」が参院選で議席を取るという予想も出て、にわかにニュースで党名を見るようになりました。

参政党は、事務局長の神谷宗幣が演説で「私の周りのコミュニティの数千人の人たちは誰もワクチンを打っていません」とアピールしたり、比例で立候補した武田邦彦が「ワクチンはビル・ゲイツによる人口削減計画だ」という典型的陰謀論を唱えたりするなど、反ワクチンの面だけ見てもかなり不穏な政党という印象です。

ただ、このあたりの主張は党のサイトではだいぶソフトな言い回しに替えられています。むしろ、綱領の第一項に「天皇を中心に一つにまとまる平和な国」を挙げるなど、反ワクチンの主張は控えめにして、保守層の支持を広げたい意図が見えます。参政党のポスターに書かれたフレーズは「日本男児よ、大和撫子よ、心を燃やせ」。新党とは思えない古めかしい文言です。

参政党はスピリチュアルとも
相性良さそうで気になる。
予祝
YO
パーティー
SYUKU
8.21(日)
過去に差別発言でも話題の
武田邦彦
政党誕生の「前祝い」でこんなことするそうですが….
わーい
予祝といえば…
シーズン前に「予祝」で胴上げして
開幕9連敗した阪神矢野監督。
「予祝」は今年の不穏ワード。

「参院選で不気味な動き『参政党』って何者？」なるネット記事では、参政党が既存のメディアにほとんど登場せずSNSやネットで支持を広げる一方で、立憲の菅直人が参政党を全く知らなかったことを例に挙げ、「SNSに弱い世代には浸透していない」と言っています。しかし、SNS中毒の私でも、参政党を知ったのはごく最近。SNSに強い人が必ず知っているわけでもなく、ネット内でのある一定の場所で強烈な支持を集めている、と考えるべきです。

ところで、差別や中傷があふれていて悪名高いヤフコメですが、参政党についてはほぼ絶賛の嵐。前出の記事をはじめ、参政党を取り上げた記事には長文で熱烈に党を支持するヤフコメがいくつもついています。

中でも、参政党に対して〇〇はダメだ、と、比較対象で挙げられる例が面白い。「押し付け憲法など左派系やGHQの影響を受けている人々にとっては（参政党は）受け入れられないでしょう」「テレビに取り上げられないのが残念。メディアは左翼やからね」などとメディアごと左派をこき下ろすのは想定内としても、「今までは消極的に自民党に投票せざるを得なかったけど、今回は積極的に投票出来そう」「自民の左傾化はもはや止まらぬ」と、もはや自民党も「左派」だからダメだとまで言う者がいたり、「政治に無関心だった多くの国民には『?』かもしれないが、自公・野党の体制にNOを突きつける良い機会」と、自分こそが真に政治に関心のある、目覚めし人間だという強い自覚を持つ者がいたり。

これらから考えるに、参政党支持層は「テレビや新聞は信用ならん、ネットにこそ真実がある」と「目覚めた」層で間違いないでしょう。それは若年層ばかりではない。強固に支持するのは中年以上のような気すらする。ヤフコメのみならずSNSで気に入らない政治家に直接リプライするなど、日々「参政」している人たちじゃないだろうか。

参政党は保守だけど他民族を露骨に差別する極右政党ほどの主張はせず、ヤフコメに載せても消されない程度のまろやかなアピールをして、ヤフコメ的な人たちを取り込んでいます。参政党はヤフコメ党です。

2022/7/7

当事者反発

TBS

神道政治連盟といえば、00年に森喜朗がいわゆる「神の国発言」をしたことでもおなじみのいわく付き組織。現在は自民党議員200人以上が所属しているそうですが、その会合で差別的内容の冊子が配布され話題になりました。

「同性愛は先天的なものではなく後天的な精神の障害、または依存症」「同性愛行為の快感レベルが高くてなかなか抜け出すことができないのはギャンブル依存症の人が沢山儲けた時の快感を忘れられず、抜け出せないのと同じ」等々、ゲロ吐きそうな内容ですが、報道によれば司会の議員が「読んで欲しい」と呼びかけたそう。キリスト教学を専門とする弘前学院大学・楊尚眞教授の講演録に基づく文章らしい。

さて、内容のひどさは当然として、私はこれに対する報道が気になりました。TBSでは「『神道政治連盟』の会合で〝同性愛は依存症〟などと記した冊子配布　当事者反発」と題したのです。

「当事者反発」というまとめ方は、ひどいと思う。これは、当事者にとっては問題、非当事者に取っては知らんけど……という、分断を助長する言いぶりに見える。当事者じゃない人も反発してる（し、実は反発してない当事者もいる）のに。

そもそも「反発」という言葉がおかしい。これでは、「同性愛は依存症」という主張を一理あるものとし、それに対し反論が出ました、と報道していることになります。差別発言を「これも1つの意見だよね」と相対化するのは差別主義者の典型的論法。「反発」という言葉なんか使わず、内容からして「差別的な冊子配布」としっかり書いていいはずです。現に東京新聞は「自民会合で差別的文書配布」ときちんと書いています。

ニュースに生稲晃子の
演説が出るたびに私は
同性婚
はんたーーい!!!
いくいな
…ってアテレコ
しています（皮肉だよ）
堂々と「同性婚反対」をアンケートに書いたタレント候補者。

最近こんなふうに、報道の言葉尻に「与党には一定の配慮を」という弱腰姿勢が蔓延しているように感じることが多くてね。本当に嫌ですね。

ついでに、前出の「反発してない当事

者」がいることについても書いておきたい。

ゲイ雑誌の編集長経験もあるライターの冨田格は「反発してない当事者」の典型です。彼は「バイデン氏が何の不正もなく（票を）得たと、本気で信じているのかな？」などとツイートする典型的な陰謀論者でもありますが、今回も「選挙期間中に（今回の記事を）ぶつけて炎上させるとか。あまりにもあからさまな選挙妨害」と、自民党を貶められたことに激怒し、「自民党を本気で怒らせたいとしか思えない」とまで言い放ちました。自民党を本気で怒らせたらどうなるのでしょうか。本気で怒ったらもっと私たちLGBTは迫害されますよ、だから黙って従いましょう、ということでしょうか。そんな党を応援してるんでしょうか。

こんなふうに、彼らは概ね自民党シンパで、「この冊子は確かに問題だが、ロビイングしにきた団体が勝手に配布しただけ」という姿勢を取ります。

しかし、実際には議員が「読んで欲しい」と呼びかけているし、こんなことの積み重ねによって、主要政党では自民党だけが同性婚や選択的夫婦別姓に強硬に反対し続けています。結びつきが薄いとはとても言えない。

どんなジャンルにも、現状を肯定して楽になりたいあまり、権力に盲従して自分の首を締め続ける人がいるんですよね。

2022/7/14

記憶をほとんどその日に置いてくる私

滝沢カレン

まさかまだ滝沢カレンを「おバカキャラ」だと思ってる人なんていませんよね？　彼女は「生まれも育ちも日本なのに日本語が苦手」などと言われていたこともあります。確かに「全力！脱力タイムズ」では漢字をあまり読めないことがありますが、彼女は状況を擬人化し、物語化し、それを表現するためにセレクトする言葉のセンスがずば抜けてますよね。こんなこと、私が言うまでもなく皆様が指摘されていると思いますが。

著書『カレンの台所』で彼女は、ロールキャベツのレシピで、キャベツを男、挽肉を女に見立て、「おっきな包容力がありそうなキャベツ男には率先して先に乙女な豚ひき肉と一緒になる権利を与えましょう」などと終始男女の結婚物語に例えます。ケチャップを加える理由は「愛の赤が足りないよと神父様から怒られるので」。こういう表現法について、作家・高橋源一郎も「『こういうところ（レシピ）にも物語はあるよ』ということ」「カミュの『異邦人』を最初に読んだとき以来の衝撃かもしれない」と激賞し

たぶん滝沢カレンは
全力！脱力タイムズの「美食遺産」の
コーナーでは、自分の中の比喩能力を
全力ブーストして取り組んでいると思う。
← 激辛料理の解説中
そして…隣町に
ケンカ売りだー！
というように
やってくる不良たち。
必ず何らかの物語にたとえる。

ています。

そんな彼女が結婚の報告文を書いたとなっては、こちらも全力で立ち向かい解釈せねばならない。全文は転載できないので原文はインスタグラムを見てほしいのですが、すばらしいのは出会いの描写。

「記憶をほとんどその日に置いてくる私ですが、（彼に）出会ったときの季節、景色を今でも思い出せます」。

記憶をほとんどその日に置いてくる私！

このフレーズでもう完全に射貫かれてしまう。この言葉はポジティブにも、ネガティブにも聞くことができます。嫌なことも忘れるけれど、楽しいことも刹那的なものとして捉えている、と。それが、現・夫と出会ったときについてはどうだったか。

「それは私の見ている景色をいつもより色とりどりにしてくれる人でした」「そんな人に私は人生の冒険相手として道を彩ってもらいたいなと思いました」。

彼女は彼を、色合いの少なかった世界を鮮やかにさせる存在だと説明します。そのために、「冒険」「道を彩る」など、華やかで動的な、ひらけた未来を視覚的に想起させる表現が続きます。

そして、さらに夫について語るかと思いきや、文章の後半はなんと飼い犬が2匹増えるという話に長文が費やされています（犬の名前が「神社」というのはだいぶ気になりますが、それはちょっとおいておく）。

いつもと違うのは、レシピなどではよく見られる比喩の多用による「物語化」がほとんどないことです。これだけ明るく華やかな表現を使いながら、かなり地に足のついた冷静な文章でもあり、彼女の性格が窺えます。

文末は「これからは二人と3匹たちで、さらに楽しい冒険に出発します」。自分に酔うこともなく、かつ、ひたすらに前向き。「記憶を置いてくる私」から「楽しい冒険に出発」へ。いま世の中が暗すぎる分、彼女のような堅実なポジティブさは今後も果てしなく求められますね。

2022/7/21

犯人がいかなる人物かは、あまり重要でない

八幡和郎

元首相の狙撃事件には私も非常にショックを受けました。そして、つい「犯人はどんな人物なのか」と考えを巡らせてしまいました。「反安倍（的な思想の人）がやったに違いない」と反射的に考える人も当然いるだろう、とも思いました。

ところが、事件直後、方々から上がった意外な言葉に私は驚きました。

まず八幡和郎は、事件報道からたった2時間後、犯人の素性も全く分からない状況で「安倍狙撃事件の犯人は『反アベ無罪』を煽った空気だ」なる論考を寄せました。彼は、「特定のマスコミや『有識者』といわれる人々が、テロ教唆と言われても仕方ないような言動、報道を繰り返し、暗殺されても仕方ないという空気をつくりだした」のが事件の原因であり、「犯人がいかなる人物かは、あまり重要でない」「犯人が左派でも右派でも個人的な恨みをもった人であろうが、精神に障害を抱えた人であってもそれが許されると思わせた人たちが責められるべきである」と、むちゃくちゃな論法を用いて、「安

倍さんを悪者扱いした人たちが悪い」という突拍子もない説を唱えました。
さらにはその1時間後、落合陽一は「政府で働く人の悪口をみんなで言うと、その悪口を聞いた誰かが、日本を良くしようと思って銃でその人を撃ったりするんだよ」とツイート。さらにそのたった数十分後、堀江貴文も「反省すべきはネット上に無数にいたアベカー《ママ》（イラスト参照）達だよな。そいつらに犯人は洗脳されてたようなもんだ」とツイート。二人とも八幡とほぼ同じ内容を述べています。

※堀江の「アベカー」は「アベガー」の誤りと思われる。
反省すべきはアベガー達だよな
堀江氏
アベガー：安倍氏を激しく批判する人を揶揄していう言葉。何でも「アベが悪い」「安倍が、安倍が」と言うことから。
個人的には「アベガー」や「マスゴミ」という単語を好んで使ったり、あと安倍氏の批判でもわざわざ「アベ」という表記を好む人は信用できない。

ほかにも平井文夫、北村晴男も同様のことを言っています。私は本当に驚き、なるほど、と妙に納得しました。「安倍氏を恨む人がやったんだ」と言い切って「反安倍」を断罪すると、もし犯人が想定外の理由を挙げてきたときに困る。そこで彼らは、犯行理由が判然としないうちは「犯人が何者かはどうでもいい」と、最も大事な部分を堂々と避け、「犯人がどうあれ、安倍氏を憎む世間の風潮が悪いのだ」と飛躍した論法を使って決めつけるのだ。そうすれば、為政者への批判を自粛させる方向に世間を誘導できます。巧妙です。

しかし、事件後たった数時間で同じ見解が次々生産される背景には一体何があるんだろうか。統一された教材や会合でもあるんですかね。

ちなみに、まさに彼らが言うように、ネットの論調に「洗脳されて」起こった事件は確かにあります。犯人自身がヤフーへの差別的書き込みに影響を受けたとしっかり明言しているヘイトクライム、21年のウトロ地区放火事件。落合陽一らしく言えば、「在日韓国人への差別を（ヤフーニュースコメント欄の）みんなで言うと、その言葉を聞いた誰かが、日本を良くしようと思って火でその集落を燃やしたりするんだよ」という感じですかね。

つまり彼らは、これらの事件をごっちゃにして、「差別はやめよう」というごく真っ当な主張に乗っかる形で「権力者の悪口もやめよう」を広めようとしています。

2022/7/28

戦後日本における政治と警察のもたれ合いが生んだ一つの帰結

日経新聞・高坂哲郎

狙撃事件の衝撃が大きすぎて、私はまだ関連の論考などを読みあさってしまいます。なかでも、日経に載った「政治と警察のもたれ合い（高坂哲郎）」というコラムは印象的でした。彼は、この事件を「戦後日本における政治と警察のもたれ合いが生んだ一つの帰結ではないか」と主張しています。

彼は、01年の同時多発テロの後にアメリカは長大な調査報告書をまとめて事件の再発防止に努力しているのに、地下鉄サリン事件では日本に国家レベルの調査報告書がないことを例に挙げ、政治家と警察のもたれ合いを指摘します。

有力政治家はSPを警察から派遣される立場上、よい関係を保たなくてはならず、警察は警察で、予算を認めてもらうために与党に気を遣う。その結果、サリン事件のような空前のテロを許したことについても政治は警察に総括を強いなかった、と。

読売新聞でも「警察全体として、政治家にものを言ってはいけないという空気になっ

奈良県警本部長が
某芸人さんに似ているので
ついアテレコしたくなってしまう…
責任はァー！
感じてますけどォ!!
メンタル

ていた可能性」が指摘されています。そのために、政治家が求める聴衆との親しみやすさばかりが優先され、演説中の警備が甘くなっていたわけです。今回は、警察側は元首相の背後に容疑者が近寄ることを易々と許し、しかもSPは二発目の銃撃を阻止する行動に踏み切れませんでした。

話は変わりますが、私はこの連載コラムを書くとき、目に見える所に掲げている言葉があります。それはコロナが流行り始めた頃に書いた「マスクをすぐに外す安倍、本質を理解する気がない」という私のメモです。

安倍首相（当時）はある時の会見で、テレビに明らかに映っている際にはヨレヨレのアベノマスクを着けて話し、やり取りが終わると邪魔そうにマスクを外しました。これは、その姿が映ってしまったのを見たときに瞬間的にメモした言葉です。

人にうつさない・うつされないために極力しっかりしたマスクをしておくべき／ある

いは効果がないと信じるなら堂々と着けずにいるべきなのに、彼は、自分が国民に配ったからという義理だけで効果の薄いガーゼマスクを着用し、でも本当は着けたくないので、人に見えないところではすぐ外しました。彼はマスクをするという行動の本質的な意味を考えて実行する気がない人なのだ、これは「やってる感」の象徴だ、と思い、今後あらゆる面でこういう欺瞞に敏感になろうと、考え方の指針として記憶しておきたかった情景なのです。

今回の事件は、警備の本質を考えず、政治家ともたれ合う「やってる感」の警備を行った警察が招いたものだと言っても過言ではない。

そして、こんな大失態でも、事件当日の会見に県警本部長が出てこない。

もしかするとこれだけの歴史的大事件でも、県警の責任追及は甘く済み、不祥事を矮小化するために大した記録は残されないかもしれない。そうなると、これこそが、責任取らない、記録残さない、といった行動が批判されてきた安倍晋三の「レガシー」となる。こんな悲しい皮肉はありません。

2022/8/4

天国院

２７００・八十島

「２７００八十島のメンタルの話」の話がしたい。

何のこっちゃと思われるでしょうから、説明します。キングオブコントの決勝に２回出場したことのあるお笑いコンビ「２７００」のメンバー・八十島が語る、某お笑いの公演内のトークコーナーのことです。評判を聞いて私も配信チケットを購入し、もう３回も見ちゃったよ。

彼は４年前から断続的に休養していたのですが、どうも精神的な病気だったらしい。このたび「元気になった」のでその体験記を語る、というライブです。

デリケートな話題なので、彼は精神病院か何かに入ったことを「天国に行った」「天国院に入った」と婉曲表現で語ります。彼の話によれば、彼は休養の間にまず東京で２回「天国」に行き、その間に院長の机の上にのぼるなど暴れたため身体の拘束まで体験し、地元に帰り、地元の「天国」にも入ったらしい。……と、無味乾燥に要約すればか

トークイベント内でも「本にしたらいい」という話が出てましたが、私は誰かに漫画にしてほしいと思った。
誰にも言うなよ…オレは…
神様なんよ～
ポーズを決めて神様になる名シーン
奥さん
支えたご家族も本当にすごい

なり凄絶な体験なのだけど、これらの経緯をすさまじい記憶力で笑い話にできるというのは、この業界の人ならでは。

彼はこの「天国体験」のなかで、世界が自分をドッキリにかけていると思って慌てたり、神様になってしまったり、水と話せるようになったりしています。これらは「意味不明の言動」と片づけられそうですが、そのときに自分の中ではどう辻褄が合っていたのかという理屈を忠実に解説してくれるので、とても興味深いし面白い。階段とエレベーターを経由して着いたフロアでたまたまそこにあった盆栽を見たときは、急に芸人としてのツッコミが発動し、ひとりで盆栽を見て笑い転げてたんだと。「階段、エレベーターって来て、盆栽って！　つって、そこで転げ回ったんよ」。――このシーン、面白すぎて何回も見ちゃった。

トークの間、同じライブに出た9人の芸人も見守るように聞いているんですが、彼らもいわゆるバラエティ番組のように話を急かしたり、過剰にツッコんで話の腰を折ったりするようなことは一切せず、適度に相槌を入れつつ心の底から興味深く聞き、大爆笑しています。これもいい。

文章や漫画の世界でこういう体験を語るのは過去にもあったと思うんですが、ともすれば差別されたり、過剰に同情的に思われたりして語りづらい精神疾患の体験を芸人の口調で語る人が出たというのはとてもよいことだと思うんですよ。「頭パッカーンなった」という表現で休養した岡村隆史、統合失調症を告白したハウス加賀谷などの先輩もいますが、お笑い業界は旧態依然のようでいて、こういう部分への優しい視点は確実に醸成されてますよね。広く見れば、ぼる塾の酒寄が結成以来産休で休みながら、本人の周りもファンもちゃんとメンバーとして見守っているのもこういう優しさだと思う。

とはいえ、病名や「入院した」という事実についてはかたくなに婉曲表現にするところは少々気になってもいます。その病気がすべてこういうものだ、という偏見が植え付けられることを心配してこうしてるのかな。そのへんもスッキリ言える世の中になったら楽でいいんですけどね。

2022/8/11

ニュースサイト「日刊カルト新聞」によると

毎日新聞

日々報じられる政治家（ほぼ自民党）と旧統一教会の関係で、とりわけ濃厚接触なのは山本朋広議員。17年に旧統一教会が開いた「1万人集会」に出席し、現総裁の韓鶴子を何度も「マザームーン」とたたえたという、やけにキャッチーな過去をお持ちです。ただ私が今回驚いたのは、これを報じた毎日新聞ウェブ版の記事でした。

この報道については、「旧統一教会問題に詳しいジャーナリストの鈴木エイト氏が主筆を務めるニュースサイト『日刊カルト新聞』によると」という断り書きが頭についていたのです。

これ、正しくは「やや日刊カルト新聞」です（後に修正されてました）。毎日新聞、出典のメディア名を間違うとは失礼な。それとも、正式名称を知りながら、「やや」なんて入れると信用性のないメディアに見えるから意図的に省いたのか。どっちにしても、全国紙が堂々と「やや日刊〜」を出典にして記事を書く日が来るとは、感慨深い。

「やや日刊〜」の今年の
エイプリルフールは
「安倍晋三氏がロシアにメッコール
約6万発供与へ」というニュース。
→旧統一教会系企業が発売する飲料
たとえるなら麦茶ソーダ。
マズい！と評判！
いつのまにかパッケージかわったね…
Spark Up!
McCol
メッコール
鈴木エイト氏
当時から元首相と旧統一教会との
つながりをネタにしていたわけですね

「やや日刊〜」は、私も時々楽しく読んでいるサイトです。このサイトでは、カルト宗教を問題視する姿勢で、カルト関係のニュースを積極的に取り上げています。あくまでも内容は事実ですが、メディア名からも分かるとおり、姿勢は少々ふざけていたり挑発的だったりして、そのバランスがおもしろい。

とはいえ、主筆の鈴木エイトが旧統一教会問題に抜群に詳しいのは間違いなく、彼は安倍元首相狙撃事件以来テレビや雑誌に引っ張りだこです。ついには全国紙に「やや日刊〜」の名が出るに至ったわけだ。

ところで、鈴木はいまガンガン報じられている旧統一教会と政治家とのつながりを何年も前から追ってきて、「やや日刊〜」のみならず他の雑誌にも多数寄稿してきたというのに、事件前まで全国紙やテレビニュースにはほぼ取り上げられてきませんでした。

鈴木のツイートには「昨年9月の安倍元首相ビデオメッセージを月刊誌では唯一報じ

た『実話ＢＵＮＫＡ超タブー』」との記述もあります。雑誌「実話ＢＵＮＫＡ～」は、書店によっては成年雑誌コーナーに置かれるような、およそ報道媒体と思われないようなゴシップ誌。いま大問題となっているこの一件を、当時の新聞は無視し、「実話ＢＵＮＫＡ～」だけが報道したわけだ。日本を揺るがす大問題にいち早く目をつけていたのが「やや日刊～」と「実話ＢＵＮＫＡ～」だけって。もう日本オワタと言いたくもなりますね。

思えば、榊英雄、園子温、マリエが告発した島田紳助など、映画・芸能界における性加害問題もこれに似ている。これは日本の文化産業における巨大な暗部で、十分に報じる価値があるはずですが、この問題をしっかり報じた全国紙ってあるんだろうか。

全国紙は、芸能関係の問題と同様に、カルト宗教の問題についても、いくら政治家が関わって深刻な被害が出ていようが、所詮低俗なゴシップ誌レベルの小ネタとして軽視していたんでしょう。元首相が殺される段になってここまで慌てて大騒ぎしているというのは、滑稽で悲しいです。

2022／8／18・25

卒花

ゼクシィ、インスタグラムユーザーなど

7月末、東京都内の一日のコロナ感染者数が4万人を超えた頃、ある一般人のツイートがバズっていました。

「東京4万人。それでも私は明日結婚式します。明日私が結婚式をするために払った費用で式場の運営や人件費も食材もまかなって経済回しておくし、結婚式一生に何回も無い《ママ》の人生プランのためにも明日卒花する。」

なるほど、感染者数が多い時に人を集めることについて世間からの無言の圧力を感じ、経済を回すから許してよという言い訳も加えて（ここが「生産性のないことはやるな」とつつかれがちな今のご時世っぽくて悲しい）、結婚式をするのだ、という決意表明文です。似た状況の人からの賛辞を集めてバズったらしい。

しかし、私が引っかかったのは最後の単語である。「卒花する」って何？　ソツカ？　辞書を引いても出てこない。

あまりに卒花アピールが長いと
ウザがられるようです。そりゃそうよね
→夫の顔はスタンプで伏せたり…
#卒花　#卒花嫁　#卒花しました
#卒花1周年記念　#卒花嫁レポ
#卒花さんと繋がりたい
#美花嫁図鑑　#TIARA婚

調べてみると、起源までは追えませんでしたが、「卒花」なる単語は2015年9月頃からじわじわSNSに増えていました。「卒花嫁」の略で、ソツハナと読むらしい。結婚式を控えた妻を表す「プレ花嫁（プレ花）」という言葉は2010年頃すでに存在しています。これはおそらく雑誌「ゼクシィ」界隈の文化。「プレ花さんに大調査！　2022年、新婚旅行どうする？　どこ行く？」のような文脈で使われます。卒花（卒花嫁）はその対義語で、結婚式を終えた妻という意味。「卒花に聞いた！　少人数婚ならではの〝心残り〟って？」といった文脈で使われます。

　インスタではハッシュタグなどで、「プレ花」が「卒花」の結婚式体験談を検索して参考にするというような文化があるようです。そこから派生して、冒頭の例のように「卒花する＝結婚式を終える」という動詞的な使われ方もしているみたい。

　一般に「pre-」の対義語は「post-」

だと思いますが、さすがに「ポスト花」では通じづらい。今はアイドルを辞めることも、場合によっては会社を辞めることも「卒業」と呼ばれる風潮があるので、その雰囲気を匂わせる「卒」という字が使われるのは自然な流れかもしれない。

しかし、結婚式について「家同士の儀式」という傾向は薄まっているとはいえ、「卒花（嫁）」という言葉には、女は通過儀礼的に「卒・結婚式」をし、結婚式を修了すべきものというニュアンスがあり、保守的傾向への回帰も感じます。「プレ」はあまり違和感がないが、「卒」にはこの点で少々モヤモヤしたものを感じます。おそらく男に「卒花婿」という言葉はないいんじゃなかろうか。

と、検索してみて驚いた。さすがに卒花嫁ほどではないけれど、「卒花婿」という言葉もけっこう語られている。つまり、「プレ花／卒花」と最後の一文字を略することで、この単語は意外にも男女両方に使えるのだ。ぜひ夫側にも使ってほしい言葉です。

ただ、これを知ってもなお「卒花する」という動詞はどうもなじめない。結婚式を終えたところで、何かから抜け出たわけでも、何か成し遂げたわけでもないからなあ。

こういう違和感のせいなのか、「卒花」を検索すると、関連検索ワードで「うざい」が表示されるようで……。

2022／9／1

正直申し上げて

萩生田光一

統一教会と政治家（ほぼ自民党）のつながりが連日報じられることによって、私の大好きな「苦しい言い訳集」がどんどん更新されて忙しい。なかでも萩生田光一の8月18日の発言はあまりにひどくて笑えてしまい、私はこれを歴史に残したいと強く願いました。以下、引用。

「正直申し上げて、統一教会の昭和の時代の関連商法などのことは承知をしておりましたが、その後悪い噂を聞くこともなかったですし、そういった報道と接する機会もなかったものですから、正直申し上げてその団体（世界平和女性連合）と、統一教会の関係というのは、まあ名称は非常に似てますので、そういう思いはあったんですけれども、あえて触れなかったというのが正直なところです」

お気づきだろうか。

萩生田、なんと一文のなかで3回も自分の発言を「正直」だと主張している。

私、なぜ彼がこの時こんなにも〝正直申し上げたく〟なったのか本気で考えてみた。

日常会話で「正直言って」と言いたくなる時って、そのあとに言うことがあけすけすぎたり、不快に思われかねないことだったりする時だと思う。今から露骨なことを言うけど、こちらもそれは自覚してますから嫌な気持ちにならないでね、って感じである。

つまり、萩生田は話す内容なんか二の次に、「嫌な気持ちにならないで！　俺を責めないで！」と必死に叫んでいるのである。

中身が分からなくなるほどに、正直を3枚使って挟み揚げ。このすさまじい必死さ自体が著者の主張です。衣ばかりの分厚い天ぷらが一丁揚がりました。萩生田、この追及がそんなにキツいのか。疑惑がまだまだあるのかな。

ところで、この一連の回答のなかで、萩生田は今後の教団との関係について「適切に対応していく」というこれまた中身のない言葉を使って煙に巻いたのですが、これについて例えばテレ朝のニュースは「『関係を断つ』とは明言せず、『適切に対応していく』と述べるにとどめました」などと報じています。

「〜と述べるにとどめました」だなんて、なんて政治家に優しい言葉だろう。もうこの言い方、禁止にしてほしい。

とどめたということは、本来はもっと言うべきことがあるということであり、つまり当人にとって不都合な部分を明言しなかったせいで意味不明な回答になったということである。報道はこのように素直に書いてほしい。

というこことで、このニュースは「萩生田光一政調会長は、教団との今後について『関係を断つ』とは明言せず、『適切に対応していく』などと意味不明の供述をしてごまかそうとしました」。正確に書けばこうなるはず。

しかし、今は萩生田が集中砲火を受けていますが、セクハラ問題すら曖昧なままの細田博之も相当ズブズブだと評判ですから、忘れずにそろそろそっちにも目を向け直したいものです。細田のほうが問題が根深そうだし。

2022/9/8

Copy writing

　ツイッターには、bot（ボット）と呼ばれるアカウントがあります。定期的に同じようなことを自動ツイートするもの。例えば「有名人の名言bot」は様々にあり、宮崎駿の名言がツイートされる「宮さん（宮崎駿）bot」なんて特に人気です。

　ただ、この手のbotはほぼすべて本人の許可を取っていないと思われます。運営者自身も「宮崎駿監督の名言をつぶやく非公式botです。宮崎駿監督ご本人のTwitterではありません」と明記しています。本人はこのアカウントの存在を知らないかもしれない。

　最近、急にこの手のbotが増えました。しかも、とても本人が言ったとは思えない言葉がツイートされることがあります。例えば、「所ジョージbot」が唐突に宇多田ヒカルの言葉について語り出したりする。これは全くの他人のバズったツイートの盗用と判明し、のちに削除されました。

　この件は音楽家の中将タカノリが「真偽不明の『名言』を垂れ流すbotが目立つけど、

「Copy writing」とか
「前向きな140文字の言葉」とか
これらのアイコンに注意!!
「兄やん」
（このイラスト自体もどこかからのパクリなんだろうな）
ネット上のこういうチンピラは逃げ足早いので、この原稿が載る頃にはもう別の活動してそう。

みんな同一人物が運営してるのかな？」と指摘して話題となり、続いて「女性自身」が、「ビートたけしbot」に直接問い合わせました。すると返答は来ず、いつのまにかアカウント名は「励まされる１４０字の言葉」に変更され、ビートたけしの痕跡は消されていました（その後、さらに「前向きな１４０文字の言葉」という名に変更）。アイコンも、たけしの似顔絵だったのが、万年筆の写真に変えられています。

この万年筆の写真、炎上に詳しい人なら覚えがあるはず。かつてツイッター上で「名言」を量産して若者から人気を得たものの、その大半が盗用だったことで大炎上した「Copy writing」なる人物と全く同じ画像を使っているのです。おそらくフリー素材でしょうが、同じような悪事を働く人は考え方も似るんだな、と妙に感心してしまいます。

ちなみに、Copy writingなる人物はのちに「F」と名を変え、「真夜中乙女戦争」「20代で得た知見」などの本を出して大ヒット。「F」という匿名性の高い名前は目立たないし謎めいてるし、うまいこと考えたもんだ。まさに彼自身が創意性のないbotのよう。私は書店で平積みにされた彼の本を見るたび、「ネット上での悪行なんて、完全になかったことにできるものなんだな」と唾でも吐きたくなります。

ところで、この手のbotの一つである「島田紳助bot」を見ると、「名言」に混じって「モテなくて悩んでる男性は見てみて↓」と急にどこかのサイトの宣伝が登場します。クリックすると「【顔がブサイクでも女心を鷲摑み】兄やん流！モテ男テクを教えたる」と出てきます。ここでは、アイコンも口調もいかにも島田紳助っぽいが、島田紳助だとはどこにも書いていない「兄やん」なる人物がぎこちない関西弁でモテる方法を語っているのですが、最後まで読むと「この続きを見るには記事の購入が必要です／¥2,980」と出てきます。

ハイ、やっぱりよくあるうさんくさい情報商材でした。

ネット上の出処不明の名言にいちいち感心してると、最終的にカネを取られます。

2022/9/15

痴漢をされたくないお客様

JR東日本の駅係員

夏のある日、帰宅ラッシュの新宿駅ホームで、駅員がマイクを持ち「防犯カメラは多く設置しておりますが、痴漢は多くいらっしゃいます。痴漢をされたくないお客様は後ろの車両を是非ご利用ください」と何度もアナウンスをしていたそうです。これを見たお客が動画を撮影し、ネットで拡散。この文言が物議を醸して、フジテレビや朝日新聞が取り上げるほどのトピックとなりました。

このアナウンス、意外とどう評価するか分かれるみたいです。

私が動画だけを見たときの感想の移り変わりを正直に言うと、①なんか気持ち悪いアナウンスだな、という第一印象→②「痴漢がいらっしゃる」という敬語が変なのだ→③それだけじゃなく、もっと本質的に変な気がする→④痴漢がいることが前提になっているのが変だ→⑤加害者側ではなく被害者側に行動を呼びかけているのがおかしいんだ！

……と、かなりスローペースで違和感を解き明かす感じになりました。

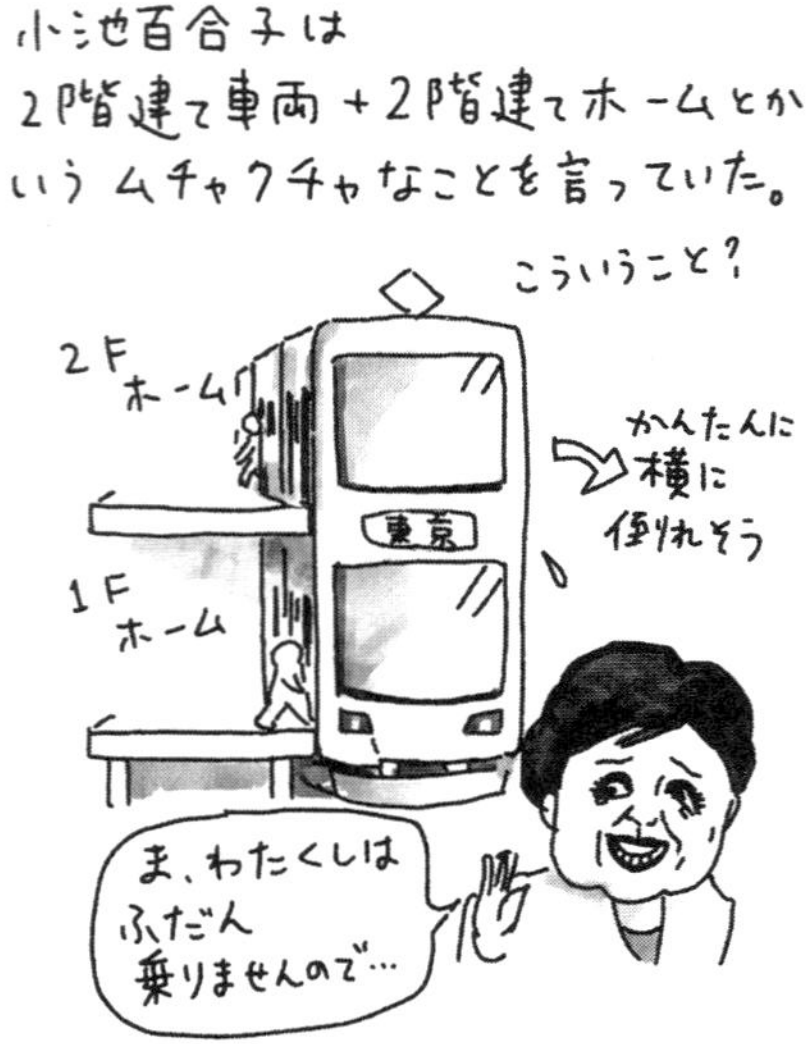
小池百合子は
2階建て車両＋2階建てホームとかいうムチャクチャなことを言っていた。
こういうこと？
2F ホーム
1F ホーム
東京
かんたんに横に倒れそう
ま、わたくしは ふだん 乗りませんので…

報道によれば、これをネットに上げた男性は「あまりにひどい」「被害者になる女性が自衛しなければいけないかのような言い方がおかしい」と思って撮ったそうですが、文言は一応痴漢を否定しているので、これを聞いて即座に「ひどい」にたどり着けるスピード感はすごいなと妙に感心してしまいました。

実際、フェミニズムについての著書があるような女性でも「このアナウンスは加害の抑止につながると思う」と肯定的に捉えていたりします。言わないよりは言ったほうがいい、みたいな捉え方の人も散見されました。

でも私はやっぱりこのアナウンスはよろしくないと思う。

JR東日本によると、発言主はアルバイトの駅係員で、こういった文言がマニュアルにあるわけではなく、「すいている後ろの車両に移ってほしかった」という趣旨で（アドリブで）言ったらしい。

ね、これはよくないですよ。

だって、ハナから痴漢防止のためじゃないってことですもん。混雑を抑制するために痴漢をネタにしたってことだと思うんです。

「痴漢をされたくないお客様」というフレーズは、ちょうどそのニュアンスを表しています。痴漢をされたいという人は基本的にいないという前提で、おそらく本人が「ユーモラスな表現」として編み出したフレーズなんでしょう。気の利いた駅員や車掌のアナウンスってバズったりもするしね。痴漢についての理解度が「きゃ～キモい！　おじさんのエッチ！」くらいの感じに思えます。

この一件で、痴漢に「いらっしゃいます」なんて敬語を使っちゃうような若いアルバイト駅員個人を責め立てるのはちょっと酷かなとも思うけど、若い世代がまだこういう感覚だというのはあまり楽観視もできません。

それにしても、小池都知事が「満員電車ゼロ」という無茶な公約を打ち出してから6年、コロナ禍でリモートワークが推進されてから2年以上経ちましたけど、ラッシュの状況がほとんど変わらないのはそもそもなんでなんだ！

2022/9/22

多分言っちゃいけないことだけど

DaiGo

去年、メンタリストを名乗るDaiGoは「ホームレスの命はどうでもいい」「人間はね、自分たちの群れにそぐわない、社会にそぐわない、群れ全体の利益にそぐわない人間を処刑して生きてるんですよ」と、差別的どころか殺人教唆に近い発言で大バッシングを受け、「のむシリカ」という水の広告塔の役目を外されたためか、慌てて涙ながらに謝罪しました。

もちろんこれは彼自身が過去に書いたとおり「譲歩を促す最終手段、それは泣き落とし」という方法論に沿った演技なんでしょうね。

その後、なぜか茂木健一郎が間を取り持ち、彼は後学のためとして、ホームレス等を支援する団体「抱樸」を紹介されていました。抱樸の理事長・奥田知志は「時期を見て抱樸に学びに来ると良い」と優しい声をかけたそうです。

その後実際にDaiGoが抱樸と接点を持ったかどうかは不明です。でもたぶん連絡して

ないよね。だって、また同じような発言をしてるし。

9月初頭、中央社会保障推進協議会が、75歳以上の医療費負担が2倍となることに反対するデモを行ったのですが、その写真を取り上げて彼はこんなツイートをしました。「多分言っちゃいけないことだけど、若者世代の尊厳を守るために言いますね」「この腹は乱れた食生活が原因」「断食して、週4以上の運動をして、野菜中心の食生活にしてください。話はそれからだ」。デモの写真には確かに少しお腹の出た中年の男性が写っていましたが、彼はこの赤の他人の体型を見ただけで「食生活に気を遣わないからこうなるのだ、こんな人は自業自得で、医療費高騰反対のデモを行う資格などない」と嘲笑したわけです。

体型の原因など写真1枚で分かるわけがない。これはただ人の外見をバカにした、純度100％の差別発言です。

それにしても、冒頭の「多分言っちゃいけないことだけど」が発言のひどさを助長する。

ごく真っ当な人間は、「忖度や、慣習的にタブーとされているせいで言えないこと」と、「人を傷つけるから言っちゃいけないこと」を区別できます。だから、前者を暴露したときは「言いづらいことをよく言った」と評価されますが、後者をズバリ言えばただ人の怒りを喚びます。DaiGoは頭が悪いので2つの区別がつかないんでしょう。

ちなみに、いま「頭が悪い」なんてあえて直接的な書き方をしたのは、彼自身による「差別発言ってね、実は頭が悪い証拠なんですよ」という発言に基づいています。彼がそう言うんだからしかたない。

私はこの発言で、久しぶりに「自業自得の人工透析患者なんて、全員実費負担にさせよ！　無理だと泣くならそのまま殺せ！」でおなじみの長谷川豊を思い出しました。長谷川豊はその後も、身分制度についての差別発言などを披露し、どんどん表舞台から遠ざかっています。

こういった人物が少数からでも高い評価を受けるのはやるせないですが、それこそカルトのように、せめて異常な思想だという常識が共有されてたらいいですね。長谷川豊の名前ももう最近聞かないし、DaiGoは「二代目・長谷川豊」になりたいんでしょう。

2022/9/29

配偶者

スギちゃん

第三者の夫や妻のことを何と呼ぶのがちょうどいいか、いま私も困っているところ。まず、「ご主人」は嫌だ。男こそ家の主である、みたいな、家父長制まる出しの呼び方に感じちゃうので。かといって「○○さんの夫は……」とぶしつけに呼ぶわけにもいかない。現状、私は、微妙に引っかかるけど「だんなさん」で妥協しています。「ご主人」よりはマシか、くらいの感じ。逆に妻のほうはどうかといえば、これが困ったことに「奥さん」以外ほぼ選択肢がない。「パートナー」なんて呼び名も妙にカッコつけたようで使いづらいし。「奥さん」って呼び方は由来的にどうなんだっけ？　とモヤモヤしつつも、常用しています。

本人が自分の妻を呼ぶ場合は、どうにも苦手なのがよく吉本芸人がテレビで言うイメージのある「ウチの嫁」。嫁いでコッチの家に入った女、ひいては「俺様が自由にできる所有物」のような感じで、印象がかなり悪いです。フラットに「妻」、せめて「ウ

なお奥さん本人は自分のブログで「ワイルド嫁はん」と名乗っていて特に気にしていないみたい。
ワイルド家族のチャイルドだろぉ?
ワイルド嫁はんオフィシャルブログ
↑奥さんのブログタイトル
プライベートスギちゃん、いいお父さんっぽい

チの奥さん」あたりに収めてくれればいいのに、といつも思う。

さて、私はこのコラムのネタが何かないかなと思ってアベマのニュースを読んでいました。最近はどうも政治がらみの話題が多くて自分でも食傷気味。たまには芸能人のブログを転載しただけの、虚無コンテンツそのものであるアベマ芸能ニュースが読みたい日もあるわけ。

「スギちゃんが妻と5年ぶりデート」。

うん、いいねえ。こういう心底どうでもいいニュースが私を癒やす。記事はやはり、スギちゃんのごくふつうのブログ記事をわざわざニュース調に書き直したもの。「この日、スギちゃんは『久しぶりに5年ぶりに夫婦二人っきりでデートすることができた』と妻との5年ぶりのデートを報告。義父に息子達をお願いしたそうで『気にせずご飯が食べれたのが相当新鮮で、喜んでた』とデート中の妻の様子を明かした」。なるほどなるほど。「『配偶者の喜ぶ顔はいいもんだぜぇ』と述べ、デート中の自身の写真を複数枚公開

し」……いいねえ、幸せですねえ。ん？「配偶者」？

不意に気になって私はスギちゃんのブログを読んだ。「配偶者」の言葉が多出している。奥さんを「ワイルド配偶者」と呼んだりもしている。

芸人さんは言葉にもこだわるから、わざと奇妙な硬い言葉を使っているのかなと思ったものの、少し前のブログ記事にはふつうに「嫁」と書いているものもあります。

気になって、スギちゃんのブログをしっかり検索。

奥さんの呼び名は、時期の重なりが多少あるものの——

15年末～19年春……「奥さん」　16年秋～19年夏……「嫁」

19年末～21年夏……「妻」　21年春頃～……「配偶者」

と、時期に応じて変化してきている！

特筆すべきは、なんとなくいろんな言葉を使っているのではなく、「奥さん」「嫁」「妻」のどれも、ある時期を境に使わなくなっているということ。

「配偶者」の言葉選びはあえてふざけてる部分もあると思いますけど、さりげな～くアップデートしてるスギちゃんはワイルドというよりマイルドだぜぇ（いい意味で）。

芸人界にもこういう風がちゃんと吹いてるんだよね。

2022／10／6

すべてのスタッフたちが、あの厳しい日々の中で、明るく、生き生きと働いていた

菅義偉

個人的日記で恐縮ですが、9月27日、私は取材で美しい国・日本のとある町を散歩、いわば国歩していました。途中、少しのんびりしすぎて国鉄に国遅しそうだったので、国民の過半数の反対を押し切って国走を断行しました。まさに国走の儀、国走儀を執り行った結果、非常に国疲しつつも、国鉄に国間に合ったわけであります。

私が国走儀を執り行っているまさにその時ですね、国葬儀が行われていたそうです。

……不本意な亡くなり方をした方に対し、その葬儀を茶化すのは非礼である。

私もそのくらいの常識は備えているつもりであります。でも、私的な葬儀は家族葬として7月12日に済んでいますし、よくテレビで見る三浦瑠麗先生がインスタでアピールしているのを見て、あっ、国葬って芸能人で言えば「お別れの会」や「ファンの集い」みたいなものなんだと知りました。だったら、多少ネタにしたっていいですね。

ちなみに三浦瑠麗はインスタで「国葬に参列して参りました」と記しながら、胸元が

透けた喪服とは思えないドレスをお召しになって、飼い猫と戯れる写真をお上げです。こんなパーティ用の服を着られることがうれしいようで、自らの事務所内でおそらく何度も写真を撮らせ（猫との写真なので撮り直しは必須ですよね）、ベストショットをインスタに載せていらっしゃる。これは国装ですね。国装儀です。国葬に賛同する方からも「欠席を表明する人に『はしたない』とコメントされてましたが、この衣装で国葬に参列されるのもどうなの、と感じます」との苦言コメントがつき、その苦言に百以上の「いいね」がついています。

ミヤネ屋みたいに、弔辞に「異議あり!」コールを入れてもよかった。
国内にあっては、あなたは若い人々を、とりわけ女性を励ましました……
岸田文雄の弔辞
杉田水脈のことかよ?
異議あり!
ブー

　また、ＦＬＡＳＨによれば儀場内の撮影は一切禁止だったようですが、祭壇をバックに自撮りをぶち上げた百田尚樹、田沼隆志（自民党・元衆院議員）を筆頭に、鬼木誠（自民・衆）、坂井学（自民・衆）、藤川政人（自民・参）、高橋光男（公明・参）、谷合正明（公明・参）、早坂敦（維新・衆）と、参列した証明としてＳＮＳに祭壇の写真をあげる議員等の多いこと。仮にお葬式だったら祭壇と自撮りなんかしないだろうし、そもそも撮影禁止の場所で写真撮っちゃダメでしょう。安倍晋三のことを尊敬してそうな人も、所詮「映《ば》え」のためのアクセサリーくらいにしか考えてないみたい。

それに比べれば菅義偉の弔辞が高評価を受けるのもごもっとも。彼は、「やかましかったセミはいつのまにか鳴りをひそめ、高い空には秋の雲がたなびくようになりました」なんてセンチメンタルな文を巧みに含みつつ、AIのようだった官房長官時代が信じられないくらい情緒的な文章で「友人」としてすばらしい弔辞を述べました。やはり持つべきものは優秀なスピーチライターかもね。

ただ、一方で「私だけではなく、すべてのスタッフたちが、あの厳しい日々の中で、明るく、生き生きと働いていたことを思い起こします」という文には「世間が何と言おうとウチらだけは絶対楽しい！」という内輪の結束を感じるばかりで、いかにも排他的な安倍政治らしいな、とも感じました。

2022／10／13

有志の会

倉田真由美

ライター・中川淳一郎のツイッターが凍結された……という話について急に書くとなると、多少説明が必要ですね。

中川淳一郎の凍結は、本人によればあるデモの参加者について「ジジイとババア」と罵倒したことによるらしいですが、その以前から彼は反マスク・反ワクチンの思想を持ち、かつてはノーマスクのお客を入店拒否したあるお店の実名を挙げて「バカコロナ脳の店が」「時代遅れのクソ店」と激しく執拗に罵倒した「前科」もある。そりゃ凍結もされるでしょ、と思っちゃいます。

さて、これで困ったのが倉田真由美でした。

なぜここで急に「だめんず・うぉ～か～」で有名な倉田真由美が出てくるかというと、彼女は彼の考えと軌を一にしていて、激しい口調の中川とは対照的に、しっとりした文体で反ワクチン思想について日々語っているのです。同業である中川のツイッターが凍

結されて彼女は精神的な拠り所を失ったようで、不安定なツイートを連発しています。
「メディア人有志の会のメンバーとしても気持ちを同じくしていたので、とても悲しいです。私もいつか凍結されるかもしれませんが、その際は誰かを通して皆さんに必ず声を届けたい」「中川さんがTwitter上にいなくなるの、本当に寂しい。同じ業界で気持ちが近い人が他にほとんどいないから。この孤独感、なんと表現していいかわからない」……凍結っていうのはつまり、ネット上の、ツイッターという一サービスで発言できなくなったというだけの話なんですが、悲壮感すら漂う文言が続きます。
「ちょっと弱音を吐きたくなりますね…でも、残った皆で頑張りましょう」……こんなことも書いていて、私はこれで分かった。そっか、彼らはワクチン推進という巨悪に決死の思いで立ち向かう革命闘士なのだ。今、いわばリーダーの中川が官憲に捕まってしまってうろたえ、[redacted]という言葉が気になる。
となると、[redacted]」と言えば、ワクチンを推進する「コロナ専門家有志の会」という組織が日本のコロナ政策を進めてきたはずです。ところが、医師の中にもワクチン反対派が少なからずいて、いま「有志医師の会」で検索すると、なんと、もはや反ワクチンの人ばかり出てくるのです。「メディア人有志の会」も、その流れの集まり。

いまコロナ関連で「有志」といえば、もう反ワクチン系の符牒になってしまったみたい。極端な主張を持つグループがあえて汎用的な言葉を掲げて集まるということはよくありますが（「平和」とか「家庭」とかつけたがるいま話題の新興宗教なんかもそう）、ここにもそういった例が生まれているのね。「有志」なんて言葉を奪わないでくれよ！

それにしても、ネットの友達にしか本音を語れない中高生的精神性と、ネットにこそ真実があると勘違いする中高年的悪癖が最悪な形で合体している。ＳＮＳを離れるか、少なくとも軽視するブームが早く来てくれないかなあ。

2022／10／20

マイナ

デジタル庁

「マイナ」、気持ち悪い。キャラクターであるマイナちゃんとやらはまだしも、マイナンバーにかかわるマイナポイント、マイナポータル、あげくマイナ保険証。

いや、ポイントで釣ってカードを作らせるとか、果ては保険証を奪って追い詰めてカードを義務化するとか、そういうやり方も汚いと思う、でもそれはおいといて。ねえ、なぜ「マイナ」で切るの⁉　切られた大量の「ンバー」が浮遊霊になるぞ！　ンバー！

これはきっと「マイナンバー」という言葉がカタカナ6文字で長いからだ。なんでカタカナにするのか。それは外来語だとソフトに感じて、物事の本質をごまかせるからだ。さらに「マイナ」にまで縮めれば原型も崩壊。ポイントがつく、ただのお得なキャンペーン。デジタル庁のサイトでは「マイナンバー（個人番号）」とカッコに明記してくる。個人番号、略して個番、でも別にいいはずなのに。

「個番ポイント」 っくり来る、という向きもありましょう。

それでも、やっぱり「マイナンバー」は変だと思うんだ。私は英語ネイティブじゃないけど、「あなたのマイナンバー」という言い方がありえるのがとても気持ち悪い。

それにしても日本人は「マイ」が好きですね。マイカー、マイホーム、マイペース。どれも1960年代にはあった言葉らしいけど、日本語の辞書にも載っているし、今でもふつうに使われます。「あなたのマイカー」という言い方は変だ、という突っ込まれ方もずーっとあったはず。対して、「ユア○○」という日本語（和製英語）はありません。

具体物を示さないマイペースは別として、マイカー、マイホーム、どちらも高度経済成長期のイメージがあります。戦後に国民が豊かになり、家を構えて家族で暮らすことこそ幸せ、という時代。それ以前になれば封建制下で滅私奉公、「公」だらけで「個」の「マイ」なんて無視されていた時代だから、これ自体が当時は新しい、すばらしいことだったわけですね。とはいえ、マイカーとマイホームを持つのが（日本男児の）理想の姿、オレが手に入れたオレの家、オレの車、みたいな家父長制香る時代だったとも言える。

お上は、マイナンバーもその系譜に入れたいのかも。一家団欒、幸せ家族のマイカー・マイホーム・マイナンバー。国って、こういうのほんと大好きね。東京五輪の開催だって言ってみりゃノスタルジーでしょ。「古き良き」に幻想抱きすぎなのよ。だから、まず「マイ」は古い。昭和。

それに、どちらかといえばこれは国が「ユアナンバー」として押しつけてくる物です。なのに、強制的にカバンの中にこじ入れてきて「与えてやる、喜べ！　絶対に無くすなよ！　さあ、自分のものだと誇れ！」と強いられている気分。ウザい奴！

どうせ強制なんだから「個人番号」でいいよ、別に。保守系の政治家たちって保守のくせに日本語が嫌いで、言葉をすぐ壊すし、すぐに外来語（しかも、微妙に間違ってる）を使うのが困りものです。

2022／10／27

悩んでる人の役に立ちたいな

札幌女子大生死体遺棄事件の容疑者

ＳＮＳで知り合った自殺志願者とされる女子大学生の遺体を遺棄した、札幌在住の容疑者のツイッターが暴露されていました。

容疑者は、プロフィールで「重度のうつ病／ＰＴＳＤ／精神手帳２級／自殺未遂３回」などと自分の精神病歴を派手にアピールする一方、「元二等陸曹／元傭兵／人殺し」なんて言葉で怖がらせもしている。報道によればかなり虚言癖のある人物のようで、どこまで本当か分かりませんが。

ツイートでは、「任務は責任を持って果たす」「また死について悩んでる人の役に立ちたいな」などと「任務」についてほのめかす一方で、「男性を解体するのは生理的に無理」「野郎の手伝いをする気は全くねぇよ」と、「任務」の対象は女性だけだと主張し、「やはり小柄な人だと助かる。作業量も処理量も薬品量も少なくて済む」なんて、嘘か本当か、手慣れた感じもアピールしている。

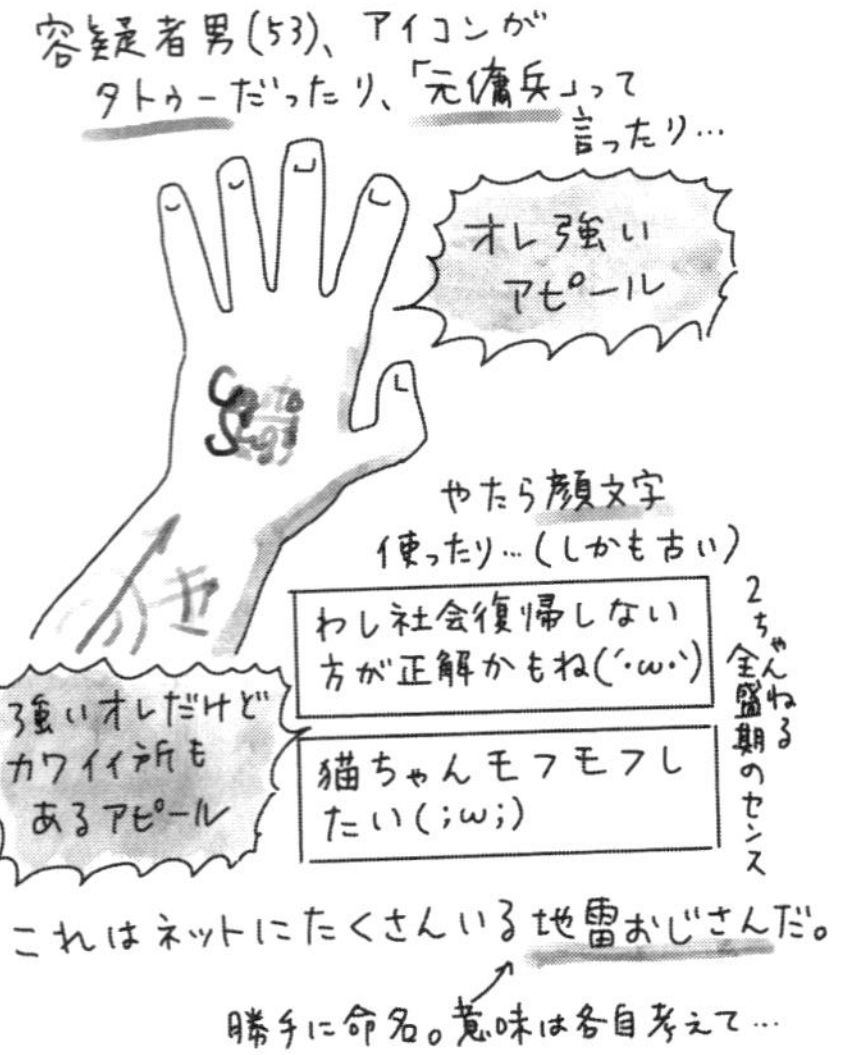
容疑者男(53)、アイコンがタトゥーだったり、「元傭兵」って言ったり…
オレ強いアピール
やたら顔文字使ったり…(しかも古い)
わし社会復帰しない方が正解かもね(´・ω・`)
猫ちゃんモフモフしたい(;ω;)
2ちゃんねる全盛期のセンス
強いオレだけどカワイイ所もあるアピール
これはネットにたくさんいる地雷おじさんだ。
勝手に命名。意味は各自考えて…

終始鼻に付くのは「男」としてのアピールぶり。自分がこの「任務」をしていることをカッコいいと思っているんでしょう。こんな大それたことを軽々としているんだぞとほのめかして周りをビビらせ、気持ちよくなっている。

ちなみに、令和以降、男がSNSで女性自殺志願者と知り合ってその人を殺すという事件はけっこうあります。

▽元年9月、東京池袋で22歳男子大学生がSNSで知り合った30代の女性自殺志願者を「人助け」として殺害。

▽3年3月、浜松市で33歳男がSNSで知り合った自殺志願の中3女子と練炭自殺を試み、自分は助かる。

▽3年5月、袖ケ浦市で23歳男がSNSで「死にたい」と書いていた19歳女性に「殺して差し上げましょうか」と接触し、殺害。

▽3年5月、丹波市で23歳男がツイッターで知り合った中2女子と自殺を試み、自分だ

け助かる。

見事に「男性が女性を殺す」例ばかり。しかもほぼ年下。女性側が男性を殺した例はおそらく皆無。

彼らは、性欲、あるいは「女の子に頼られて仲良くしたい」という欲をこんな形で満たしているだけです。しかも、殺しちゃえば後腐れないし、相手も死にたがってるから「役に立てた」と自分を納得させられる。俺は大仕事をしているんだと、プライドすら刺激されるかもしれない。この男たちの希死念慮もまるっきり嘘ではないと思うけど、性欲にかなわない程度のものです。

一方でこういう男に頼る女性というのは、これもまた、一人で死ぬのは怖い・勇気がない、だから誰かに頼もう、という程度の意志です。袖ケ浦市の事件では、被害者は最終的に「死ぬことを躊躇している」と言っていたらしい。

無差別殺人をして自殺した犯人に「死ぬなら一人で死ね」と言ったコメンテーターが炎上したけど、私はこの事件に対し、逆の意味でそれを言いたい。いや、さすがに「死ぬなら一人で死ね」とは言わないけれど、「大前提として死なないでほしい。もし死にたい気持ちになったとしても、人に頼って死のうとするのだけは、絶対に、絶対にダメ！　そんなとき現れるのはとんでもないゲス野郎だからね」って。

2022/11/3

ツイッターをリツイートする感覚でやってしまった

福岡市議・堀本和歌子

議員が、収賄や選挙違反など「議員らしい悪さ」ではなく、突拍子もない不祥事をしたニュースを見ると「また維新の議員かな?」と思う。そして、この予想はだいたい当たる。これまでの実績は、秘書が殺人未遂、府議が中学生からＬＩＮＥでハブられてキレて脅迫、区議が局部を女子高校生に見せる……など。多士済々だね。

さて、今回の新鋭は維新の福岡市議・堀本和歌子。ライバル候補になりすまし、デカデカと「参政党福岡支部長の新開ゆうじです！　旧統一教会の式典で元衆議院議員として偉大なる韓鶴子様に韓日トンネルへの賛意と、祝辞を述べさせていただきました！」と書かれた怪文書を自ら配ったのがバレました。

本人の弁解内容は「ツイッターをリツイートする感覚でやってしまった」。一見意味不明ですが、やはりツイッター中毒の私としてはこれについてしっかり考えたい。

私はまず、堀本のツイッターで彼女が実際に誰の言葉をＲＴ（リツイート）している

全くの余談ですが、この
高山博光市議は、タモリさんの
福岡時代の恩人と呼ばれている。
高山三夫
結婚式の媒酌人
日田のボーリング場の仕事を紹介
父
子
大学の3年先輩/後輩
中洲のフルーツパーラーバーテンダーに採用
市議選を応援（初当選時）
高山博光
タモリ

か確認してみました。すると、主に同党の議員、たまにNHK党・立花孝志やひろゆきなど、という感じ（偏ってるなあ）。RTは賛同の意味でしかなさそうです。

でも、今回のビラは賛同ではなく「こんなヤバい人がいるよ」という意味の「拡散リツイート」に近い。ネガティブな内容の拡散を狙う狡猾なRTって、確かに反響は大きくなりやすいけど、議員の立場じゃふつうはやりづらい。そこをあえてやってみたかったのかな。

それと、意外なのは、このビラの内容がデマではなく、全くの事実だということです。

新開裕司は本当に式典に参加し、「文鮮明、韓鶴子総裁がご提案された、韓日・日韓トンネル運動に接し、その雄大な、非常に大きな構想に感動し……」と堂々挨拶している（その動画も怪文書にリンクがある）。だから、ビラで「新開ゆうじです！」となりすまさず、単に

「新開裕司氏にこんな過去が！」と書いていたらここまで問題じゃなかったのかも（モラルの問題はともかく）。

というわけで、新開裕司は過去の式典で文鮮明・韓鶴子を絶賛していた時点で濃いグレーの人物。そもそも今入っている参政党自体、問題アリです。なによりワクチンを殺人兵器と呼ぶ陰謀論どっぷりの党ですし。

つまりこの事件は、①陰謀論系の議員が②かつて旧統一教会と懇意にしていたという事実を③維新議員がなりすましの中傷ビラで広めようとした、という、どこを切っても気味の悪い柄が出てくる金太郎飴みたいな案件なのでした。うへぇ。

ところが、誰もが堀本を責めたり新開を怪しんだりするなかで、一服の清涼剤がありました。福岡市議9期目のベテラン・高山博光（無所属）のコメントです。

彼は、今期の議会は新人が多かった割に顔合わせなどがなく、堀本が孤独感を深めていたんじゃないかと思いやり、「先輩議員が悩みをフォローできる体制になっていれば、こんな事態にはならなかったはずです。責任を感じます」と、同市の議員として反省の弁を口にしたのです。

分断の世でこんな言葉が出るなんて！　つい私も自分を省みてしまいました。

2022／11／10

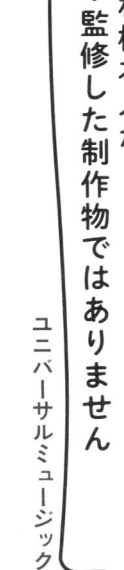

椎名林檎本人が参画・監修した制作物ではありません

ユニバーサルミュージック

本人が謝らないと尾を引くのは政治家でも芸能人でも同じ。椎名林檎の公式グッズのデザインが、援助や配慮が必要な人のための「ヘルプマーク」に酷似していた問題はずいぶん長引いてしまっている。

デザインが発表されたのが10月7日。すぐに批判が巻き起こったものの、発売元のユニバーサルミュージックがやっとデザイン改訂を発表したのは11日も経った18日。11月1日にはさらに声明を出しましたが、これはあくまでもユニバーサル社の企画制作であって「椎名林檎本人が参画・監修した制作物ではありません」と言い切る内容でした。とにかく椎名林檎に責任を負わせないよう気を遣った文章です。一方、現時点で本人のコメントは一切出されていないのでなんとも消化不良です。

椎名林檎は今までも物議を醸す演出などが多い人。「日本共産党」と書かれたスピーカーを使ったり、かつての愛車の名が「ヒトラー」だったり、旭日旗を模したグッズを

政治的になんにも考えてないから
こんな写真が撮れる……
というのは　少々気をつかった言い方で
椎名林檎
片山さつき
山谷えり子
2016年　自民党主催の会議にて
まさかアナタ、しっかりそっち側に
賛同してるんじゃないでしょうね、という
牽制もこめているつもり

作ったり。ただ、これらはあくまで思想的な観点での問題。一方で、今回のヘルプマーク酷似の件に関しては実際にマークを使用している人が迷惑を被る、生活にただちに影響を及ぼす問題です。それだけに、すぐ謝って変更するべきだし、逆に、謝って変更さえすれば尾を引かなそう。なぜこんなに長引いたのか。

　今まで物議を醸した演出に椎名林檎本人が関わっていないわけがない。今回のグッズにも、本人が関わっていないとはちょっと考えられない。ユニバーサル社はそれをどうにか隠してかばうために尽力していた、と思うのは邪推ですかね。

　椎名林檎は、旭日旗風グッズのときに右翼思想への傾倒を指摘されたけど、私が思うに、彼女はこういうモチーフについて何にも考えていない気がする。悪い意味で。政治思想に関心が薄すぎて、いわゆる「中二病」的な観点で、共産党、ナチス、右翼、病院っぽいの、全部尖っててイケてる……とシンプルに捉えてるんじゃないかと思う。だから、実際の政治家からオファーがあれば喜んで受けるし、写真も撮る。

デビュー以来、キャラクターも変わらない。歌詞のみならず、本人の文章は「～する度《たび》」「御座居ます」みたいに、古風と言うよりも「古風調」な文体。これを守るあまり、東日本大震災の時に被災者に向けて書いた文章も奇妙なものでした。抜粋すると、「甚だ無力で、もどかしいながらも、こちらで可能なことには随時挑戦して居ります。と、同時に、熱い思いをお送りしとります。底無しです。どうかすべからくみなさまへ届いてくださいますよう」。……「しとります」とか「底無しです」とか、コミカルで真剣さの感じられない印象です。まあ、彼女を信奉するファンはいつもの「林檎文」を喜ぶのかもしれませんが……。

思うに、彼女が個人的なSNSをやっていないのも、普通に文章を書くとボロが出るからじゃないかと思うのだ。

もう、キャラで自分を守るとか、カリスマ化して生身を見せないとか、そういうのは時代に合わなくなっていくなあ、と思う。ミスったんだからふつうの文章で本人が謝罪したほうがいいです。

2022/11/17

日本でヨーロッパ方式をやると俺みたいになる

星野ロミ

カジノで子会社の金を百億以上溶かして実刑判決を受けた元大王製紙会長の井川意高は今、ツイッターでごく平凡な有害おじさんとして生きています。ニュースのふりしたただのまとめサイトである「シェアニュースジャパン」を情報源にし、当たり前のように差別発言をし、句読点を使わず不自然な日本語を記す……どれも実に凡庸な、「ネットで真実に目覚めた」と称する高齢者の典型例です。まともな人に頼られなくなると、人はこうなっていくのだ。

そしてまた一人、しっかり収監されて最近出所し、同じ道を歩みかねない人がいる。「漫画村」というサイトを作って逮捕され、一躍有名になった星野ロミ。「漫画村」は違法アップロードされた市販の漫画を読めるようにした巨大サイトで、大問題になりました。その彼が出所して、ツイッターを頻繁に更新中です。

彼の主張によれば、当時は違法だという認識がなかったという。彼の説明を噛み砕けば、自分たちが漫画を違法にアップロードしたのではなく、外国のサーバにある違法掲載漫画を見やすくするためのサイトを作っただけなのだ、と。
でも、「漫画村」は違法に掲載された他人の著作物で儲けることありきで初めから作られています。法的にはもしかしたら微妙だったのかもしれないけれど、人の著作物を横取りする形で金を稼ぐなんて胸を張れる行為ではないし、漫画の制作者側からすれば道義的にも許されない。「違法だという認識がなかった」というよりは「法の穴を抜けた行為だと認識していた」といったところでしょう。

人気YouTube「街録ch」の
三谷三四郎がからみはじめているのも
気になる。そのうちこういうの作りそう
漫画村で捕まり
130キロ↓66キロ激痩せ
ブレイキングダウン参戦
どん底生活から復活も…
↑星野ロミ
三谷氏は取材者の主張を
全部垂れ流しちゃうからねえ……

しかし彼は、自分の技術や成果を誇り、「日本には、やって良いと許可された事以外はやってはいけないルールがある。ヨーロッパには逆にダメと言われた事以外はやって良いという文化がある。日本でヨーロッパ方式をやると俺みたいになる。これがyoutubeやウーバーのような画期的なサービスが生まれない元凶」と嘯きます。自分が有能だから狭量な日本国民にイジメられたのだ、と言わんばかりの態度です。

こんなふうに法の抜け穴をくぐって稼いだ人をおだててくれる人と言えば、やはり賠償金から逃げたことでおなじみのひろゆきだったり、セクハラで一線から退いた自称天才編集者・箕輪厚介だったり、あるいはうさんくさい格闘技イベントだったり。星野のツイッターに好意的にからんでくるのはそんなのばかり。

彼の技術自体は確かに優れているんでしょうが、この調子では事は良いほうには流れまい。ヘタをすれば井川意高一直線である。

彼はさんざん「日本だから自分は捕まった」というようなことを言っているけど、海外なら認められるはずだというなら実際に海外で活躍して日本人に目に物見せてやったらいいでしょう。これは別に皮肉じゃありません。いずれは本当にそうしたらいい。箕輪なんかと組むより絶対その方がいいはず。

日本にこだわってるのは、むしろ彼なのかもしれない。日本はネットをめぐる法律が弱そうだし、まだ法の目をかいくぐれそうだもんね。

2022/11/24

BIGBOSS／村神様／大谷ルール／きつねダンス／青春って、すごく密なので／令和の怪物

ユーキャン新語・流行語大賞

このコラムでは、いつもこの季節に発表されるユーキャン新語・流行語大賞（ノミネート30語）について毎年必ず言及しています。

というのも、私は以前からノミネート語を選出する人の人格を一人に集約し、「野球が大好きで、リベラル・反政権のおじさん」と想定して「新流さん」と名づけているからです。毎年、今年の新流さんは何に興味を持ったのかしら？　と、架空のおじさんの動向を知るつもりで観察を続けているわけです。

ここ数年の彼は、流行〝語〟を追うのに疲れ、「流行そのもの」を挙げてしまう傾向にあります。2年前には「フワちゃん」を挙げていて、投げやりでした。それはただ売れた人の名前であって「流行語」じゃないじゃん！

ところが、今年はその傾向が薄い。「流行そのもの」の単語は「SPY×FAMILY」くらいで、やる気を感じます。

この理由ははっきりしている。彼の大好きな野球がちゃんと話題になったからだ。今年は野球に興味がない私の耳にすら「ＢＩＧＢＯＳＳ」「村神様」などの単語が入ってきましたもんね。

　興奮した新流さんは、なんと30語中に6語も野球関連の言葉をねじこんでいるのだ。前出の2つのほか、「大谷ルール／きつねダンス／青春って、すごく密なので／令和の怪物（＝佐々木朗希）」。5分の1を野球の言葉で占めるなんて、私物化が過ぎるぞ！

　ともあれ野球のおかげでやる気にあふれ、ノリノリの新流さんは、「インティマシー・コーディネーター」「ＯＢＮ（オールド・ボーイズ・ネットワーク）」「ルッキズム」と、ちゃんといま社会問題となっている言葉を3つも入れました。3つとも、セレクトする分野として非常に的確だと思います（ＯＢＮという言葉が人口に膾炙していたとまでは思わないが）。去年、「ジェンダー平等」という、間違ってはいないけどずいぶんふわっとした言葉をセレクトしたのとは大違いです。新流さんはおじさんだけど、しっかりアップデートしてますよ！

さらに新流さんは、若者言葉から「知らんけど」をチョイス。私の感覚ではやや取り上げるのが遅いかと思いましたが、マイナビが10代にアンケートを取って調べた「2022年ティーンが選ぶ流行ったコトバ」でも「知らんけど」は堂々2位！　私よりも新流さんの感覚のほうが正しいじゃないか。まいりました。

ちなみに新流さん、30語発表の際に雑感をつけるのですが、去年は「（コロナ禍で）コミュニケーションが希薄になり、軽い言葉やあたたかみのない言葉が生まれてきている」。今年は「言葉の力が感じられず、他者との関わりが希薄になった」。ほぼ内容が同じです。ここはちょっとサボりましたね。

一つだけ心配なのは「顔パンツ」という言葉が入っていることです。今この言葉は主に、反ワクチンを標榜するなど、陰謀論を支持する人たちが、マスクをしている一般の人たちを揶揄するときに使われます。新流さん、まさかネットの見すぎでそっちに落ちちゃったの……？

2022／12／1

今この段階でサッカー以外のことでいろいろ話題にするのは好ましくない

日本サッカー協会会長・田嶋幸三

ワールドカップで日本がドイツに勝ったニュースが五大紙のうち四紙で一面トップを飾ったみたい。産経も読売も毎日も朝日も仲良く、日本のサッカーの勝利をただ喜んでます。スポーツ紙でなく、全国紙が。

そもそも、カタールでの開催は問題だらけ。国が同性愛を犯罪と見なしていること、スタジアムの建設などに携わった移民労働者が猛暑で多数（一説によれば数千人）死亡したことなど、東京五輪も真っ青の事実がたくさんあります。当地が選ばれた時のＦＩＦＡ会長ですら、カタールに開催権を与えたのは間違いだったと言うほど。

それでも、ワールドカップはオリンピックと同じ扱いなんですね。つまり、「始まったんだから盛り上がろうよ！」「（問題を指摘する声に）野暮なこと言うなよ！」という態度のほうが支持される巨大行事になったんだなあ。

また、こういうときは必ずといっていいほど「日本人はスタジアムや控え室を清掃し

カタールはLGBTの運動にピリピリするあまり、虹（性的マイノリティの象徴）の描かれたブラジル・ペルナンブーコ州旗に
なんだよコレは
え、ウチの地元の旗なんだけど…
あ？どういうつもりだ
イチャモンをつけ、旗を踏みにじるというコントのようなひどい事件も起きたらしい。

て帰りました！　世界が日本を絶賛！」というニュースがセットで流れますね。

確かにこのことは世界で称賛されています。ＦＩＦＡのツイッターは日本チームのロッカールームの写真を上げて〝spotless〟（汚れ一つない）と絶賛し、サポーターたちが客席のペットボトルを片づけている写真も出して賛辞を送っています。それを日本のメディアもウキウキと伝え、それを日本人が喜ぶ、という自家発電システム。

いえ、もちろん掃除しているサポーターも選手も、その行為は立派だと思います。でも、大手新聞やテレビがワールドカップについて扱えるニュースってこういう小学生の善行レベルばかりなのね。冒頭に書いたようにワールドカップは新聞一面で扱う五輪クラスの行事であり、不可侵の存在なのだな。

サッカー協会の田嶋幸三会長は「今この段階でサッカー以外のことでいろいろ話題にするのは好ましくないと思う」「協会としては今はサッカーに集中する

とき」「ほかのチームもそうであってほしい」って、海外チームにまで口を出しています。「アスリートが政治を語るな」などの言葉に代表される、選手個人の自立性は潰すべきだという日本人の「美徳」、すなわちアスリートへの侮蔑心を会長自ら世界に広めているわけです。実はFIFAの現会長らも「サッカーに集中しよう」「すべてのイデオロギーや政治闘争に巻き込まれないようにしてほしい」という書簡を出したんだそうで、従順な日本はもちろんそれに従うわけだ。関係ないけど、トーマス・バッハや森喜朗や橋本聖子の顔が頭に浮かびます。

もちろん、試合前の片膝をつく仕草や、口をふさぐポーズで諸問題への抗議をアピールした国もあり、それは少なくとも日本よりはよく考えられた誠実な態度だと思います。でも、そもそも欧米が搾取しつづけてきた中東でワールドカップを開催しておいて抗議のアピールをしてからサッカーをする、ということにもなんか言いようのない偽善を感じて、私は手放しで賛辞を送る気になれません。私はもう「今のどす黒い形なら五輪もワールドカップもやめるべき」派なので。

2022/12/8

それってあなたの感想ですよね？

ひろゆき

「本家」のユーキャン新語・流行語大賞は、やっぱり今年も野球好きのおじさんの長打力により「村神様」という野球ファン以外ピンと来ない言葉が年間大賞に選ばれました。失笑するしかないよ。

その代わりと言ってはなんですが、もっと若い世代の流行語の話をしたい。毎年この時期はＪＫやギャルの流行語も取り上げていましたが、最近はこの手のランキングが乱立気味なので、今年はベネッセが調査した「小学生の流行語ランキング２０２２」を取り上げます！

トップ10を1位から順に並べると、▽それってあなたの感想ですよね？ ▽それな ▽ギャルピース ▽パワー！ ▽草 ▽知らんけど ▽ぴえん ▽キュンです ▽○○しか勝たん ▽美味しいヤミー感謝感謝。

このランキング、1位にひろゆきの言葉が入ったことが悪い意味で話題になっていま

相手が小学生でもやりこめたくなるよ…

すが、それは一旦置いといて。

私がまずこれを見て受けた印象は「古い！」でした。

ギャル流行語大賞で言えば、「それな」は２０１４年（8年前！）の1位だし、「ぴえん」は２０１９年の2位、「〇〇しか勝たん」は２０２０年の2位。小学生の流行語はギャルから数周遅れている！　小学生が純粋に独自の文化の中から作り出したものは一つもない。小学生の文化に横のつながりなんかないから、仕方ないか……。

ちなみに1位の「それってあなたの感想ですよね？」も、ネットミームとしてずいぶん前から有名でした。元々は２０１５年のテレビ番組でひろゆきが発したセリフに基づくものとされています。データに基づかないことを「明らかに〇〇だ」と発言した相手に対して彼が反論したもので、人を食った言い方は不快なものの、その時の反論としては確かに効果的に見えました。

しかし、これがどういうわけか無敵の論破法であるかのように広まり、いつでも相手をやりこめられる言葉として拡散。ベネッセによれば、「先生や友達に『テストの点数が悪いな』と言われた時」「友達が言い訳をしてきた時」など、反論の際に使うという声が寄せられたそうで、対処する大人はとても腹が立ちそう。

ところで私は、今年ネットに上げられたM－1の予選出場者300組以上の漫才を見たんですが（趣味です）、今年は明らかに「ディベート」をテーマにするコンビが多かったのです（集計はしてません。これって私の感想です）。明らかにディベートは流行っている（これって私の感想です）。議論によって考えを深め合うのではなく、単に理屈でその場を支配し、勝ち負けを決めるゲームとして。これもひろゆきによるブームに違いない（私の感想です）。暗澹とした気持ちになっちゃいます。

しかし、私は小学生の流行語としてこの言葉が1位になったことは、よかったと思ってます（私の感想です）。

なぜかって、これだけ流行ったら、早いうちに廃れます（私の感想です）。したり顔で「それってあなたの感想ですよね？」と言い返すことが、理屈を超えて単にダサいこと、「小学生レベルの屁理屈」とされる日はそう遠くないはず（私の予想です）。

2022／12／15

＃舞いあがれ反省会

ツイッターユーザー

前シーズンのＮＨＫの朝ドラ『ちむどんどん』は、視聴者からの不満が激しく、それが一つのムーブメントにまでなってしまいました。ツイッター上に、主にドラマへの文句や批判を話し合う「＃ちむどんどん反省会」なるハッシュタグが生まれたのです。そして、このコラムでもさんざん話題にしたユーキャン新語・流行語大賞（新流さん）も、このハッシュタグを堂々とノミネート語として取り上げてしまいました。

ノミネート時の選評は、「ＮＨＫ連続テレビ小説『ちむどんどん』の視聴者の間で、放送後に内容を話題にするツイートが大流行。『ちむ』は『肝』のことで、『わくわくする』を意味するが、毎朝ドラマの展開に『ワクワクよりも、ドキドキして心配になる』という声が多かった」。

いや、思うに「ドキドキして心配になる」なら全然いいほうで、「展開がひどい！」とか「登場人物の行動が不快！」とか、強めの非難が多く、誹謗中傷に当たりそうなものもありましたよ。もはやイジメじゃないかという意見も出るほど。ある作品についての否定的な言葉をノミネート語に入れてしまう新流さん、やはりちょっとセンスがズレてるよなあ。

さて、一体この「#反省会」タグ、いつ始まったのかとさかのぼってみると、私の調べではなんと7年前、２０１５年度前期放送の『まれ』についてのものが最初でした。２０１５年９月23日に朝ドラ好きの人たちの中に生まれた「#まれ反省会」なるタグがおそらく最初。かなり長い伝統だ。

元農水副大臣の礒崎陽輔までツイッターでちむどんどんを批判していて…
脚本の論理性が崩壊しています
政治家が言うな
表現規制するな
手後れかもしれませんがNHKは猛省する必要…
これはこれで怒られてたのが少し面白かった。
まぁ、「圧力」になりかねないからね…

その後ドラマが変わっても、朝ドラを愛する比較的小さなコミュニティでずっとこの「#○○反省会」のタグは生き続けてきたようです。でも、通用する範囲が小さかったこともあり、おそらく激しい非難は少なめ。あくまでも朝ドラ観賞が趣味の人たちの中でのちょっとしたお遊びという雰囲気です。

これが爆発的に広まったのはもちろん

『ちむどんどん』から。お遊びの範囲をはるかに超え、「反省会」自体がブーム化してしまった。

そして、今放送中の『舞いあがれ！』も、どうやら最近「#舞いあがれ反省会」が盛んになりつつあります。というのも、第8週から脚本家が代わったそうで、そこから非難が噴出しているのです。

もちろん、ドラマについて「あれはひどいよね」って仲間内で口頭で盛り上がる程度なら、多少中傷めいたことを言うのも自由だと思う。雑誌や本で批判するのも、きっと大したことにはならない。

問題はSNSなのだ。ハッシュタグをつけて書くことによって、一気に数の暴力が生まれてしまう。内容よりも、集積が問題になる。本当に世を動かしたい政治案件ならともかく、〝たかがドラマ〟についてのハッシュタグによって否定的な意見が爆発的に集中すると、あまりよくないことが起こるんじゃないかと私はヒヤヒヤしています。『テラスハウス』の事件も記憶に新しいし。あれだって、学校で友達同士で文句を言ってるだけなら何の問題もなかった。SNSはすぐムーブメントを起こしてしまうし、簡単に本人に伝わるから。

2022／12／22

いたずら／お騒がせ

共同通信／毎日新聞

12月15日、共同通信に「便器に頭部、水流した疑い　愛知の勾留男性死亡、いたずらか」というニュースが。

衝撃的な虐待行為とともに「いたずら」という言葉があるので、困惑してしまう。

この事件をちゃんと解説すると、愛知県の岡崎署で勾留されていた統合失調症と糖尿病を患う男性が、ベルト手錠などで百時間以上も拘束され、トイレも使えずに排泄物を放置され、便器に頭を突っ込んだ状態で水を流されるなどの暴行を受け、糖尿病の薬ももらえなかった結果、「腎不全」で死亡しているのを発見されたというものでした。凄絶な虐待です。被害者が暴れたり食事を拒否したりしたのは事実らしいけど、言うことを聞かないからとよってたかって虐待していたのは間違いない。で、「県警関係者によると、便器の水を流したのはいたずら目的だった可能性がある」。

いたずら目的、って。

忖度に忖度を重ねたニュース
△△議員またお騒がせ!?
SONTAC NEWS
△△議員
忖度により目を強調
先日、女子高校生にちょっとした性的いたずらをはたらき、お騒がせの△△議員が、本日「そんなことは誰でもやっとる」と△△節を……
ちゃんと言え!!!

辞書的な意味というよりニュアンスの話になるけれど、「いたずら」というとどうしても、子供の落書きとか、ブーブークッションとか、悪さと言ってもそのくらいのイメージ。今回の行為は侮辱や嗜虐の目的でしかなく、それを「いたずら」という言葉に丸めてあげるなんて、一体誰への思いやりなんですかね。

実は同日に毎日新聞デジタルでは、「安倍氏後継に杉田水脈氏？　昭恵さんの擁立断念　衆院補選の人選難航」という記事が出ていまして、この本文では「県連内では、窮余の一策として、お騒がせの『あの人』を擁立する奇策まで浮上している」という記述があります。「あの人」とは、もちろんタイトルにある杉田水脈です。

杉田といえばもちろん、過去に「彼ら彼女らは子供を作らない、つまり『生産性』がない」と性的少数者を差別し、ブログでは「チマ・チョゴリやアイヌの民族衣装のコスプレおばさん」と民族を差別するなど、主な活動が「差別」の人。そんな人格的に問題のある議員が「お騒がせ」？

試しに、過去の報道記事から「お騒がせ」が代名詞的に使われたパターンを拾ってみます。

飲食店に文句を言ってブログが炎上した「お騒がせタレント」。恋愛スキャンダルが多い「お騒がせセレブ」。薬物がらみの事件が多い「お騒がせ二世俳優」……まあ、こんな感じですよね、「お騒がせ」って。どこかユーモラス。薬物事件はこの中では深刻なほうだけど、いずれにしても「しょうがないなあ、困ったもんだよ」といったニュアンスを含む、卑下しつつ断罪はせずに苦笑しながら見てあげる時の言葉だと思う。

「お騒がせ」ってことは、杉田もこの系譜だと思っているのかな。「爆弾発言ばっかりしてるダメな議員だよ。まったく困ったやつだ（笑）」みたいな？　冗談よしてくれよ。

毎日新聞のこの記事は畠山嵩という記者が書いていますが、彼の自己紹介欄には「LGBTなど多様な性を巡る問題に関心を持つ」と堂々と書いてあります。おいおい。

誰から指示されているわけでもないのに、最近の新聞って警察や政治家など権力者の悪事に限ってほんの少し表現を丸めるようなところ、ありませんかね。

2022／12／29

皆が違和感を持ったのは、女性がM-1に少ないから

西川のりお

M-1もすっかり国民的行事。審査員では上沼恵美子が抜けて山田邦子が入ったことが特に話題となりました。

彼女の審査員入りは、大いに叩かれるんじゃないかと私は思っていました。メディアでは意外と批判的意見が少なめでしたが（それはたぶん、いま山田邦子が若者に知られていないから）、『水曜日のダウンタウン』が山田邦子を「しんどい先輩」と呼んだように、おそらく世間の多くの人は彼女を「昔の人／イタい人」みたいに見ている。だから、ピント外れの審査やひとりよがりなコメントを期待して、待ってましたとばかりに叩く人がいそう……って。

実際の審査を見ると、1組目に84点、2組目に95点と、最初かなり差をつけたためにここを叩く人もいましたが、全体を見ると、たまたま1組目に最低点、2組目に最高点をつけたというだけの話。全体的にはバランスのいい配点で、コメントも拍子抜けする

ほどまともでした。これを叩くのは無理筋じゃないかな。

ちなみにウェブの「よろず〜ニュース」によると、彼女は採点への批判に対して気にするそぶりもなく「いいんじゃない？それは（番組を）見てるんだから。見てない人より全然いい」と言い切ったらしい。全盛期に視聴率を取りまくってきた人の言葉だ。カッコいい。

それにしても、M-1の審査員には女が少なすぎます。M-1は元々K-1を模して作られたので、かつては決勝に挑む漫才師の写真が上半身裸の格闘ポーズだったり、7年目に上沼恵美子が登場するまで審査員が全員男だったりと、当初から男臭さがすごい。おそらく悪気もなく、女が出るという前提がなかったんでしょう。予選の審査員（ほぼ放送作家が務める）はいまだに極端に男性ばかりで、今年は36名中、女性はたった1名！

確かに参加者も男性が圧倒的に多いけ

邦ちゃんの発言で唯一場がヒヤッとなったのは、ふつうに島田紳助の近況を語ったところ
紳助さん、今朝メールしましたけど
宮崎から見てるようです。ストレスフリーでとっても楽しいって
え…ゆーてええのそれっ？
お着物ステキでした
このテレビ的忖度のなさも最高だよ、邦ちゃん

ど、審査員の比率はもう少しどうにかならないか……と思っていたら、なんと意外な人がここに意見していました。西川のりお。

西川のりおは12月15日、『ますだおかだ増田のラジオハンター』（ＡＢＣラジオ）で、リスナーから来た「なぜ女性審査員が一人なのか」という疑問に「おっしゃる通り」「皆が違和感を持ったのは、女性がＭ－１に少ないから。（女性審査員を）３人ぐらいにしてもいい」と答えたらしい！

さらに、新審査員の山田邦子に対しては「非常に気遣いの人」「遠慮気味にやったら、みんなガチンコで来るのでどうやろ」と語ったそう。ピント外れな審査を心配するのではなく、優しすぎて審査ができないのでは、という心配なのだ。一般視聴者と、かつての共演者ではやはり感覚が違う。

関東育ちの私からすると西川のりおに正直そんなに親しみがなく、ガサツで乱暴なイメージがあったんですが、まさかこんな繊細で先進的なことを語る方だったとは。今までの山田邦子のパブリックイメージについてもそうだけど、先入観、良くないね。女性を入れろと言ったそばからナンですが、今さらながら、西川のりおさんにＭ－１の審査員をしてほしいです。

2023／1／5・12

上島も喜んでおります

有吉弘行

ザッピングしながら見たのに何の根拠もなく断言するけど、去年末の紅白歌合戦のベストパフォーマンスは純烈＋ダチョウ倶楽部＋有吉弘行のコラボ。これは譲れない。

去年、上島竜兵がショッキングな亡くなり方をしたことを、彼の大ファンというわけでもない、でもちょっと好きな、ただの視聴者である私は妙に引きずっていました。

ここ数年、芸能界にはこの手の悲しいニュースが多かったけど、愛すべきダメなおじさん〝竜ちゃん〟のこれはとりわけ重かった。こういった報道記事では、最近は露骨に事情を書かずに経緯をぼかすようにはなってきましたが、文末に取ってつけたように「いのちの電話」が載っているので、結局最後に頭を殴られたような気分になります（あのシステムはどうにかならないものか）。

冷たい言い方をすれば、私は自死をした人を絶対肯定しない。そんな簡単な手段に出たことを心から軽蔑する。そして、好感を持っていた人が軽蔑の対象となったことにひ

こんなチャンスを逃すわけにはいかない、と！
有吉
大泉
出たいっつったら出れる番組じゃないんですよ？
大泉洋の司会ってまぜっ返しグセが強いと思うんですが、このまぜっ返し方は余計で、文脈読んでくれよ……と思いました。

どく落ち込んでしまう。

だから、ふだんならバラエティを楽しむ私も、去年二人になったダチョウ倶楽部を見ることは自分でも意外なほどキツく、CMで見かける時すら「二人か……」といちいち思ってしまっていました。彼を悼むような番組は、バラエティとしてどうにか笑いに寄せようとするものも含めて全部避けてしまいました。生前は先輩の上島をどうかと思うほどイジり倒し、後輩では最も気心が知れていたと思われる有吉弘行のふるまいについても見る気になれませんでした。トップタレントの彼が如才なくふるまっても、感情をあらわにしても、どっちにしてもちょっと見るのがキツい、と思っていました。

ところで、死去を受けたコメントで、メンバーの肥後は「ダチョウ倶楽部は解散しません。二人で、純烈のオーディションを受けます」と冗談で書いたのですが、なんとこれは現実となり、本当に純烈とコラボして猿岩石の「白い雲のように」のカバーを秋にリリース。これが元で今回の紅白につながるのだから、何がどう転ぶか分からない。

紅白のステージで、櫻井翔からなぜ紅白に出たのかと聞かれた有吉は、「（2組が）僕が25年前に出した『白い雲のように』をカバーしてくれたということで、こんなチャンスを逃すわけにはいかないと」と言いましたが、もちろん彼が本気で紅白で歌いたかったわけがない。こういう大きな舞台で追悼の思いをさりげなく表せたら、という思いは当然あったはずです。本人がごまかした分を補ったのはなんと今回で純烈を脱退する小田井涼平。自分の大きな節目を差し置いてまで「僕は今日上島さんも加えて、8人で歌おうと思ってます」と言及していて、これも粋でした。

「白い雲のように」をセンターで歌った有吉は、リリースした当時よりも明らかに歌唱力が上がっていました。甘い声で歌い切ると、感想を聞かれて一言「上島も喜んでおります」。笑いに寄せすぎない、しんみりもさせない、このささやかな追悼が私にはいちばんしっくりきました。

2023/1/19

銃殺

逢坂誠二

立憲民主党の代表・泉健太が初詣で乃木神社を参拝した写真をツイッターに上げて、炎上してしまった。なぜかというと、ここは軍神とも言われる乃木希典を祀る神社だからですね。前川喜平が「明治天皇に殉死した長州閥の軍人を神と崇める行為」と責めたように、軍拡を匂わせる自民党に対抗していくべき立民の代表が軍神崇拝か、と叱られたわけです。

すると泉健太は「何だか息苦しいですね…」と批判を少々小バカにする態度を取り（この態度、立民よりむしろとても維新っぽいよね）、「近所の神社で国家繁栄、家内安全を祈ることが『軍人を神と崇める行為』とされるとは」と開き直りました。要は、実際どう考えていたかは別として「近所なんスよ。何の神社かとか関係ないんスけど。何が悪いんスか」と言ったわけです。

反論するにも、もう少し自分を頭良く見せたほうがいいと思う。泉健太はかつて、プロレスという言葉を「真剣勝負」の対立概念として使ってプロレスファンに叩かれるなど、浅慮な発言が多い印象。本当に近所の人とか、乃木坂46のファンとかが気軽に参拝するならともかく、党の代表なんだから自分の行ったところがどういうところかくらい確認するのが当然でしょう。統一教会の会合に〝うっかり〟行った大量の自民党議員のことを言えなくなっちゃうよ。ちゃんと意図があって参拝したならもっと厄介ですけど。

今、亡くなって祀られるのは
神社ではなく空港みたいです。
飛んで
飛び
飛びぬこうでは
ありませんか!!
SINZO ABE
International
Airport
神田うの的には〜
アメリカでは素晴らしい
政治家さんの功績を称えて
その方のお名前を
国際空港に
つけています✈
日本でも(羽田・成田を)
安倍晋三国際空港✈
にして欲しいな〜☺
Sinzo Abe International
Airport✈とつければいいのに〜
本人がスペルミス
してる
インスタに本当に書いています。↑

こんな小騒動のあと、実は立民の代表代行である逢坂誠二も、去年の大晦日に函館乃木神社の神事に出席していたことがツイッターで判明。え、示し合わせてるの？

泉健太が乃木神社を参拝して「味方」から叩かれているのを楽しそうに眺めていた政権支持者は、これを知って盛り上がっています。バリバリの安倍晋三信奉者というイメージがある産経の記者・阿比留瑠比も「ああ大変だ。函館乃木神社なんて、立憲支持者に叱られてしまう。自己批判しないと」って皮肉を書きこみ、楽しそう。

しかし私はこの逢坂のツイート、乃木神社以外のところのほうがよほど気になった。抜粋すると、「令和4年の大晦日、函館乃木神社で大祓式と除夜祭に出席しました。ウクライナ戦争、参院選挙中の元総理銃殺、円安、物価高、コロナ禍など激動の1年となりました（以下略）」……え、銃殺？　銃殺⁉

「銃による殺人」だから辞書的には正しいのかもしれないが、ふつうは刑死をイメージする言葉です。背景にカルトがらみの事情があったとしても、あれが卑劣な殺人事件であることはまちがいない。それをよりによって「銃殺」なんて呼んでしまう野党代表代行の無神経さ。衝撃です。

そして、乃木神社という敵失にキャッキャと盛り上がって「銃殺」には気づきもしない阿比留もすごい。信奉してた人でも、死んじゃったらどうでもいいんだろうか。「銃殺」という言葉を批判している数少ない人たちがほぼリベラル側の人なのも皮肉なもんです。野党の政治家も政権擁護の記者も、ちゃんと考えて日本語を使ってください。

2023/1/26

もしよろしければ、これからもよろしく

眞栄田郷敦

最近、芸能人の直筆結婚メッセージがたくさん出ています。この殺伐とした世相の中、とてもおめでたいですね。どうおめでたいかというと、私は芸能人の直筆文が大好きなので、ネタにできることが増えて、私にとっておめでたいんです！

なかでも特筆すべきは、新田真剣佑・眞栄田郷敦兄弟の同時結婚報告です。絵に描いたように二人が対照的。

まず真剣佑。横罫の引いてある紙に書いたと思われますが、罫の細さに対してだいぶ太いペンを選んでしまいました。画数の多い字がぐちゃっとしている。しかも、直筆の紙を写真に撮って明るさを調整せずにアップしたと思われ、地の紙の色も薄暗くてモヤモヤしている。

筆跡についても、ここ数年の芸能人直筆文の中でも特級のたどたどしさ。それも、「頂き」「出来た」「嬉しい」など、ひらがなでも良さそうなところまで頑張って漢字で書い

想像(妄想)がふくらみます….
しょう、じん、して、え〜と
父が
楽しみにしていて
くれていたので
新田真剣佑
こんなかんじで
いいか…
もしよろしければ、
お願いいたします。
真栄田郷敦

ているため、気を抜いているひらがなのバランスの悪さが光ります。「楽しみにしていてくれていた」のようにひらがなが続く部分は、字の大きさがまちまちすぎて、行から字がこぼれ落ちそう。危ないぞ。

　そして、何より書き慣れているはずの「新田真剣佑」という署名の字が最もバランスが悪い！　日本語を書くのが苦手なのかな？　と思いきや、冒頭の「Mackenfamily の皆様へ」のアルファベットも英語を習い始めた中学生のようなぎこちなさです。全体的に微笑みを誘うすばらしい一品。

　対して、郷敦。マスが大きい原稿用紙にきっちりはめ込んだように、文字の縦横が揃っている。筆記具も細めのペンを選び、筆圧強めにカッチリ書いた感じが見えます。兄同様に紙を写真に撮ってアップしたと思われますが、おそらく色の調整をして見やすくもしています。

筆跡は、神経質そうで非常にシャープ。自らのサインの「郷」の字は3画目が独特のハネ方をしていて、相当書き慣れていることが窺えます。

一方で文章そのものを見ると、本文部分の文字数は句読点込みで真剣佑が204字、郷敦はたった75字！　真剣佑のほうが約2・7倍も多く書いている。

真剣佑は、この日に二人揃って結婚を発表した理由を説明し（「父が誰よりも結婚を楽しみ」にしていたので「父の誕生日の今日」報告したそう）、ファンへの感謝を2回も記す。伝えたいことをしっかり伝えようとする健気な文です。

対して郷敦は、一行目が「この度、結婚いたしました。」だけ。ファンへの感謝の言葉もなく、締めは「もしよろしければ、これからもよろしくお願いいたします。」

いや、「もしよろしければ」って。「まあ僕としてはどっちでもいいですけど」って文の前につけたくなるほどぶっきらぼうです。「よろしければよろしく」というしつこい表現にも投げやりさが出てます。え、もしかして報告したくなかった？　お兄ちゃんが今日発表するぞって言うから仕方なく書いてる？　と心配しちゃうくらいドライだ。

二人は違って、二人ともいい。両方の味わいの差を楽しめる。芸能人の直筆結婚報告文の中でも、歴史に残すべき優れた作品。

2023／2／9

反省しております

丸川珠代

　私がこの連載で丸川タピ代議員（本名：丸川珠代）を取り上げるのは何回目だろうか。選挙の際に「タピオカ容器の不統一を解決」という公約を掲げ、いまだに果たしていないことで有名なタピ代議員、今回もタピオカ以外のことで叩かれています。

　13年前、民主党が所得制限をしない子ども手当法案を採決している際、彼女は賛成した議員たちをひどく罵倒したのですが、今さら自民党は反対したはずの案と同じことを進めようとしています。そのため、あの罵倒は何だったのか、と彼女がこの期に及んで責められるハメになりました。タピ代もまさかあの映像が今あんなに流されるとは思うまい。

　当時の映像を見ると、彼女は高い声で「審議不十分です！」などと言っているものの、目がまるで怒っておらず抑揚もなく、なんなら口角が一瞬上がりかけて見える。例の有名な「この愚か者めが」というセリフの時も、「おーろーかーもーのーめーがぁ！」と

せっかくだから自民党Tシャツの
令和バージョン作って
自民党は儲けようぜ!
この愚か者めが
←廃盤
反省しております
丸川ver.
男女平等は絶対に実現し得ない反道徳の妄想
杉田ver.
MOTHER MOON
もしもーし もしもーし
山本ver.

一音一音区切って単調に叫び、「このくだらん選択をした馬鹿者どもを絶対ワス……」と語尾がかき消えている（テロップ上は「忘れん」と出ていることが多い）。

ぎこちない表情、単調な抑揚。端的に言うと、彼女は演技があまりに下手すぎた。

新米議員として党に忠誠を示すために、強い言葉で罵倒するぞ！　と張り切って慣れない言い回しをした結果、子供用アニメに出てくる悪の組織の女ボスの断末魔みたいなセリフが出てきてしまった。しかもこの大仰な言葉遣いの恥ずかしさを消しきれず、照れてしまった。最後まで叫びきれず、語尾は周りにかき消される程度のボリュームになってしまった。その心理がすべてありありと分かり、こちらも無性に恥ずかしい気持ちになります。

それを思えば、この数年後に三原じゅん子が言い放った「恥を知りなさい！」は、セリフの下品さはともかく、さすがに本業が俳優なのでキマってましたね。

それにしても、なぜ自民党の女性議員

は強い口調で何か言おうとすると悪の女ボスになるのだろう。丁寧な言葉でもバシッと言うことはできるのに。我々は愚かな民衆を統べる存在なのだという驕りが彼女らをそうさせるのだろうか。

さて、タピ代の罵倒について問い詰められた岸田文雄は「謙虚に受け止め、反省すべきものは反省しなければならないと思います」と述べました。「反省すべきものがない可能性もありますが、万が一、反省すべきものがあったときに限り、反省します」というすさまじい遠回りの発言です。何を反省しているのかは絶対明言しない、ボクは汚い大人ですと宣言するかのような謝罪です。

タピ代本人はというと、彼女には自分の意志がないので、「反省すべきはしっかり反省したいと思います」と、岸田ボスのお手本をなぞったお答えでした。しかし、しつこく記者に「反省はしていますか?」と食い下がられ、つい「反省しております」とシンプルに答えちゃった。

あーあ、ごまかす言い回しを放棄しちゃった。悪役の演技も下手だし、とにかくタピ代には根気がない。自民党に向いてないよ。

2023/2/16

すごく、日本の未来、に希望が……見えるとは思います

宮沢氷魚

ここではどんなネタもほどほどに冷静に書きたいんですが、この件についてははらわたが煮えくり返るので、大して面白い原稿にならないな。でもやっぱり書かなきゃいけないな、と思って、書きます。荒井勝喜なる元秘書官のＬＧＢＴ差別発言「見るのも嫌だ。隣に住んでいたら、やっぱり嫌だ」の話ですね。

この件をいわゆる「オフレコ破り」したのは女性記者だそうで、改めて政界って記者まで含めて男だらけなんだなと思う。男性記者だけだったら、こんな発言も男子校のノリで下品に笑い合って終わりだったんだろうか。「見るのも嫌」になるのはゲイを嫌悪しながら男だらけで舐め合ってるあなたたち政界の皆さんだよ、記者も含めてね。

で、こんなタイミングで、男性同士の愛を描く映画『エゴイスト』が公開されるということで、日本外国特派員協会で記者会見がありました。ゲイである主要な役を演じる宮沢氷魚は英語も交えて流暢に会見をこなしましたが、時期が時期だけに、元秘書官の

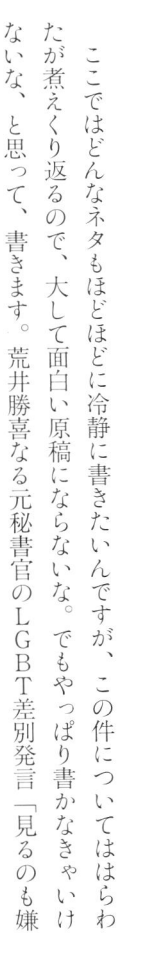

岸田だって形だけは謝罪したのに、まだ差別まがいの陰謀論をYouTubeで垂れ流しつづける男、自民党 西田昌司!!

もちろん旧統一教会もしっかり擁護
LGBTの差別禁止は分断を生む!!

(=私はまだまだ差別したい!)

秦の始皇帝はユダヤ人!その子孫が平安京をつくり……

国葬儀反対の世論は捏造……

戦後日本人を飼い慣らすディープステート…

↑典型的陰謀論どっぷり老人。

なんでこんな人がそれなりの地位で議員やれてるの? 誰か追及してよ……


発言についてどう思うかという質問も出たんです。すると、宮沢の発言は奥歯に巨大な物が挟まったようになってしまいました。あまりに要領を得ない長い答えなので、つぎはぎで引用。

まず「僕は今まで政治的発言は、自分の一意見としてあまり表にこう、述べてはこなかった」と前置きし、「この一件で感じたことは、もちろん政治的問題もある、とは思うんですけども、人として……えー……」と、とにかく政治の話じゃないよと言うために言葉に迷いまくる。そのうち着地点を見つけ、「発言が出たことによって、たくさんの人が声を上げ」「何か行動するというものが今回たくさん見れた」。つまり、差別発言によって抗議の声がたくさん上がって良かった、と言う。そして、「すごく、日本の未来、に希望が……見えるとは思います」「とても悲しい出来事ではあるんですけども、それによって、前向きな、うん、皆さまのその、意志の強さというか、意見をどんどん発信していこうというものが見えた」……たどたどしく慎重に、こうまとめたのです。

　正直、私はこれには失望しました。森喜朗の女性蔑視発言について、五輪の組織委員会が「日本社会全体の議論を活発化させた」とまるで良いことをしたみたいに総括したのと同じスタンスになってしまってる。

　この作品はＬＧＢＴＱ＋インクルーシブディレクター（ゲイとしての所作などを監修する人）が参加するなど、当事者のリアリティについてかなり考えられた作品であり、また、記者会見で宮沢は15年来のゲイの友人についても言及しています。だからたぶん、差別発言に対する思いって、本当はもう少しあると思うんです。でも、彼はとにかく政治の話にならないよう、極端に大回りして避けて、ちょっと無理を感じるほどポジティブに着地しようとしました。

　芸能事務所の「政治の話はするな」の圧力ってそんなに怖いんだろうか。それとも自主規制なのか。日本の芸能界も政界に負けずいびつです。

2023／2／23

人間の機微、辛さ、狂気さを追求する高橋

高橋弘樹のウィキペディア

成田悠輔が高齢者に集団自決を求める発言をして、世界レベルで燃え続けています。これが比喩であることくらい誰でも分かるけど、それでもこんな比喩自体が大問題なのだ……と思ったら、彼は過去にこの発言を「まったくメタファーではない」とまで言っちゃってる。比喩じゃないのかよ！　怖すぎる。

中でも見ていて気持ち悪かったのは、昨年5月のYouTube「日経テレ東大学」内、『Re:Hack』なる番組。彼の説を真に受けた中学生らしき子が彼に「老人が自動でいなくなるシステムを作るとしたらどうするか」という質問をすると（なんちゅう質問だよ）、成田はその考えを特に否定せず、老人が自動的に死ぬような社会を題材としたSF映画（もちろん本来はそんな社会を批判的に描いたもの）を例に挙げ、「そういう社会を作るために頑張ってみるのも手」と平然と答えたのでした。

この発言の批判は誰かにお任せするとして、私はこんな番組を始めたヤツが気になっ

た。「日経テレ東大学」はテレ東の高橋弘樹による企画で、ちょうどごく最近、週刊文春がスキャンダラスに取り上げています。この番組には多数の訴訟を抱えるひろゆきが主役格で出演していますが、このことに日経の上層部が難色を示し、言わば日経の内紛劇によってなんと3月に終了となるのです。

　文春の記事によれば、日経新聞関係者は、企画の中止について「危ないけどイノベーティブなことをやってみようという芽を摘んでしまうような判断」だと言い、これではこの先センスある人材が挑戦できない、コンプラを徹底すると優秀な人材が抜けてしまう、と嘆いてるようなんですけど……うーん。そうか？

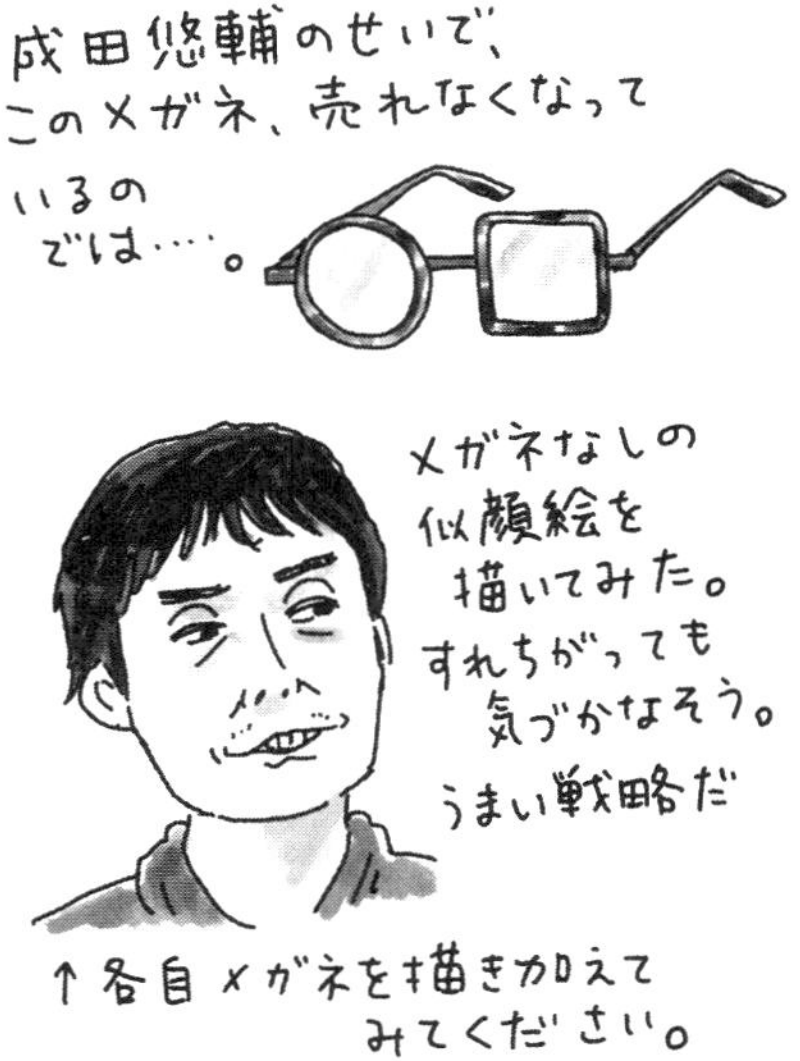
成田悠輔のせいで、このメガネ、売れなくなっているのでは…。
メガネなしの似顔絵を描いてみた。すれちがっても気づかなそう。うまい戦略だ
↑各自メガネを描き加えてみてください。

　高橋弘樹のウィキペディアを見てみると、これが異様に詳細で、しかも絶賛の嵐で、笑ってしまう。

「人間の機微、辛さ、狂気さを追求する高橋（原文ママ）は、一切の妥協を許さない演出スタイルで（以下略）」「（『家、

ついて行ってイイですか?』について）番組は高橋の離脱後、リアルな日本社会を映し出すようなVTRがほぼ無くなった。高橋が嫌っていたアバンも番組冒頭に入り（以下略）」……なんだ、このヨイショの連続は。言っちゃ悪いけど、この知名度のテレビマンで、こんな大絶賛だらけの長文ウィキなんてある?

誰でも編集できるのがウィキの特徴で、編集人も仮名ながら表記されます。この内容を書いた人はというと、「天下分け目の六本木一丁目合戦」および「照れ党1号」という変な名を名乗っています。六本木一丁目はテレ東の最寄駅で、「照れ党」は「テレ東」のシャレ。……このウィキ、本人か、非常に近しい人が書いたんじゃない? 全力で自画自賛し、酔いながら。私、この説にけっこう確信持ってるよ。

もし濡れ衣だったらすみませんが、絶賛するウィキを自分か身内が書く人ってとても軽薄で迂闊な印象。日経の人は終了を惜しんでるようですけど、ネット番組がよく言う「地上波ではできない」がただ時代遅れでモラルのない企画であることが多いように、この番組も、ウケはするけど軽薄で迂闊で単にモラルが低いんじゃないかと疑う。

2023/3/9

こういう記事は読んでないんですよ。置いていってください

三浦瑠麗

三浦瑠麗は自分自身の見え方、特におじさんからの人気の取り方をよく研究されている方です。少なくとも国際政治よりは「自分」を研究されているはず。私は彼女を「国際ルリ学者」と呼んでいます。

しかし、夫・三浦清志の会社が投資トラブルで家宅捜索されてから、彼女は逆風続き。中でも強めに詰めているのが写真週刊誌で、FRIDAYもFLASHも、1月下旬から何度も報じてノリノリです。

FRIDAYで特筆すべきは「『警察じゃないから無視して大丈夫』と語り…三浦瑠麗&清志夫妻が起こしていた『2つのトラブル』」という記事。彼女らがペット禁止のビルに公然と猫を連れ込みつづけていること、共用スペースに車を停め続けて注意をずっと無視していることなど、コイツらは人間性もダメだ！　と思わせるエピソードを盛り込んで読者を飽きさせません。

なぜか夕刊フジの連載で大鶴義丹が
三浦瑠麗を絶賛していた。
(私は)三浦瑠麗さんのガチファン
高校生くらいのとき、クラスには必ず彼女のようなツンデレ美人才女がいて…
しなだれ〜
ウフフフ
強いモノ言いに(略)いつの間にかうれしくなっている、マゾヒスティックな自分がいた
ルリマーケティングの完全なカモだ!!

FLASHも負けていない。真っ当な批判に加えて人間性にも踏み込み、「『いつも夫の言葉を鵜呑みで主張』隷従ぶり露わに」「〝仕事ゼロ〟でもシャネル片手に笑顔…夫は直撃に〝チンピラ同然〟舌打ち恫喝『んなぁんだよ!』」「『夫じゃない男性にしなだれ』連夜のデート報道!」などと次々新ネタを放り込みます。

ところが2月28日、急に毛色の違う記事がFLASHに登場。「渦中の三浦瑠麗氏が『夫婦関係』『デート代論争』『浮気報道』を本誌に語った!『夫より稼いでますから(笑)』」「渦中」のはずなのに、この記事で彼女は夫の疑惑について全く語らない(質問もされていない)。その代わり、ネット上で起こった「女性とのデート代は男性が払うべきか」という超どうでもいい話題を語っています。「男女間の永遠のテーマについて、いま話題の国際政治学者・三浦瑠麗氏(42)が取材に応じた」——なんでだよ!(笑) FL

ASHも転がされたの？

三浦は、疑惑以外のことについてペラペラまあよく語る。「家事を8割こなしてお金も出しているから、フェミニストは私のことを嫌う」「フェミニストの多くは、男女同権を標榜しながら、〝男が奢るのは当然〟という立場から踏み出せていません」と、手垢のついた薄っぺらいフェミニスト像を仮想敵として提示し、フェミニストを嫌う一部のおじさんたちへの色目も忘れません。FLASH本誌については「『すごい、わざわざ私たちの別荘にまで取材に行ったの？　こういう記事は読んでないんですよ。置いていってください』と余裕の表情」だそう。「余裕アピール」が過剰すぎて痛々しいほどです。

この状況ですら、彼女はどこかに出たくて仕方ないのだ。私生活を続々報じられてもたぶんホクホクしているはず。嫌われてでも目立ちたい稀有な逸材です。出てくれるとなればFLASHだって使うよね。

小林よしのりが彼女と語ったところによれば、なんと彼女の目標は学者としての成功ではなく「司会」だそう。こういう人ってある意味スター性があって、テレビとものすごく相性がいい。ただ、「スター」は政治にからむとシャレになりません。政治には関わらず、傲慢セレブ高学歴タレントに徹したらいいのに。

2023/3/16

〝大マスコミ〟は忖度で「ダンマリ」

FRIDAY

ああ私は週刊文春で連載していてよかったよ、この話を書けるから！　ＢＢＣがジャニー喜多川の性加害を大々的に取り上げる番組を放送したという話。今後日本語翻訳版も公開されるそうで、日本の報道はどうする？――って、どうせ黙殺だよね。放送局や新聞など何十もの連絡先に取材申込みをしても「取材に応じたのはゼロ」だったそうだし。

　この放送後に記事検索をしましたが、私が見たところ、この件について報道した日本の大手メディアは、20年以上前にも大々的に報じた文春のほかは、日刊ゲンダイとＦＲＩＤＡＹだけ。テレビも新聞も、本当に完全黙殺です。

　報じているわずかなメディアも、姿勢は弱腰だ。日刊ゲンダイは「日本メディアの弱腰、大きなものには目をつぶる『忖度』も世界に知られていくことになるかも知れません」と他人事のようにまとめている。ＦＲＩＤＡＹは威勢だけはよく「テレビ、新聞の

今回この件を調べていて、なんとBBC
自体にもほぼ同じ
ことを知り驚い
事件があった
た…。
ジミー・サヴィル
（故人）。
BBCで長年
子供番組の
ゆかいな
おじさん
先入観
なく見れば
Jimmy
Savile
司会などで人気を博しながら、死後、200人以上の少年少女に性暴力を加えていたことが判明…BBC自体にも隠蔽疑惑があり、「ほかの国（日本）のことを言えた立場か」という意見もある。
どこの国もヒドい

〝大マスコミ〟は忖度で『ダンマリ』なんて言ってるけど、これって「ワシらは突っ込めないネタだけど、ＢＢＣさんの応援だけはしまっせ！」って安全地帯からごますってるみたい。自分らもメディアなんだからちょっとは取材せえよ、と思います。事務所に当たってみたけど返事はありませんでした、の一言でもいいからさ。

あと、私がこのニュースを受けてつくづく思うのは、日本の報道機関ってそもそも性加害のことをナメてるんじゃないかな、ということ。

元文春の中村竜太郎記者は、ＢＢＣの記事中で、この問題が広まらない理由について「日本の中では男性と男性が恋愛するとか、性交渉を結ぶことについては、はなから信じていないというか、そういう見方、偏見があった」という説を唱えているのですが、私は少し違うと思う。ファンがジャニーズアイドルを対象として同性愛的なファンタジーをつづる同人誌は遅くとも80年代からあります。

美化や理想化はあるかもしれないけど「同性愛をはなから信じていない」とは思えない。

ジャニーズの問題は、男性同士だからということではなく、巨大芸能事務所のトップがこれだけ大規模に性加害を行っていたのにみんな直視せず「芸能界ってそんなもん」と思いつづけてきた、という問題だと思う。芸能界を下世話に語る上では「枕営業」という言葉は当たり前に知られていたし、性加害は男女問わず「自業自得」とか「必要悪」、時には「これも愛」（キモ……）みたいな文脈で異様にポップに捉えられてきたと思うのだ。これは異常なことだ、と誰もが捉え直さなきゃいけない。

テレビや新聞がこの問題を取り上げないのは事務所への忖度という面も大きいと思うけど、特に新聞に関しては、芸能界やセクハラネタなんて週刊誌レベルの下世話な話、報道するほどの問題じゃない、という先入観もかなり大きいと思う。

そういえば、全然会見せず逃げ続けてる細田博之衆院議長も、統一教会問題のことばかりで責められてる印象があるけど、セクハラのことが忘れられてる気がする。セクハラ問題をナメるなよ。

2023/3/23

ここから先は自由がいいんじゃないか

中条きよし

政治家は、まともな仕事に就けない人が一発逆転を狙うための手段になったのね。除名されたガーシーはもちろん、女性支援団体「Colabo」への妨害行為などでネット上で有名になった、逮捕歴もある迷惑系YouTuberが武蔵野市議選に出馬表明したりもしていて、中条きよしなんかむしろ「しっかりしたタレント議員だなあ」と思えちゃう。だって中条きよしは、年金未納の件をうやむやにするかと思ったら、意外にも最近ちゃんと未納額（３１３万円）を公表しましたもん。しっかりした政治家です（?）。

私は今さらながら、中条がどんな大志を持って議員を目指したのか知りたくなり、彼の公式YouTube「きよしこの夜」を追ってみました。

「きよしこの夜」は、彼が参院選への立候補を表明（２０２２年４月）するたった１年前に始まりました。国政を目指し、政策を熱く語ってるのかな?　と思うと、全然違う。

初回の動画で中条は、都心にいると仲間からの誘いが多くて気が休まらないので「ここから先は自由がいいんじゃないか」と思って熱海に移住することを決め、そのタイミングでYouTubeもやろうと思いついた、ということを生き生きと語ります。そして、熱海にご当地アイドルを呼びたいだの、観光協会も巻き込みたいだの、YouTubeとからめた熱海での夢を得意げに語る。スタッフ達は中条のなんてことない一言一言にいちいち大爆笑。裸の王様だ……。

「きよしこの夜」の実質的な最終回、国会初登院の感想をたった1分だけ語る。その内容の軽薄さに衝撃!!!
国会の正面から入れたということがいちばん感動ですね
正面っていうのはやっぱり天皇陛下しか入れないところですから
維新も知名度とこの薄っぺらさに目をつけて拾ったんだろうな……

YouTubeはその後も週1程度でマメに更新されましたが、初回で語った企画の話はまるで出ません。動画の内容は、人生相談、バッグのプロデュース、飼い猫の話など、全く一貫性がなく散漫。当然ながら再生回数は全く振るいません。

結局1年あまり、政界進出についてはまるで語らないまま、選挙時期になって唐突に「中条きよしが参議院選挙出馬します」なる回がアップされます。彼自身が饒舌に語る今までの回とは違い、ただ選挙活動がぎこちなく遠目に映されるだけ。YouTubeスタッフも突然のことに困っている様子が窺えます。

そして、当選後の去年8月、「ついに国会初登院！」としてたった1分程度感想を述べる動画を最後に、「きよしこの夜」は更新されていません。あんなに楽しそうに語っていたYouTube計画ですが、1年ほどで飽きたらしい。

誰に乗せられたか知らないが、彼にとって「政治家になろう」は、「熱海に住もう」「YouTubeやろう」などの思いつきと全く同レベルのものなのだ。最近のネット有名人は仕事に困って一発逆転で政治家を狙うけど、古いタイプのタレント議員は、定年後の老人が「これからは自由だ」と前のめりにそば打ちセットを買って放置してしまうあの感じで、お試しで議員になるのだな。どっちがマシなんだこれは。

なお、彼のYouTube内の、やってはすぐ飽きる多数の企画の中に「中条きよしの相談窓口ＬＩＮＥ」というものがあったので、私は登録して人生相談を送ってみました。しかしいまだに既読にもならない。飽きっぽすぎるよ。政治家ももう飽きたのでは……？

2023／3／30

私は、女なのに大食いなんて恥ずかしいと感じたことは一度もない

菅原初代

ゲストを呼ぶことがあるテレビ番組に出演していると、制作側から「会ってみたい人はいますか？」と聞かれることがあります。先方としては売れっ子芸人や俳優など、いわゆる「芸能人」を想定して聞いてくるわけですが、私は特定の芸能人の大ファンになることがまずないので、そんなときに挙げる名前は決まっていました。

私は、菅原初代さんにお会いしたかった。

先日病気で亡くなった、フードファイターとして知られた女性です。

しかし、私は特に大食い番組を好んで見ていたわけではない。それでもなぜ私はこんなに菅原さんが好きなのか、語りたい。

最近の活躍によって彼女は多数のインタビューを受けています。そこでは、夫のモラハラによって離婚し、シングルマザーとして発達障害の一人息子を育ててきたことや、本人も発達障害だったことなどが明かされています。しかし、公にはそれをことさらに

アピールするでもなく、隠すでもない。飄々としている。

出色なのは、スポーツメディア「NumberWeb」でのインタビューです。大食いという競技はただでさえバカにされたり非難されたりしがちだろうし、さらに女性という偏見も重なる。しかし、彼女はそんな固定観念を淡々といなします。まず、大食いについては「(ボクシングも興味のない人にとっては痛いだけだが)ボクサーにとっては他の競技にはない面白さがある」「私にとっては、大食いはそれと同じ」と語り、男性のほうが有利なのでは、という質問には「男女差よりも個人差」として、体の大きさの違いによる、と冷静に返す。そして、「私は、女なのに大食いなんて恥ずかしいと感じたことは一度もない」。なんと心強い言葉。

彼女は一般常識にも疑問を抱きます。1日3食きちんと食べましょう、という教育に対し、「人によって消化能力やお腹の空き方は違うし、胃袋の大きさだっ

どんどん明るくなっていく容姿も大好きでした。
2022 パン屋さん経営
デビュー頃
ピンク系の髪
去年私はついにこのパン屋さんに行く予定を立てたのだが、その数日前に唐突に閉店の知らせがあり、行けずじまいになってしまった。まさかご病気だったとは……

て違う」から、子供の頃から押しつけに違和感があったのだそう。

彼女は、テレビ界に憧れて世に出てきた人ではない。だから、テレビで声を張らないし、芸能人とじゃれ合うこともない。地元・盛岡から引っ越すこともない。しかし「大食い」というテレビ界が見過ごせない特異な才能があり、そこには絶大な自信を持ち、オファーがあれば断らない。つまり、テレビ的な技能を、テレビにふりまわされずに発揮する姿がとても軽やかで、たくましくて、かっこよかったのだ。

テレビ出演についてでは「上京したついでに、地元ではやっていない美術展を見に行ったりとか。そういう意味では、一石二鳥どころか三鳥、四鳥ぐらいの効果がある」なんてしれっと語る。彼女の言葉を読むほどに、彼女のテレビでのふるまいとの一致を見てうれしくなります。

彼女は亡くなる約1か月前、「大病を得て人生の残りが見えてきたいま、集めてきた作品にいるべき場所をつくってやりたいと思いました」として、趣味のアートコレクションの展示販売会を開き、やりたいことをやりきって亡くなりました。本当にステキでした。

2023/4/6

番組としての役割は十分に果たした

テレビ朝日

みんな大好き『タモリ倶楽部』が終わってしまいました。テレビ朝日によれば、放送開始から40年の節目を迎え「番組としての役割は十分に果たしたということで、総合的に判断し」て終了となったそう。

このコメント、とてもタモリ倶楽部らしくなくて、気持ち悪いと思った。

まず後半の「総合的に判断」。最近政治家が連発するせいでよく目にする、理由を言いたくないときに出る表現です。去年、旧統一教会との接点が多すぎて経済再生相を事実上更迭された山際大志郎が、すぐに自民党のコロナ対策本部長に就任した理由も「総合的な判断」。こんな言葉、タモリ倶楽部に使わないでほしいよ。番組終了には、何かとても言いづらい理由もあるってことですね。

前半の「番組としての役割は十分に果たした」という部分も気持ち悪い。

テレ朝は「『タモリ倶楽部』が大切にしてきた独創性は、テレビ朝日の深夜バラエティ

最終回がものすごく「いつも通り」の
ようで、私はとても安心しました。
特別感のないセット
特別感のないゲスト
(田中裕二、劇団ひとり、市川紗椰)
特別感のないタモリさん
最終回は
「タモリ流レシピを訂正しよう」の回。
※このイラストを描いてる時点では放送前。

の大きな財産」なんてコメントもしているので、つまりその役割とは、独創性を大切にすること、なのかな？

確かにタモリ倶楽部が取り上げる題材には独創性があったけど、「独創性を大切にした企画」というかしこまった言い方と番組のスタンスはきわめて遠い。高尚な目的はなく、テンション低く、テレビ的なショーアップ性も非常に少ないまま、すっとぼけ、しれっと「独創的」なことをする姿勢そのものを視聴者はありがたがっていたはず。

この言葉については「空耳アワー」のコーナーに出ていた安齋肇も言及しています。彼はインタビューで、番組末期の状況について「深夜番組のあり方が変わる中で空耳アワーの放送回数が減っていった」「作品を見て、無邪気に『だって、聞こえたんだもん！』と笑うことが常に許される状況ではなくなった」と言う。下ネタも多かった空耳アワーが昨今のポリコレ重視の影響でやりづらくなったことを仄めかしています。「深夜番組の在り方が変わっていったというのは、タモリ倶楽部が終了する際の発表で、『役割は十分に果たした』という表現がなされたことにも表われているかも」とも言っています。

となると、この「役割」とは、ポリコレでやりづらくなった企画を頑固にやること、という意味にも聞こえてきます。

安齋肇はそう解釈したのかもしれないけれど、私は終了をポリコレのせいにするのもタモリ倶楽部らしくないと思う。ここ数年のタモリ倶楽部ではそもそもポリコレに抵触するネタはほぼなかったはずだし、この言い訳自体、対応力のないテレビ業界人がいかにも言いそうな今っぽいぼやきで、むず痒い。

つまり私が言いたいのは……番組終了についての局側のコメントは、タモリ倶楽部のことが大好きな局員に書いてほしかったな、ってこと。これだけ愛されてたのに、局内では好かれてなかったのかな、と邪推してしまうのです。タモリ倶楽部に「役割」なんて言葉、似合わなすぎるもん。

これに代わる番組は特に用意しなくていいです。それこそ「役割を果たそう」として肩に力の入った番組になっちゃうだろうから。

2023/4/13

怒りや責任の矛先を間違えてはいけない

橋本愛

先々週の週刊文春に掲載された橋本愛「私の読書日記」を取り上げたい。

先月橋本はＳＮＳで、トランスジェンダー女性が入浴施設などを使用する際は「体の性に合わせて区分する方がベター」「私は女性として、相手がどんな心の性であっても、会話してコミュニケーションを取れるわけでもない公共の施設で、身体が男性の方に入って来られたら、とても警戒してしまうし、それだけで恐怖心を抱いてしまう」などと投稿。これが「トランス差別だ」と批判された。橋本がすぐに謝罪すると、今度は逆に「なんで彼女が謝るの？」などとコメントが殺到、「＃橋本愛さんに連帯します」というハッシュタグまで出現したのだ。

彼女はこの件を今回の連載記事で反省し、現状の理解度を丁寧に説明している。

最初の発言にはトランス差別を注視する人たちからそれなりに苛烈な批判があっただろうし、検索したところ、逆に「あなたは間違っていない」という人（露骨なトランス差別者を含む）からその数倍の激烈な励まし・賛同も届いたと思われる。それでも、大量の意見に惑わされず、主に書物を経て反省にたどりついた彼女に私は驚いた。何よりこの理解度に至るまでの早さに。

丁寧に言えば、橋本愛の当初のコメントは、トランスへの偏見に基づく誤解である。前提が間違っているのだ。

例えば、「外国人は犯罪をはたらくために日本に来ている」という噂を聞いた人がそれを鵜呑みにした場合、外国人を警戒し、恐怖心を抱いてしまうのは素朴な感情として仕方がないが、これはそもそもの前提が差別・偏見に基づく誤りである。

「女風呂侵入説」的なことを言い出す人って、ガッツリ右派の男尊女卑おじさんが多いのに、なぜ安易に賛同してしまう女性が多いのだろう。
お茶の水女子大がトランス受け入れ？
よ〜し今から受験勉強に挑戦して、入学を目指すぞ!!
百田尚樹はもちろん門田隆将とか・・・
元文春・中村竜太郎氏も
性犯罪者が追随してもおかしくない
↑トランスの存在自体が犯罪の元凶かのような最悪発言。

外国人は犯罪のために日本に来るわけではないし、身体の性別を変えていないトランス女性は女湯に入るために法律を変えたいのではない。しかし、外国人を差別したい人が「あいつらは悪いことをしに来ている」と嘘をついて素朴な恐怖感を与えるように、トランス女性を差別したい人は「あいつらは女湯に入るために法律を変えようとしているんだ」と嘘をついて女性に素朴な恐怖感を植えつけ、差別に加担させようとするのだ。

彼女の「読書日記」では、トランスを嫌悪する者が錦の御旗のように掲げる「男性器のある自称女が女湯に入ってくる説」を「(法律は)『自分はトランス女性だ』と言えば陰茎を有した人が女湯に入れるようになるものではない。もしそのような人がいれば建造物侵入で逮捕される」と簡単に切り捨てる。そして、「資料などの中に、『トランス女性が性別適合手術をしないまま女湯に入ることを許可して欲しい』と訴える声は一つもなかった」と冷静に読解し、すでに入浴施設で個室を利用する例などがあることを語って「私たちが気づいていないだけで、もう既に、あちこちですれ違っているはずなのだ」と、現状を知らなかった自分の理解の浅さを悔いている。

「犯罪者が恐ろしいのはみな同じだ。私が許せないのは、人々の安全を侵害してきた、全ての性犯罪者たちだ。どんなセクシャリティであっても許されるはずがない。怒りや責任の矛先を間違えてはいけない」と彼女はまとめる。彼女が、あらゆる差別に対して大前提となるこういう考えに落ちついていることを私は歓迎したい。そして、読書は大事。

2023/4/20

辞めジュ

ジャニーズファン

故ジャニー喜多川による性加害問題は、ついに外国特派員協会で元ジャニーズJr.のカウアン・オカモトが会見するまでに至りました。

この件は様々な角度で語れるけれど、「辞めジュ（辞めたジャニーズJr.の略）で検索すると地獄が見える」というツイートがバズっていることもあり、主にネット上でオカモトを「辞めジュ」として叩き、遠回しにジャニーズ事務所を擁護する少なくないジャニーズファンについて実際に検索しながら調べてみようと思いました。彼女ら（ほぼ女性と思われる）の主張は何なのか。

彼女らの中に、性加害が虚偽だと思っている人はほぼいない。では事件をどう考えているかというと、主に、

①見て見ないふりをしたい

②自担（推し）はたぶんそんな目に遭ってない

こういうこと書かせて頂いてますけど、
同時期（3/28）に文春オンラインが
手越祐也にインタビューしていて…
（ジャニーさんは）いまだにパパだと思うくらい大好きな存在です
（自分はジャニーさんに媚びなかったが）媚びた方が上手くいくこともあるとは思いますよ
ほのめかし？
「ジャニーさんは、当時15歳だった手越さんに対して、なぜオーディションで見出してくれたと思いますか？」という質問もあるし…
なんなの？ わざと？

③芸能界にいる限りそんなことは当然……などの理屈で割り切っているようです（③がそこそこいるのが衝撃）。

そして、オカモトを非難する理由についても、ある程度、筋が決まっていました。

①「辞めジュ」なので、売れているメンバーに嫉妬している。単に売名行為である。

②彼は今年「ジャニーズに訴えられた」という嘘をついた、信用ならない人物である。

③かつてTikTokで、この配信で金を稼ぎたいと言いながら、あるジャニーズメンバーの暴行について暴露をした。信用ならない。

④記者会見より前に、ガーシーとYouTubeで共演し、そこで性被害の話もしたが、その際に自分以外の被害者や、別のメンバーの別件の疑惑についても暴露している。

①については理由にもならず、論外。②については、彼は実際3月にそんな内容をツ

イートし、詳細はこちら、という感じでリンクを張っていますが、そのリンクは３・11関連の募金につながっていました。これはＳＮＳではよくある話で、スキャンダラスな（嘘の）内容に興味を持ってリンクを踏んだら寄付につながるという、言わば善意のイタズラ。嘘のチョイスは確かに良くないけれど、その程度のこと。③については、アイツは元ヤンキーで、粗暴なヤツだった、という感じの真偽不明の内容。その人物のファンからすれば不快でしょうが、記者会見内容の信用が薄れるほどのものではない。

ということで、彼女らの主張をいくら読んでも醜悪でしかありませんでした。

この件の特殊性は被害者の性別によるものではなく、ジャニーズが持つ巨大なファンダムによるものなのでしょう。自分が好きな人たち全体が責められているように感じるファンもいるんでしょうが、責めている人は加害者を、あるいは組織の構造を責めているはず。なのに、元「中の人」から告発が出ると、とたんにその人が組織のメンバーすべてを糾弾し、自分が愛する世界を破壊しようとする裏切り者に見えてしまう。切り分けが大事なのに。

ところで、④だけはちょっと心配です。若い世代が何か告発をしたいと思ったとき、まずはガーシーだ！　と思ってしまう気持ちは分からないでもないですが……味方につける人は慎重に見極めてほしいなと思うばかりです。

2023／4／27

土着文化が根強く残る〝ムラ〟での怨讐

文春オンライン

これは私が青森と縁が深いから言うことなんですが、六戸町の事件の報道に私は心を痛めている。いや、主に文春の報道の仕方の話なんだけどね！

4月13日に青森県の六戸町で92歳の男性（Aとする）が親族の家に火をつけ、4人を殺害した（自分自身も死亡）とされている事件。地元紙は、助かった住人による、数年前からAに一方的に言いがかりをつけられていたという証言を載せていました。思うに、これこそが誇張のない必要最小限な正しい情報だろうと思う。

しかし4月16日の文春オンラインの記事から、にわかに和製ホラー映画風になっていきます。

文春はタイトルで「70年以上募らせた〝血族のうらみ〟」とぶちあげ、証言の語り手を「老婆」と表記。また別の近隣住民は「（被害者一家は）掟を破り、恋愛結婚で集落の外から夫を婿に迎えた」と語り、「Aさんだけが悪いとは思っていません。こうして

記事を読むと「六戸町」は、険しい
山々に囲まれた超秘境のイメージ。
ココ？
記事上の
現場
イメージ
でも、
実際の六戸町は青森県内では珍しい
人口増加地域で、新興住民も多い。
事件現場から徒歩圏内にはコンビニも
ドラッグストアもスーパーもあります。
←役場
現場
このあたり
らしい。
ドラッグ
ストア
スーパー
セブン
イレブン
日本の平均的な、ふつう程度の田舎です

陰口を叩いて、Aさんを村八分にしようとした人たちにも、ある意味では責任の一端があるのでは」とまで言う。そして「土着文化が根強く残る〝ムラ〟での怨讐は深い」とまとめるのだ。

ほか2社も続く。集英社オンラインは「（放火の動機は）『これ以上、よそ者（被害者一家）の血をムラに広めるわけにはいかない』という動機」「食べてはいけない時期に四つ足の動物を食べたせいで氏神の祟りが起こった」という関係者の証言を載せ、デイリー新潮も負けじと、「古老」に、「あの人（Aの親族）が（被害者の）家に呪いば（を）かけてしまった」などと語らせます。

「老婆」「古老」の話がでっちあげだとまでは思わない。こんな噂を言う人はいたのかもしれない。でも、それを免罪符に、老婆、村八分、怨讐、よそ者の血、四つ足の動物、氏神、みたいな単語で飾り立て、「旧弊に縛られた田舎者たちの自業自得」的な方向に持っていくのって、4人も殺された被害者一家が実在する中でやることだろうか。事件を煽情的に取り上げるのがすべてダメとは言わないけど、事件直後に、拡散されやすいネット上でだよ？　青森の田舎なんて無責任にネタ化してもいいって思ってんだろうね。

　高橋ユキ著『つけびの村』でも有名な山口の事件を思い出します。これも、罪のない田舎のご老人が5人も殺されたのに、出戻りの男（加害者）が村八分にされたからだ、田舎者の自業自得だ、というような言葉がネット上に吹き荒れました。実際には男の妄想が主な原因だったのに。

　みんな怖いんだよね、自分が訳もなく殺されるのが。だから、田舎への見下し意識も加わって、被害者たちは固陋で性格の悪い田舎の人間だから殺されたのだ、自分は関係ない、と思いたくてこういう話がウケるんでしょう。

　ところで、なぜか集英社オンラインはその後の記事で、「掟や風習とかがあったみたいだけど、それを経験したのは、今80代くらいの世代じゃないかな」という60代飲食店店主や、「祟りだの、掟を破っただのと言われてたのも、ムラの人が半分冗談で言ってた印象だね」と語る70代を登場させて急なフォローに入りました。私も、現実にはこんなもんだろうと思う。

2023／5／4・11

大谷翔平の結婚相手にふさわしくないと思う女性芸能人

週刊女性

野球に興味がない私にも、大谷翔平の噂はたくさん流れ込んできます。主に、結婚を期待されている人物として。

4月の間だけでも、大谷の結婚を巡る話題は週刊誌やワイドショーでひっきりなしです。山田邦子はYouTubeで、大谷の結婚相手としてまったく根拠もなく田中みな実、上白石萌音、橋本環奈、広瀬すずなどの名前を挙げましたが、スポニチはそれを記事化。サンデージャポンでは、ryuchellが「大谷選手は多分一般の方を選ぶ」と予想。女性セブンは、結婚相手としてヌートバーの姉を予想。サイゾーは、交際をほのめかしていたと言われる狩野舞子説はガセだとして白井一幸コーチの長女を挙げ、アサジョは無茶な根拠で芦田愛菜を、FLASHは、狩野舞子、カマラニ・ドゥン（ソフトボール選手）、ヌートバーの姉などを挙げる……。

週刊女性に至っては、「大谷翔平の結婚相手にふさわしくないと思う女性芸能人」の

大谷の結婚相手候補に
勝手に選ばれた人たち
ニコール・ヌートバー
カマラニ・ドゥン
↑いっしょに
インスタに写っていた
だけ、かも……
(彼氏アリ?)
↑大谷もヌートバーも
姉思いなので気が合う(?)
大谷の父が「スポーツやってる
人が良い」と言うが、
ニコールさんはバレーボールをしてる
……理由が薄弱すぎるぞ!!!

アンケートを取って、広瀬すず、フワちゃん、田中みな実と、大谷とはまるで関係ない、単なる「嫌いな芸能人」として挙がりやすい人たちを並べました。さすがにこの記事はすぐ叩かれていましたが。蛇足だけど、ここではフワちゃんに「うるさい」、田中みな実に「あざとい」など、周回遅れの古い評価が語られていて苦笑。

一応書いておくと、現在、大谷翔平の交際報道はないし、本人が結婚について積極的に語っているわけでもありません。それなのにたった1か月でこんなにも語られている。異常です。彼は高校のときの人生設計シートに、26歳で結婚、子どもは3人……などと書いていたそうで、結婚の願望があるらしいことは確かだとしても、これだけ勝手に語られたら余計なお世話を超えて道徳的な問題になってきそうです。ryuchellなんて自分の結婚のことはあんまり外野に興味本位で語られたくないだろうに、よく大谷の話を出すもんだ。

で、なんでこんなにも語られているのか、実はサイゾーの記事に種明かし的なフレーズがありました。「確定情報が出ないまま、いろいろな結婚相手候補に関する記事を出せたほうが、ＰＶが稼げる」。なるほど。いま大谷の話題であれば、どんなに根拠がなくてもみんな読んじゃうわけだ。出す側もやめられないんでしょうね。

知名度が極めて高くて、記事に取り上げたいけど俗な部分がまるで見えない人物をどうしたらいいか、というとき、週刊誌やワイドショー側の答えはこれしかないんだろうな。野球やサッカーならだいたい女性問題が週刊誌のネタになるところ、問題のない大谷翔平は、「女性問題」から「問題」を省き、結婚がメインの話題となる。本業に興味のない人にとってのフックはここですもんね。

ほとんど新しい事実がない状態でこんなに騒がれる人ってほかにいるだろうか？と思ったら、皇族だ。芸能人のような下世話なスキャンダルは基本的にない、でも「人気」はあって、記事は必ずよく読まれるという立場の人。それがゆえに、一見平和な話題と見なされる結婚相手についての記事を量産するしかない存在。大谷翔平はほぼ皇族だ。

2023／5／18

カナダだからできたんじゃなく、日本がさせなかった

アルコ&ピース・平子祐希

あるコンテンツに不満があることと、コンテンツを楽しみにしている、ということは両立します。私にとってお笑い番組はそういうジャンル。いまだに極端な男社会で、人を腐す同調圧力が強いということにはうんざりしつつも、楽しみにはしている。

だから、『あちこちオードリー』（5月10日放送）で、出演者がオードリーのほか、アルコ&ピース、シソンヌ・長谷川、鬼越トマホークと、テーマが特に男の話に限らないのに出演者7人全員男だと、またか……とは思う。

とはいえ、出演者自身もこの布陣には思うところがありそう。アルコ&ピース・平子は「（絵面が）きったねえな」と笑います。ともあれこの回は、男だらけの布陣はさておき、お笑い界に少し前向きになれる回だったのだ。

この日の企画は「俺だけがグッときたニュース」。主に近しい芸能人のニュースから各自話題を膨らませる流れでした。オードリー・若林がグッときたニュースは「カナダ

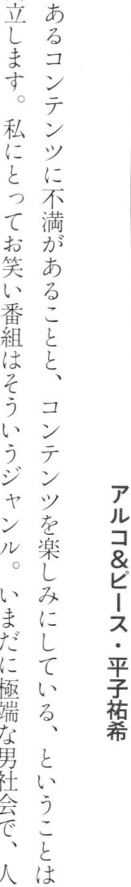

ピアスを開けたパンサー・向井が先輩(?)にバカにされ、穴を埋めてしまったことについて、そんなお笑い界の空気に怒り合う2人
俺も悔しいよ!!
悔しいよねえ?
アルコ&ピース 平子(太田プロ)
オードリー 若林(ケイダッシュ)
こういうこと言える人って非・吉本のイメージだな〜。

留学中の光浦靖子さん、金髪メッシュに激変しました」というもの。

若林自身も言うとおり、光浦は「女性芸人がめちゃくちゃされてたときの時代の方」なので、何年も前のテレビなら「女芸人がオシャレなんかしてイタい」というイジられ方をされたでしょう。しかし彼は、光浦が留学先のカナダで金髪メッシュにし、ボルダリングや寒中水泳を楽しむのを見て、「あの光浦さんに金髪メッシュを入れさせなかったものって何だろう」と考えたというのだ。

すると平子も賛同し、「カナダだからできたんじゃなく、日本がさせなかった」とズバリ言い切りました。

ああ、他人を「イタい」と評価することへの逆風が吹いている！

「イタい」も、本来的には権力への反抗だったのだと思う。「オシャレ・カッコいい」などの権力側・主流派への反抗。主流派に対して「オシャレだと思って勘違いしてる、カッコつけようとしててダサい、必死さがイタい」という形で反抗を試み、その方向性を冷笑してみせる。この笑いは大きく評価され、お笑いの形として成立しました。これはこれとして、時代に合ったおもしろさではあったと思う。

ところがお笑いの文法が極端にメジャー化したことで、人を「イタい」と評価すること自体が権力を持ちはじめました。オシャレを楽しむ人から、真摯にがんばる人、物事をマジメに考えて怒っている人まで、すべて雑にくくって「ダサい、イタい」と腐す力が強くなりすぎました。

この流れをひっくり返す動きが確実に生まれています。これはパラダイムシフトだ。カッコつけることをふだんからイジられがちな平子も、海外に行きたい、ロスと（自分の出身の）いわき市は似ている、なんて言ったことをやはり番組内でイジられて笑いにしているけれど、この大きな動きには賛同しているのがうれしい。

2年ほど前に星野源がこの番組に出たとき、若林のこういう部分を評価し、「日本テレビ界の希望」と言い放ちました。この流れはお笑い界やテレビ界に少しずつ波及している気がします。

2023/5/25

みんなで触ろう

日本相撲協会

大変なニュースが多い中、私が得意な大相撲の話題で申し訳ない。しかも、いま週刊誌で話題の、逸ノ城の引退騒動や、陸奥部屋の暴力事件のことでもない。急に発表された「腹タッチ会」のことです。

なんだそのマヌケな名前の不穏なイベントは、と思うでしょう。私も思いました。

これは日本相撲協会が公式に開催する「九州場所ＰＲイベント」の一つ。「みんなで触ろう！腹タッチ会！」と銘打ち、５名の力士が参加して、グッズを購入した先着５００名が彼らに「腹タッチ」できるらしい。イベントの詳細は未発表だけど、「みんなで触ろう」と言うくらいだから、文字通り、力士の腹に触れるということですよね。

失笑・苦笑で済ませる人もいるだろうし、素朴に「ぜひ触りたい！」というファンもいるようだけど、冷静に考えてほしい。これは、かなり、気持ち悪くないですか？　私はファンとして、けっこう本気で腹が立っています。

応援演説中に、候補者（女性）の肩から胸からさわりまくった猪瀬直樹や
彼女はすばらしいッ
日本維新
胸さわられてるなんて全然気づかなかったです〜
巡業で力士の背中をやたらベチベチさわるオバサマ方や
ベチ
ベチ
ベチ
身体接触のハードルが低すぎる人は一定数いる。たとえセクハラじゃなくても。
こんなイベント聞いてないッス
選ばれたくないッス
個人的に現役力士から↑こんな言葉も聞いてしまいました……。

いや、巡業のような機会にお客が「触ってもいいですか？」と聞いたうえで少し撫でる、なんてことは確かにありますよ。正直言えば、私もちゃんと断った上で、ある企画で某力士のお腹を触らせてもらったことはあります。でも、それを「公式」が、「みんなで触ろう」と呼びかけてお金を取って行うなんて。「みんなで触ろう」なんてコピーが許されるのは動物園やゆるキャラが精一杯でしょ。相手は人間だよ？

同様の身体接触イベントといえば、まずAKB48などの握手会があります。何百人もの知らない人と握手をするというこのイベントの時点で私は気持ち悪いと思うんですが、10年程前はこれに触発されて接触系イベントが激しかったようで、BiSは「胸ハグ会」、元SDN48の光上せあらはファンの股間に触る「金タッチ会」をしている（どちらも2013年）。今なら完全にアウトでしょう。

男性なら、オードリー春日がボディビルＤＶＤの発売記念に、どこでも好きな部分を触れる「ボディタッチ会」をし（２０１４年）、ゴールデンボンバーの樽美酒研二が「腹筋タッチ会」（２０１８年）をしています。身体に自信のある芸能人が自ら望む形（というスタンス）でやっているわけですが、運営側には「男だから別にいいよね」という開き直りが見えます。これだって、セクシャルな気味悪さがどうしても拭えない。

「腹タッチ」って、この感じ。

アイドルや芸能界もさすがに時代の流れを察してだんだん身体接触についての考え方を変えていくなか、まるで斬新なことのように「腹タッチ会」なんてものを企画する相撲協会、情けないよ。

私は性教育で言われる「プライベートゾーン」の概念を思い出しました。子供を性犯罪から守るために、プライベートゾーン＝「水着を着たときに隠れる場所（女性用基準なので、胸や腹も含む）＋口」は他人に触らせちゃダメ、と教えるのだ。これ、大人になっても大事なことでしょう。人の身体を見世物的に触らせるなんて、男でもダメだよ。握手会やハグ会の類についても今後は要見直しじゃない？　アイドルも芸能人も、無駄に身体を売る必要なんかないですよ。

２０２３／６／１

それで傷ついている人間もいる

高橋和也

ジャニーズ事務所の性加害問題、事務所側がナメていて幕引きに失敗したと見え、おそらくまだまだ続くのでしょう。それはいいことですが、ウィシュマさん死亡事件の支援者を冒瀆する、本来なら議員辞職レベルの梅村みずほの暴言や、笹川理府議のストーキング事案などは霞みそうで……維新の議員たちはジャニーズに感謝ですね（皮肉ですよ）。

ともあれ、いよいよジャニーズの現役大物タレントたちも問題に言及するようになってきましたが、彼らは同時に被害者でもある可能性があるので、非常にデリケートです。露骨に事務所を擁護している場合はともかく、踏み込みが甘いとか、何も言っていないとかでタレントを責めるのは少々酷な気もします。やはり、使われる側のタレントではなく、まず事務所の人が会見をするのが最低限のモラルでしょう。ＳＭＡＰ解散騒動の時に公開処刑みたいに本人たちに謝罪させた、あんな形になるのは最悪だから。

そんななか、元ジャニーズである男闘呼組がライブでこの問題に言及したという記事

この歌詞みたいなこという人、
SNSにうじゃうじゃいるぞ……
どこぞの国が
攻めてくるらしい！
そんな大事な話題より
他人の噂（ジャニーズ）が大好きさ
ヨッテタカッテ
つるし上げる

がありました。ＯＢだから踏み込んだことを言うのかな？　と思って読んだら、これこそ露骨に事務所を擁護するパターンだったので、びっくり。

報道によれば、メンバーの高橋和也は、「ヨッテタカッテ」という曲中で「今ジャニーズ事務所が大変なことになっているが、俺たちは昔ジャニーズだったことに誇りを持っている。俺たちの名前『男闘呼組』をくれたのもジャニーズだ。色々なことを言う人たちがいるけど、それで傷ついている人間もいる。俺たちはこれからもジャニーズを応援するし、皆にも応援してほしい」と言ったらしい。どの媒体を見てもライブ中のカッコいい写真とともに報じられているので、「ジャニタレやファンが不当な噂で傷ついているなか、励ましてくれてありがとう！」とでも言いたくなっちゃう。「傷ついている」人がいつの間にか入れ替わってるよ。

もしかしたらただファンを励ますためにこういう角度のことを言ったのかもし

れないけど、被害者をないがしろにしかねないから、わざわざライブMCで言う話題じゃなかったと思うんですよね。真摯に語れば長くなる話題なんだから、それを単純化して語ること自体が罪深い。

ところで、「ヨッテタカッテ」なる曲の歌詞を見ると、「どこぞの誰かが不倫をしたらしい／どこぞの誰かが病気になったらしい／そんな下世話な話題が我々みんな大好きさ／（略）ヨッテタカッテ弱いモノを／ヨッテタカッテつるし上げろ／（略）どこぞの国がミサイル落としたらしい／どこぞの国が脅してくるらしい／そんな大事な話題より／他人《ひと》の噂が大好きさ」……

え……、これに乗せてあのMCをしたってことは、高橋和也は、あんなセクハラなんて不倫程度の下世話なネタだろ、そんな噂話で人を傷つけるなよ！　そんなことより北朝鮮などの隣国が攻めてくる問題のほうが大事だろ！　という、SNSでよく見る感じの痛々しい主張をしたことになる。作詞は本人ではないけど（寺岡呼人の作）、高橋自身もしっかり性加害軽視の考えがあるってことかな。はぁ〜。

「ヨッテタカッテ」作詞：Yohito Teraoka　作曲：Yohito Teraoka・Shoji Narita

2023／6／8

危機管理

岸田文雄

6月1日に警察庁から発表された「警護に関する報告書について」の文章が……不謹慎だけど、面白いとしか言えない。

これは、和歌山の雑賀崎漁港で岸田首相が襲撃された事件についての報告書です。去年あの銃撃事件があったばかりなのになぜこんなことを容易に許したのかと思うけど、失敗の仕方が、驚くほど去年と同じだ。

以前の銃撃事件の時も、読売新聞が「警察全体として、政治家にものを言ってはいけないという空気」があると指摘し、そのせいで警備を徹底できず、本末転倒の結果が生まれたことを報じていました。今回も簡単に言えば同じ過ち。自民党県連と支持者である地元漁協に警察が押し切られ、こんなもんでいいか、という警備をしてたら事件が起きちゃった、という話が堅苦しく綴られています。

報告書によれば、県連と漁協はひたすら「演説には関係者しか来ない」と繰り返して

秘書官になってからも、しばらく
Facebook上に昔の彼女(?)との
写真を堂々と載せっぱなしに
していた……
いつの彼女なんだ…
かわいそうに
そんな岸田翔太郎にとって
危機管理とは…??

いました。曰く、参加者は百名前後で、50名が漁協関係者、50名がその配偶者（夫婦は必ずセット行動という、自民党が好きそうな家族像がこんなところにも出ていてすごい）であり、さらに親族を集めたとしても二百名も来ない、だから大丈夫、の一点張り。

となると、警備も非常に「やってる感」にあふれます。聴衆ゾーンはカラーコーンとコーンバーで囲み、漁協のスタッフがその入口で顔を見て関係者かどうか判断するという、村祭りレベルの警戒度。県警は首相から聴衆までの距離を10m以上取りたかったようだけど、5mで大丈夫とつっぱねられ、県警は全部押し切られちゃいました。

あまりにもガサツ。交通事故で言うところの「かもしれない運転」が皆無、「だろう運転」のオンパレード。

当日は、聴衆の数こそ予想どおりだったものの、聴衆は勝手にコーンバーを上げちゃうし、受付の漁協の人もろくに顔のチェックをしなかったし。そんな状況なので、容疑者は容易に聴衆の中に入ってしまったらしい。

朝日新聞によれば、県連幹部は「手荷物検査とか金属探知機とか、そんなんしたら誰も聞きにきてくれへんやん」と言い、漁協幹部は「警察官とちゃうのに、お前来んな、お前来いとは言われへん」と言ったそう。せやなあ。みんな岸田さん見たいもんなあ。そんな素朴な場所ほどテロリストは狙いやすいやろなあ。

思い返すと、異次元のバカ息子と認定された岸田翔太郎はもともと岸田文雄によれば「危機管理の迅速かつきめ細かい報告体制」などから「適材適所」とされて秘書官になったのでした。私は当時こんなところに「危機管理」という言葉を持ってくるセンスにびっくりしたものだ。コネ採用の息子に名目上の理由をあてがうにしても、せめてもう少し説得力のあることを言えないものか。危機管理という絶対に抜かってはならない業務を、誰もが不安視するような人にやらせてます、と堂々と言っちゃうなんて、国民のナメ方が異次元です。危機管理は誰でもできる業務だと思ってるんでしょう。この調子だとこの先も警備体制は相当怪しいと思う。

2023/6/15

取材は受けないというのが町長の考え。理由は特にない

与那国町総務課職員

朝日新聞は今年4月15日、候補者が定数と同数だったため無投票となった例などを挙げ、地方議員のなり手不足について報じています。

一方、八重山日報も、6月7日のコラムで、地方議員のなり手不足を憂えています。八重山日報、とは?……これは、沖縄県の八重山列島を対象とする地方紙です。沖縄の新聞としては珍しく、在日米軍の駐留を支持し、沖縄のほかの大手メディアを堂々「反日左翼的」と批判するような、右派……というかネット右翼的立ち位置の新聞です。朝日と八重山日報、正反対の立ち位置の新聞が同じことを言っている。珍しい。

八重山日報のコラムは、日本最西端の自治体である与那国町に誕生した「40代半ばの働き盛り、本土からの移住者という阪口源太議員」が、「妻への暴行罪で略式起訴された」という事件についての話でした。事件報道によれば、自宅で妻の髪を引っ張り押し倒し、妻の上に乗って身体を押さえつけた暴行容疑で現行犯逮捕&略式起訴、10日間の勾

留。まぎれもないＤＶです。

阪口議員のツイッターを見ると、彼は今回の事件について一切触れていません。一方で、過去の書き込みでは、批判してきた人に「ボケ」「カス」を連呼し、文尾に「ｗ」を連打して罵倒しています。こういう人、ネットに山ほどいるね。既視感のあるげんなり。

与那国町は人口1千7百人程度の小さな町なので町議はたった10名だけど、日本最西端であるために防衛上重要で、いまＰＡＣ３の配備について揉めている場所。八重山毎日新聞（当地域のもう一つの新聞）によれば町長も議員も全体的にどんどん保守寄りに傾いているそうだけど、そこに移住者が新風を起こすのかと思ったら、コレなのだ。

ちなみに阪口源太の妻のフェイスブックも
すごすぎる。公開でこんなことばかり書いてる
バツ5の「私の旦那」
1番目の元嫁→ブス
2番目の元嫁→デブスでガバガバ
（〜略〜）
5番目→私 （〜略〜）
与那国まで来ていたしゃくれ顎長
おばさんを含めた
セフレと元嫁達の
ほぼほぼブスで
ガバガバ
罵倒がすごい
阪口氏妻（DV被害者）
阪口源太
ツイッターのアンチとの
やりとりで精一杯だから
カンベンしてやで〜www
共依存的DVなんだろうな

なんでこんな人が受かるのかと言えば、候補者数＝定数で、無投票当選だからなのだ。ちなみに彼はオンラインサロ

ンもやっていて、そこの自己紹介に「与那国島に移住し、わずか1年半で町議会議員選挙に当選」と誇らしげに書いている。無投票当選だってば。

さて、阪口源太については町議会で辞職勧告決議案が可決されましたが、彼は堂々と「無視する」と言う。これに対し、八重山日報は「議会の決議案に対して使うワードだろうか」と怒っています。さらに、町議の3人（内2名は自民党）が夫婦間の問題だから関与すべきではないとして決議案に反対したことについても、「同僚議員には夫婦げんかの仲裁を求められているのではない」と、ごく真っ当な叱責をしています。

国会議員の質の低下は言うまでもないけれど、なり手のいない地方議員の質の低下は想像を超えるレベルだ。ゴリゴリの保守の八重山日報が自民党議員を批判するほどに。

ついでに与那国町長もひどい。防衛関係の取材対応が面倒になったのか、6月5日に「防衛関係だけでなく、町政全般に対し、マスコミからの取材は受け入れない」と言い放ちました。町総務課職員曰く、「取材は受けないというのが町長の考え。理由は特にないという考えでよい」。拗ねた子供かよ。こんな状態の町にミサイルを置くらしい。

2023／6／22

理解の増進

LGBT理解増進法

いわゆるＬＧＢＴ理解増進法が成立してしまった。こんな骨抜き法案でも、旧統一教会＆日本会議という宗教右派どっぷりの高鳥修一（自民党）はポンポンが痛いよと言って採決から逃げ、教義への忠誠を表明していた。

法整備によって「男性が女性だと偽って女性トイレや女湯に入るようになることを不安視する人もいます」なんてことが、いまだにニュースでマジメに語られている。吐き気がする。そんな犯罪者はこんな法律にかかわらず昔からいる。さっさと追い出して通報すればいい。そんな人は差別禁止法を求めているＬＧＢＴ当事者と何の関係もない。犯罪者は当事者の存在を言い訳に使う醜悪な人間で、当事者は被害者である。でも、こんな犯罪者が、宗教保守の人たちの間では都合よくＬＧＢＴと同一視されている。

法案を読むと、「理解の増進」なる言葉が連発されている。破り捨てたい。

ＬＧＢＴかどうかに関わらず、他人の性指向など理解できないのは当然だ。「理解の

増進」には終わりがない。つまり、「理解の増進」をテーマにすれば、「理解が深まらない」といつまでも言いつづけられる。理解なんかしなくていい、差別しないでくれればいいのだ。だから始めから「差別禁止法」でなければいけない。宗教保守に媚びる政治家たちはその理屈が分かっていたから「差別禁止」部分を徹底的につぶしたんだろう。成立した条文も「不当な差別はあってはならない」となり、〝正当な差別〟は許されることになった（差別は本来全て「不当」である）。

そして、与党案よりもさらに法を後退させたと悪名高い、維新・国民民主案による追加の第十二条。「この法律に定める措置の実施等に当たっては、性的指向又はジェンダーアイデンティティにかかわらず、全ての国民が安心して生活することができることとなるよう、留意するものとする」。

伊藤達也（自民党）は、この文言について「性的マイノリティー、そしてマジョリティーの方々にとっても多様性が尊重され、互いの人権や尊厳を大切にする社会を作っていくとの趣旨」と言い放った。恐ろしい。「互いの」と入れるところが恐ろしい。マイノリティの不利益を解消する法のはずなのに、彼には、マジョリティ側に虐げられているからこそマイノリティ、という構図が全くない。マイノリティを単に「マジョリティの抵抗勢力」と見ている。「お前ら敵（マイノリティ）のことは尊重してやる。ただし、俺らの人権や尊厳を侵害しない程度にな」と釘を刺している。一体どうしたらマイノリティがマジョリティの人権を侵害できるというのか。荒井勝喜元秘書官が「隣に住んでいるのもちょっと嫌だ」と言ったように、ただそこにいるだけで侵害扱いしてくるのか。

Black lives matterのとき、「白人の/すべての命も大事」などと当然すぎることを便乗して言い出し、黒人だからこその運動を塗りつぶそうとする人が現れ、批判された。法案の骨抜き過程はこれと全く同じだ。日本の宗教保守系政治家はこんな世界の動きなんか知ったこっちゃないのだ。

2023/6/29

必ず皆さんの中の誰かが、この記者会見全てを流してくれるはずです
キャンドル・ジュン

「他人の不倫なんかより大事なことがある」と言うほうが正しいオトナなのは私も分かってる。でも、なにせ今回は投下される要素が濃すぎて放っておけない。広末涼子の浮気に対するキャンドル・ジュンの単独長時間会見、これは気になっちゃうよ。あれを見たらみんな何か言いたくなっちゃうよね。私もだよ〜。

あの「独演会」はおそらく何の原稿も用意せず、思いつくままに話していたと思われるので、一体主題は何だったのか分からなくなるほどいろいろな話が飛び出していました。これを無理やりまとめると、大きなテーマが3つあったんじゃないかと思います。

①子供を守りたいということ、および、広末涼子のこれまでの言動を中心とした家族の話（本来のメインテーマ）。
②震災や原発にまつわる、福島での自分のこれまでの活動について。
③メディアの報道のしかたについての意見。

まず①について。私は容姿や活動からしてもっと奔放なこと（例えばフリーセックスとか）を考えている人かと誤解していましたが、家族観については案外保守的で、平凡で理解しやすい、と思いました。

本人なりにマジメに真摯に妻や子供を思っていたのは分かりますが、家族についての会見にこれだけ仕事の話（福島などの話）が出てしまったり、家族を元に戻したいと言いながら広末涼子のこれまでの問題行動（とされるもの）を本人の了解なく勝手に話してしまうあたり、よくある「仕事にかまけて家庭を顧みない夫」に見えなくもありません。家事や子育ての負担割合については疑問も生じます。

どうしてもあの特徴的容姿に
先入観を持ってしまうので、
平凡な容姿の中年男性にしてみたら
どうなるんだろう？…と思って
描いてみた。
こんなかんじ？

ただ、それはそれとして、私は③もかなり大きな要素だと思うんです。

彼は、結婚前にアーティストとして取材されていたときは写真や原稿をあとから確認するのが当たり前だったのに、結婚後はいきなりカメラを向けられ、「私の言葉が切り取られて、それが真実となるということを、私は2010年、彼女と結婚してから思い知った」と訴えています。そして、「どこかだけを今日切り取っても構いません。でも必ず皆さんの中の誰かが、この記者会見全てを流してくれるはずです」と牽制しています。そのことによって、実際に会見の動画は全部ネットにアップされましたし、日刊スポーツに至っては全文を書き起こして載せています。これは、これだけの長時間会見としては画期的なことだと思います。質疑応答の時間に一対一で対面して自己紹介させるという形式を取ったのも、会見者と記者のパワーバランスを考えると革命的です。

また、彼はこれだけ長い会見を一人だけでやりきるなか、「えー」「あのー」のような間投詞をほぼ挟みませんでした。かと言って、全く淀みなく話したわけでもない。彼は言葉に詰まると、何秒かしっかり沈黙したのです。

記者にも個人として向き合わせ、沈黙を恐れず、メディア側に舵を取らせない。すべてが非テレビ的・非芸能界的で、この点においてこの会見にはすごく価値があったと私は思っています。

2023/7/6

片手だとろくろを回せないの……

市川沙央

れいわ新選組って危なっかしい議員も多いけど、ここだけは絶対に評価できると思うところがあります。それは木村英子・舩後靖彦・天畠大輔という重度身体障害を持つ3人を国会議員としたこと。

6月17日、「この2人（木村・舩後）、今国会に1日も当院《ママ》してなくない？ガーシーとあんま変わらんくない？議員なんだからさ。山本太郎に利用されてるんだけ《ママ》で、議員としての仕事出来ないなら辞職したら？」という一般人のツイートがなんと2万を超える「いいね」を獲得しました。これは何の根拠もない全くのデマで、すぐに否定されたのですが、ツイートした当人は発言を撤回すらしていない。

日本って、障害者をこんなにストレートに差別する人が多いんだ。絶望。

この発言主は、何の証拠もないのに「身体が動かない＝登院していない」という稚拙な思い込みでこれを書いたわけだ。彼のプロフ欄には案の定「尊敬する人安倍元総理」

わざと誤解される書き方をしますが
私は「障害者モノ」の映画が好きです。
（24時間テレビ的なものではなく、
エゴを持つ個人として描いたもの）
マイノリティとセックスに関する2、3の事例
戦車みたいな車イスに乗るヤクザみたいな主人公
（四肢不自由）
※ドキュメンタリー
全篇手話の作品
めっちゃ暗いけど、いい
ザ・トライブ
ウクライナ映画

「LGBT法案に反対」などとある。そういえば、維新の音喜多駿もかつて、コロナ感染が命に関わるためにやむをえず国会を欠席した船後に「その分の歳費は返納されないと」などと言い放っていた。与党や「ゆ党」あたりでは露骨に障害者を差別する言説が飛び交っているんでしょうね。

こんな最低の議員や支持者を見た口直しに（って失礼だけど）、今回の芥川賞候補作『ハンチバック』（市川沙央）の話をしたい。この作品は、作者の市川沙央と同じ障害（先天性ミオパチー）を持つ主人公を描いたもので、障害を持つ人のリアリティを感じさせる刺激的で挑発的な内容です。私はすぐ読んだよ。

作品が「リアリティ」を担当する一方で、世には「リアル」もあります。それは作者本人のツイッター。「おはよう日本」に出演するにあたり、彼女は「片手だとろくろを回せないの……」と冗談を書き込みました。「ろくろを回す」とは、インタビューに答える経営者などがつい両手でろくろを回すような手ぶりをすることを表したネットミーム。彼女は声を出すときに呼吸器の穴を片手で閉じねばならないので「ろくろを回せない」。文字だけで彼女を認識し、障害を忘れかけていた読者はここで急に彼女の身体性を感じます。

一方で、発売に向けての本人メッセージでは「今日も明日も変わり映えのしない日々。むしゃくしゃするし、モヤモヤしてる。こういうときは面白い小説が読みたいぞ。めちゃくちゃ刺激的なやつ。見えている世界がひっくり返るくらいの、ね――。『ハンチバック』はそんなあなたにおすすめです！」とあります。

正直、さほど突飛さのない、やや平凡な宣伝文句に感じます。でもこの平凡さって、狙ったものだと思うんですよ。彼女はあえて障害に言及しなかったのだと思う。

ツイッターで読む限り読者は障害を認識しづらいが、ある冗談めかした一言にフワッと身体性が出る。一方、作品の解説ではどうしても障害を取り上げられがちなので、自ら宣伝するときは障害に言及しない。こういう姿勢はとても挑発的で、魅力的です。

障害を持つ人をただのっぺりと「障害者」として捉え、それ以外の要素をすべて塗りつぶしてしまうような政治家や支持者たちと比べ、あまりに対照的で、印象的でした。

2023/7/13

人生いろんな選択がありますが『結婚する』を選んでみました

シソンヌ・じろう

私は日々「結婚」の価値を落とそうと奮闘しています。

どういうことかというと、別におめでたくもない他人の結婚を祝わない、離婚も悲しまない（当然起こりうるものとする）、芸能人の不倫に怒らない（面白がるのは可）――すなわち結婚を人生の中の一大事だと捉えない。こんな運動をひそかに心がけています。

日本の悪いところはね、結婚と、男女の恋愛と性愛と出産と育児と、家父長制と、等々……がギチギチに絡み合ってることだと思うんですよ。それを解消する一つの方法として、なるべく結婚を軽く扱うべきだと思うわけ。

こんなこと言うと、どんなにひねくれた人間なのかと構えられちゃいますが、日常では軋轢を生まずにうまいことやってますよ。誰々が結婚したよ、と言われたら「へえ！」って驚いたりはしますよ（祝わないけど）。

それでいて、私は芸能人の結婚報告の文章が好きです。芸能人でも結婚の捉え方は様々。私を大々的に祝え！　というアピールを感じる人もいれば、仕方ないから事務的に報告、という感じの人もいて、その人が結婚をどのように捉えてるか如実に分かります。手書きならその人の性格も漏れ出ますし。

と、ずいぶん前置きが長くなりましたが、今回はシソンヌ・じろうの結婚報告がよかったわ～、という話です。

ちなみに連載内容は、中学生の時
ワルぶってタバコを吸いはじめた時の
話。本当に、全く、結婚と関係ない。
なぜか2人とも
カタい顔
ついでに、連載に添付されてる写真も
チョコプラ・松尾とのもので、
もっと結婚と関係ない。

芸能人が結婚報告をする際は、場のセレクトも大事。一般的には報道各社にFAX（今どき……）を送るというパターンがよく見られますが、ラジオ番組を持つ芸人や声優などの場合、まずはコアなファンに向けて、ラジオを報告の場に選ぶことも多い。そんななか、じろうが選んだのはなんと地元・青森の地方紙、東奥日報。

彼は「シソンヌじろうの自分探し」と

いう月1回の連載を持っていて、そこで報告したのだ。このパターンはあまり記憶にない。郷土愛の強さよ。

7月6日の連載は、冒頭、「人生いろんな選択がありますが『結婚する』を選んでみました。今までになかったような視点のネタなんかが思いつくようになるといいですね。私事から失礼しました。」と始まります。そして結婚の話が始まるのかと思いきや、なんと連載のメインの内容は一切結婚と関係がない！

報告は冒頭たった6行で終わり、という素っ気なさもいいし、人生のいろんな選択のなかで『結婚する』を選んだ、という一文目もいい。上京するかしないか、賃貸か購入か、髪を伸ばすか切るか、そして結婚するかしないか……あらゆる「いろんな選択」のなかにしれっと結婚まで混ぜ込んでしまいました。ああ、「結婚」の捉え方が軽い！身軽だ！

吉本興業も、それ以上の情報を求める報道各社に「紙面で書かれていることがすべてとなります」と最高にドライな対応。吉本、ええやん。

もちろん照れもあるかもしれないし、相手の意向もあるかもしれないし、真意は分からない。相手が誰なのか今後詮索もされるでしょう。でも、まず第一声がこれだというのは最高に軽やかで今っぽくてカッコいいねえ。

2023/7/20

あなたの味方です

SNS上での有名人たち

人の死の消費のしかたについて考えたい。

あえて「消費」という残酷な言い方を選んで書いた。

弔意をすごくカジュアルに表明できるようになった。ryuchellのような有名人が亡くなったとき、ツイッターに、その人の思い出とともに「R.I.P.」なんて書く人がいる。日本語話者なのにどこかカッコつけてるとすら思う。泣き顔の絵文字をつけるような人もいる。追悼の思いが嘘だとは思わないけれど、その軽いタッチは他人事だからできることだ。

SNSがなかった頃は、有名人の死については実際こんな書き込みくらいポップに知人同士で語り合い、話題は流れていっただろう。それが文字となり、記録として残ることで、妙な寒々しさ、酷薄さが浮き上がるようになった。私はこんなふうに、記号的に人を追悼することにかなり抵抗がある。

その死が、本人の意志によるショッキングな形のものであった場合、ＳＮＳでの第三者たちのふるまいは一層複雑なものになる。

報道直後にすごい速さで投じられるコメントには、やはり軽いタッチで悼むものもあれば、死者に鞭打つ醜悪なものもある。さらに加わるのが、主に分別ある有名人たちが投げかける優しいアドバイスの類だ。

①亡くなった実在の人はさておき、死を考えるほど悩んでいる不特定多数の人に対して、詩文調の長文で宙に投げかける「私はあなたの味方です」的な優しいお言葉。

②亡くなった実在の人はさておき、自死を賛美しかねない言葉や、死の状況についての詳細な報道などの例を示して不特定多数に投げかける、「こういうデリカシーのないことを書く／報道するのはやめよう！」というＳＮＳ警察的ふるまい。

①については、特に自分自身が「悩める人側」に近い場合、えらそうに何言ってんだ、

と感じる。味方になってほしいと頼まれたわけでもないのに、勝手に自分に力があると信じてすぐにこういったコメントを出せる傲慢さはさすが有名人だ。私は軽蔑する。
②についても傲慢さを感じる。最近この手のニュース記事の最後に言い訳のようにくっついている「日本いのちの電話」の相談窓口のよう。今はこういうことをすべきだよね、という先回りの義務感が垣間見える。
分別ある人たちは熟考してから書き込むから、シンプルな感想がなくなる。誰かが死んで、つらい。切ない。悲しい。こういう発信をみんな自粛するようになった。単純な感情表現が何かに悪影響を及ぼすと怖じ気づき、封じてしまう。

こうして、最初に湧き起こる当たり前の感情を一旦飛び越してから提示される冷静な文言の数々は、そりゃワイドショーから発せられるセンセーショナルなコメントよりはマシに違いないが、取り繕ったような静けさが私は見てられない。きつい。

まず個人的な思い入れがないならあわててコメントをしなくていい。何か言わないと気が済まないなら、いちばんシンプルなことを書いたらいいはずだ。他人への影響力を気にして率直な悲しみすら書けなくなったSNSはもう終わりだ。潰れるべきだ。単純な気持ちを私は書きたい。悲しいから、私はここには悲しいって書く。悲しいよ。

2023/7/27

LGBTなんかいらない

神谷宗幣

旧統一教会と政治との結びつきについて、新聞やテレビ等の既存メディアよりはるかにあてになったのは、今やすっかり有名人となった鈴木エイトが主筆を務める「やや日刊カルト新聞」でした。

この「新聞」はカルト問題を長期的に深く追っていましたが、名前からも分かるとおり文章には常にどこか茶化すような視点がありました。それが読みものとしての楽しさになっているのですが、そのせいか、去年の安倍元首相銃撃事件までは大手メディアがこの「新聞」を取り上げることはまずありませんでした。要は、カルト問題まで含めて軽く見られていたわけですね。

ジャニーズの性加害問題だって、「たかが芸能ネタ」と軽視されて大手メディアが取り上げなかったという一面もあったはず。こんなふうに、本当はかなり危険なのに軽視されて報じられないものって何かとあるんですよね。

(女性には)子供を産める自分の大切さに気づかせる! そのほうが(少子化に)LGBTの100倍効果がありますよ!
神谷宗幣
感心な若者だ…
もしかして「LGBT」の意味も分かっていないのでは?
田母神俊雄が見に来ていたらしい
黒猫ドラネコさんの「the Letter」に詳しいので、気になる方は読んでね

7月11日に世田谷区で、参政党の神谷宗幣議員が産経新聞後援の講演会に登壇したそう。これは有料かつ撮影も録音も禁止で、大手メディアには全く情報がありません。でも、先方が撮影・録音禁止と釘を刺そうが、現役国会議員の公の講演なのだから発言は批判を受けて当然ですよね。これ、とんでもない内容だったそうなんです。

神谷の主張には以前から極右的で陰謀論まみれだという批判が絶えません。やはりこの時も、「絶対そうだったとは言っていない」と予防線を張りつつも「(コロナの)ワクチンを売るためにウイルスを撒いた可能性がある」「向精神薬は麻薬みたいなもの」などという発言を連発したらしい。

ただ、これはまだ序の口。大問題なのは、「LGBTに理解を示す前に、子供を産み育てることに理解を増進しないと。そういうことをやってくれるとすぐ岸田政権の支持率は上がると思います。いや、本当に。だからみんなで言わないといけないんですよ。LGBTなんかい

らないと、理解増進なんかしなくていいと」という発言です。

「LGBTなんかいらない」。荒井勝喜・元首相秘書官の「(同性婚カップルが)隣に住んでいたら嫌だ。見るのも嫌だ」という差別発言すら越える、ジェノサイドすら想起させる大暴言です。神谷宗幣は現役の国会議員、かつ、党の副代表なのに。

報道に載らないこんな発言をなぜ私が知ったかというと、ほぼ個人で陰謀論などを追い、「theLetter」というブログ様のサービスで発信している「黒猫ドラネコ」氏の潜入取材記事で読んだのです。

この方もやはり皮肉なんか挟みながらレポートしていて、面白い。でも、やっぱりちょっとふざけた調子の個人サイトには大手メディアは注目もしてくれないんだろうか。それとも、現役議員であろうと参政党なんてオモシロ陰謀論政党なんだからほっとけ、ニュースバリューなし、という感じなんだろうか。

オウムだって、かつては「空中浮揚(笑)」てな感じで、カッコワライ付きの「オモシロ宗教」として見られていた裏で毒々しい成長を遂げていたのだ。遠目に見ているうちに「オモシロ団体」はとんでもない悲劇を生みかねない。大手、報じてくれ！

2023/8/3

環境整備／ツいてる

ビッグモーターの社員たち

保険金の不正請求問題で、ついにビッグモーターの社長たちが爆笑記者会見を開きました。久しぶりにこの手の大物が出たね。

この会見、気になるキーワードがたくさんちりばめられていました。あ、ゴルフの話じゃなくてね。社員がゴルフボールを使い、車にわざと傷をつけて保険金を水増し請求したことに対し、責任を取るべき社長がまるで他人事として腹を立てた上に「ゴルフを愛する人に対する、ほんと冒瀆ですよ！」とピント外れまくりの発言をしたのは最高だったけど、今回の話題はそれじゃなくて。

この会見、社長がバカ正直にマズいことを言いそうになると周りがあわてて割り込んでいて、そこが上質なコントとなっていました。いちばんの見どころは、全国の店の前の街路樹が除草剤で枯らされているという疑惑について訊かれた際、社長が「環境整備で……」と言い出し、部下があわてて割り込んで発言を制したシーン。「環境整備」という言葉はごくふつうに使われますが、あのあわてぶりからして、ビッグモーター社内では特別な意味を持つ単語だと分かっちゃいますよね。

日刊ゲンダイによれば、ビッグモーターには「環境整備点検」という行事があるそう。幹部が深夜まで厳しく清掃などをチェックするそうで、落ち葉が一枚でもあれば査定が落ちるという噂もあります。だとすれば、木を枯死させている疑惑と辻褄が合います。

この「環境整備」という言葉、経営コンサルタントの小山昇という人物（および、彼のコンサル会社「武蔵野」）と関連が深い。「環境整備」は「武蔵野」の代名詞のようで、この会社の取締役は「会社は『環境整備』で9割変わる！」という本も出しています。「環境整備」の例の一つが、「素手でのトイレ掃除」。ある学校が子供に素手でのトイレ掃除を課しているというニュースが今でも好意的に紹介されることがありますが（最悪

会見、みんなキャラ立ってたなあ。
船場吉兆並みに長く語られそう。
副社長（息子）欠席
父ちゃんガンバ〜
次はオレが社長だ!!
尻ぬぐいはカンベンしてくれよ〜
バカ社員め…告発した奴許さんぞ
無
マイクの持ち方↑カッコいい

だよね）、おそらく教師の誰かが彼の思想に感化されているのだと思う。ビッグモーターでもこれをさせられたという告発がありました。ついでにいえば、小山昇は去年沈没事故を起こした「知床遊覧船」の社長に経営指導していたことでも有名。

さらに、ビッグモーターでは「幸せだなあ！　俺はツいてる！」と毎日朝礼で口に出して言うそうですが、この「ツイ（い）てる」も要注意ワード。これは「スリムドカン」で有名な「銀座まるかん」創設者、斎藤一人が好む言葉です。やたら「ツイてる」と唱える人はほぼ彼の影響下にあると私は思っています。今の斎藤の商売は、斎藤が作った波動入りのクリームを使って「神言」を唱えれば健康になれるだとか……。ヤバいですね。もしかしたらビッグモーターにはここの影響もチャンポンで入っているのでは、と邪推しちゃいました。

信者ビジネス的なことをする人たちは、一般的な単語を吸い取って自分のものにしちゃうので注意です。「環境整備」「ツイてる」おまけに「素手でのトイレ掃除」あたりを要注意ワードとして心に留めておけば、この世をサバイブしやすくなります。

2023／8／10

X's

イーロン・マスク

このコラムは、ツイッターというものの恩恵をきわめてたくさん受けてきました。政治家も芸能人も、基本的にツイッターは本人が書いている。だからこそ、本音や生々しい感情が言葉尻や文体にまで表れて、それがいい。

そんなツイッターだけど、イーロン・マスクが買収したことで荒れまくり、ついに名前も「X」に。ああ、ダサい……。以下、「X」ではあまりに分かりづらいので、変わらず「ツイッター」と呼ぶことにします（来週以降もできればそうしたいんだけどな……）。

マスコミの皆さまも表現に困ってる。マスクが唐突に「X」変更宣言をして以来、正確を期する報道では単に「ツイッターでは～」と書きづらくなってしまったようで、非常に多岐にわたる表記法が出現しています。

私が見つけただけでも「X（旧ツイッター）」「ツイッター（現X）」「ツイッター改め

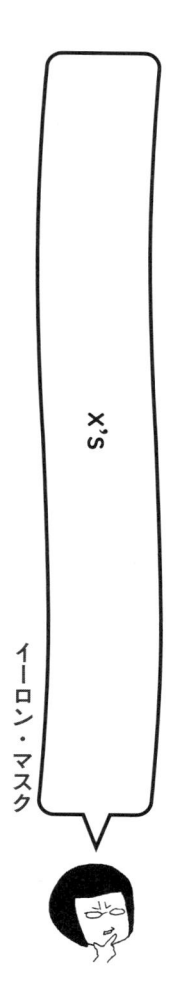

看板を撤去しようとしたらビル側に何も伝えてなかったせいで、器物損壊で通報されたり…
"er"で放置状態
と思えば光る巨大看板「X」を設置し、
てへぺろ♡
まぶしすぎると苦情が殺到してこれも撤去したり
マスクはマヌケで面白いからこそ怖い！

X」『X』（前ツイッター）」「ツイッター（X）」……バカバカしいなあ。マスクのわがままにつきあわされて各メディアも気の毒。名称変更したせいで、いちいち「旧統一教会」と「旧」をつけて報道しなきゃいけなくなったあの団体を思い出す。

もっと困るのは、動詞化もされている「ツイート」という言葉。ツイートを今後どう言えばいいか、という質問に、マスクは当初「x's（エックセズ）」と答えていたけど、さすがに日本語メディアで「エックセズした」と書いているものは見つかりませんでした。結局x'sという言い方はうやむやになって「ポスト」に落ちついたようだけど、「ツイート」という言葉のほうが相変わらず圧倒的に使われているみたい。「ポスト（旧ツイート）」と書いているネット記事がわずかにあったけど、そこまでマスクの言うこと聞かなくてもいいって。

だいたい、公式が「X」になりきれていないのだ。ふつうはこんな大きなプロジェクトだったら入念に準備をして、ある日を境にすべてがガラッと変わるものなのに、日本の「X」の公式サイトにはいまだに「Twitterについて」と書かれている。アカウントも@TwitterJPのまま。マスクが殺したはずの青い鳥（旧ロゴマーク）もXの公式サイトにまだたくさん舞っている。準備不足にも程がある。

実はこの件について、ツイッターのデザイナーである@KokoHoltは「ツイッター社内全体で2人しかいないインハウスデザイナーなのに、今回のリブランディングのこと何も知らされてない」と内情を暴露するツイートをし、のちにアカウントがまるごと削除されています。自己判断で消したのか、消されたのかは分からないけど、薄気味悪い。マスクはいろんなことをかなり強引に進めてそう。

マスクの危なっかしさって一つ一つはマヌケだったりネタになりやすかったりするので、ユーザーはムカつきながらも、ツイッターから離れるところまではなかなかいかない。でも、私はこの積み重ねはいつの間にか本格的にマズいことにつながると思う。私自身はじわじわツイッターからのフェイドアウトを考えてます。さよなら青い鳥（涙）。

2023／8／17・24

皆様の全てを、最高の形にできるように

羽生結弦

私は大相撲が好きだからこういう例えをするのだけど、羽生結弦は「横綱」である。横綱って、競技者として最強なのはもちろん、そのうえに「神々しい」「恐れ多い」「超然として怖い」「ていうか神」みたいな雰囲気がまとわりつく存在です。この基準で言うと、大谷翔平やイチローも「横綱」。一時期の中田英寿や吉田沙保里もそうかも。なんとなく伝わりますかね。

そんな「横綱」が結婚するとなると大変。羽生結弦がＳＮＳで発表した結婚報告の文章、御神託みたいでしたね。

でもまず好印象だったのは、３行目で「この度、私、羽生結弦は入籍する運びとなりました」と書いたその部分にしか結婚に関する話がなかったことです。これって実は、ひと月前にこのコラムで書いたシソンヌじろうの結婚報告と酷似してる。両者共に、相手の人物像やなれそめに全く触れません。結婚というイベントの価値を薄めるべき、と

いう従来の私の主張と方向性が似ていてうれしい。

ところが、ここから羽生の報告文は躍動する。

「これまでの24年間、スケートと共に生きてきました」と語り出し、世界の不安定を憂えるかと思えば、「今日も、人生をかけて『羽生結弦』のスケートを深め、一生懸命に努力を続け、進化していきます」「今後の人生も、応援してくださっている皆様と、スケートと共に、全力で、前へと、生きていきます」「皆様の全てを、最高の形にできるように、滑り続けます」と、軸足をスケートに置きながらどんどん文が壮大になる。「皆様の全てを、最高の形にできる」滑りってよく考えると全く意味が分からないのだが、勢いで押し切られてしまう。読み終えたときには、妙に疾走感のある荘厳な何か（まさに羽生結弦の演技のような）を観た気分になり、一息つき……、あれ？ そういえば結婚の話は？ 煙に巻かれたぞ？

結婚報告にこんな形があったとは。力んで結婚報告文を読む人の気持ちに合わせて力強い表現で寄り添いつつ、いつの間にかスケートの話に持っていく。本題をいなし、手の内を見せず、読者は気づけばスケートに搦めとられて、不満も感じない。意図的なのか無意識なのか判別できないけど、こんな文章ですら自分の得意な型に誘い込む、まさに横綱相撲。結婚報告文は新たな次元に達しました。

ただ、「入籍」という言葉を使っていることだけ少し引っかかる。これでつまり、法的な結婚だから相手は女性だ（日本で同性婚はできないので）ということだけが判明しますが、もちろんそんな含意があるわけでもなく、おそらく単に「結婚」という言葉から思い浮かぶ祝祭感や大仰さなどを嫌って比較的ドライな言葉を選んだのではないかと思います。最近は芸能人の結婚報告で多用されますしね。

しかし「入籍」って、字義通り解釈すれば古めかしい家制度や「嫁入り」という形を感じさせる言葉でもあって、彼のパブリックイメージと合わない気がする。ここもいっそ「横綱」らしく、独特な単語や先進的な表現を使ってくれてもよかった。結婚報告はまだまだ進化できる。

2023/8/31

どういう風にしてもらっても良い

DJ SODA性加害事件容疑者の勤め先の社長

大阪のフェスで起きたＤＪ ＳＯＤＡへの性加害事件。パフォーマンスの最中に一部の観客から胸を触られたというものですが、被害者が女性かつ韓国人であることで差別的な騒音が巻き起こりました。

この事件、男性の容疑者二人がまず「自首」した先が警察ではなく、「青汁王子」として有名なYouTuberの三崎優太のところだったということも引っかかります。三崎優太自身の説明などによれば、自分たちの写真がネット上に広まったために容疑者本人が恐怖を感じ、一人が勤め先の社長に相談。すると、その社長はなぜか三崎にネット上で連絡。この社長と三崎は元からの知人ではないと思われますが、社長は「何とかチャンスをあげてもらえないかと思っています。三崎さんにしか相談していません」「本人と話をして救えない奴だと思えば、どういう風にしてもらっても良いと思ってます」と処分を丸投げするメッセージを送ったらしい。その後、二人の容疑者が三崎の元に来て動画で謝罪するに至った、と（そののち警察に出頭）。

最近、ネットで義憤を喚起しやすい犯罪には、警察も司法も関係なくどんどん私刑が進みます。ネット受けしようがしまいが、犯罪は公的な順序を経て裁かれるべきなのに。しかも、「私刑」に対して言わば「私謝罪」のプロセスまで作られつつあります。これを解説するなら……

①被害者本人による被害の訴えがネットで拡散され、義憤を呼び、一般人が犯人捜し。

世間の方にも迷惑をかけてるので…
ホラ
青汁王子
世間の皆様にもご迷惑を…
世間の皆様にも、この件で色々と騒がせてしまい…
お葬式みたいな服
なぜか「世間」に対しても謝って（謝らされて）いたが芸能人の謝罪会見の変なところをマネしてしまっている気がする

②容疑者が確定し（この時点で誤認であることも）、顔写真の拡散、場合によっては個人情報を公開するなどの私刑。

③容疑者がインフルエンサーに頼るなどして、YouTubeで謝罪。

④事実上贖罪したことになり、ポジティブな方向でプチ有名人化。

たとえば、山口県阿武町の誤送金事件の被告はYouTuberヒカルの動画に登場して謝罪してましたし、へずまりゅう、おでんツンツン男などのいわゆる迷惑系YouTuberも④に準ずる形になっているように見える。

このシステムって、ネットで公開しているから新しく見えるだけで、構造としてはヤクザや村社会の非常に前近代的な形に似てるんですよね。内々で制裁を加え、見せしめにして手打ち、という。

今回、若い容疑者は謝罪動画の中で「出頭するにも出頭したとて、どうしたらいいかもわからへんし」と言う。いや、ただ警察行けばいいだけじゃん。

勤め先の社長は社長で、おそらく面識もない三崎に制裁の権限をぶん投げている。つまり、警察に出頭して公にすることよりも内輪で見せしめにすることを優先し、その責任すら、頼れる村のボスに丸投げしているわけだ。何も自分で決められない人たちの集まりだ。

三崎はと言えば最後まで「DJソーダさん」と呼んでいて、事件の界隈にはまるで詳しくなさそう（正しい読みは『ソダ』）。容疑者がヘラヘラせずDJ SODA本人に謝ったのはまあいいし、最終的に出頭させたのもよかったけど、ネット上の有力インフルエンサーとその取り巻きって、結局古めかしい村社会的なシステムを保とうと努力してる。

2023／9／7

スゴ腕占い師

「突然ですが占ってもいいですか？」の説明文

私は占いが嫌いです。朝の番組によれば、今日の私のラッキーアイテムはUVカットウェアですって。なんだそりゃ。こんなものはライターが頭をひねって思いつきを書いているだけだ（自説）。「しいたけ占い」なんて雰囲気だけでウケてるんだろ。

なぜ私がこんなに占いを敵視するようになったかというと、某有名占い師Gにたまたま会って占われたとき、運動神経皆無の私が「ダンスが得意」と大ハズレなことを言われたうえ「いつもエロばかり考えている」などとしつこくセクハラ発言をされて腹が立ったから、という個人的な理由が強いのですが、そもそもスピリチュアルな代替医療や新興宗教には疑いの目を向けるような人たちが、占いに関しては急に優しい目をしはじめるのは一体どうしたことか。

「オーラの泉」や細木数子の番組が終わって十数年、またぞろ「突然ですが占ってもいいですか？」なる番組が10月にゴールデンに進出するらしい。インチキ壺売りの旧統一

とは言え、今は一国の首相が
陰謀論者の本を
買う時代….
夏に買いました
岸田
アマテラスの暗号
伊勢谷武
市川猿之助絶賛!!
よりによって…
学校やメディアは、古代史や近現代史の多くについて意図的に事実を曲げ真実を隠している
こんなことを
あとがきに書いちゃう著者が
「日ユ同祖論」に基づいて書いた
小説だそうで。
超典型的陰謀論！
大丈夫？

教会を責めていた翌年によくこんなことができるよね。テレビ界はまた同じ轍を踏む。

オリコンの説明によれば、「同番組は、木下レオンや星ひとみ、シウマらのスゴ腕占い師が出会った人や芸能人を突然ガチ占いする、令和時代のリアルにズバッと切り込む」番組だそうで。

最近のある回を見ると、シウマなる占い師が「携帯電話の下4桁を足した数字」という、いくらなんでもそんな素っ頓狂な材料でいいのか？ という手段でSixTONES森本慎太郎やEXITりんたろー。を占い、あなたは自己分析をして悩むタイプだとか、何歳で挫折を経験したとか、おおむね誰でも当てはまることや、過去のインタビューを読めばチェックできそうなことを言っていた。恋愛についての言説は異性愛かつ結婚することが当然の前提で、さすがゴールデン番組、「家族で見られる」という言葉を楯に、古色蒼然とした価値観を再生産することに貢献している。ついでに蛇足だが、森本は芸能界デビューについて「(興味はなかったけど) ジャニーさんに呼ばれて行ったんですよ」と、このタイミングで聞くとゾッとするセリフを言っていたが、視聴者も制作側も何も思わないんだろうか？

「その人の心の安定につながるなら占いもいいじゃないか」と言われることもあるし、カウンセリングのような立ち位置で占いというエンタメがあることまで非難する気はないけど、基本的にテレビで占いが出るときは「言い当てられて、すごい」という基準で語られます。これはただの超能力であり、非科学。非科学という非難から逃げるために「統計学だ」なんて言う占い師もいるけど、統計学を専門的に学んだわけじゃないだろうから端的に嘘ですよね。

この方向性で「スゴ腕」だとしたら、それは占い師というより「スゴ腕予言者／超能力者」だと思うんですよ。なぜ「予言者／超能力者」と言わないかというと、そう言っちゃうと急に人から疑われ始め、この「占い」と称するものがインチキだとバレちゃうからだと思うんです。

2023／9／14

皆さんの問題でもある

井ノ原快彦

長い長いジャニーズ事務所の会見、見ました。思うことはたくさんありますが……まず第一に、世界に悪名を轟かすレベルの性加害者の名前を冠した事務所名を変える気がないことに驚きました。事務所側は絶大なタレント人気を楯にして、ほぼ無意識のレベルで楽観論を取っているように感じられてならない。

とはいえ、意外なほどに深掘りしていた調査報告書によって、たった数日のうちに事務所はこの問題をごまかせない状況になったわけで、長期的に見ればかなり大きな進歩ではあります。さすがにもう地上波で「ジャニーさん」という言葉を笑顔で語れる人はいなくなるかな。

さて、この件は、事務所にすさまじい忖度を示し続けてきたメディアの問題でもあります。加害者の喜多川が亡くなったとき、ほぼ全メディアが絶賛や感謝と共に彼を追悼していたことを私は忘れません。亡くなった直後にこの連載（『そのへんをどのように受け止めてらっしゃるか』164ページに掲載）で、彼の加害疑惑にばかり触れるコラムを書いたことを私はいまだに誇っていますが、当時ほかに加害に触れていたのはゴシップを好むわずかなネットメディア程度。私はあくまで性加害の件をマジメに書きながら、下品で低俗な逆張りの人だと思われるのかなあ、とモヤモヤしたものでした。今になって会見で嬉々として質問している大手メディアには、「増長させたのはアンタらだろ？」と冷ややかな気持ちになります。

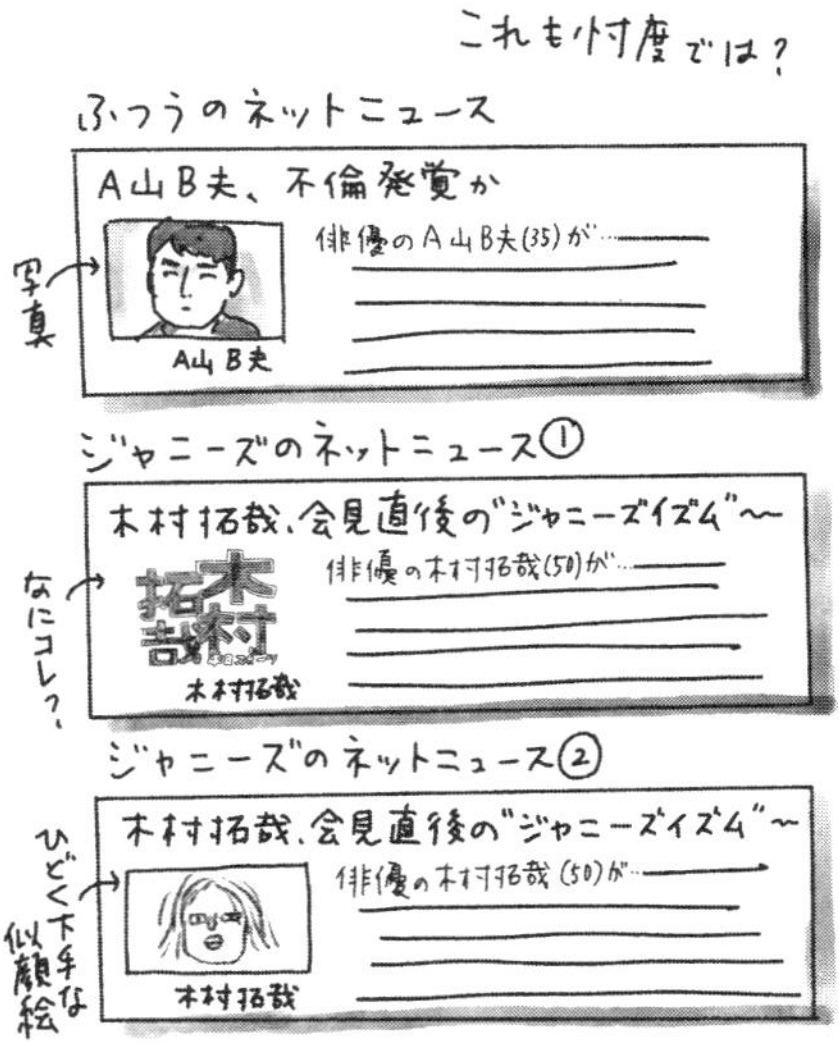
これも忖度では？
ふつうのネットニュース
A山B夫、不倫発覚か
俳優のA山B夫(35)が…
写真
A山B夫
ジャニーズのネットニュース①
木村拓哉、会見直後の"ジャニーズイズム"～
俳優の木村拓哉(50)が…
なにコレ？
木村拓哉
ジャニーズのネットニュース②
木村拓哉、会見直後の"ジャニーズイズム"～
俳優の木村拓哉(50)が…
ひどく下手な似顔絵
木村拓哉

ですので、会見でそういった点に斬り込んだ松谷創一郎の質問は印象に残りました。忖度や圧力によってジャニーズ事務所以外の男性アイドルが音楽番組に出演しづらい状況を例にとり、新社長から「（忖度は）必要ないと思ってます」という言葉を引き出したのは大きい。さらに井ノ原快彦は「忖度って日本にはびこってるから、これをなくすのは本当に大変だと思います。だから、皆さんの問題でもある」とつけ加え、追及される立場でありながら勇気を持ってメディア側の責任も問いました。これはすばらしかった。

そんな翌日、ふと見た中日スポーツのネット記事に「木村拓哉、会見直後の〝ジャニーズイズム〟投稿が波紋」などという記事が。

これは彼がこのタイミングでＳＮＳに喜多川が好んだ言葉を記し、敬意を仄めかしたことについての記事でしたが、気になったのは記事内容より画像。ほかの芸能人なら確実に顔写真が載る場所に、スポーツ紙調のフォントで「木村拓哉」と書いてあるだけ。ジャニーズ事務所はネット上にタレントの顔写真が載ることをかねてから極端に嫌っていて、ネット記事の画像欄はこんな不自然な状態になっていることが多い。

これも忖度ですよね。他事務所の芸能人は普通に顔写真が載るところ、ジャニタレだけが文字だけだったり、奇妙な似顔絵だったり、という例は今までたくさん見ました。もちろん肖像権云々の問題はあるにせよ、ジャニーズだけ異様に気を遣われている状況は明らかに変です。メディアは洗脳されて、無意識レベルで忖度してる。根が深いよ。

2023／9／21

大臣職と家庭との両立は

山形新聞

岸田再改造内閣の女性閣僚は5人で過去最多タイだそうで、それが目玉だとか語られているけど、01年の第一次小泉内閣ですでに5人いたのです。20年以上も進んでいない。これが目玉だと胸を張れる人たちの神経が分からない。

そして、女性の起用について「女性ならではの感性や、あるいは共感力」の発揮を期待するという、腐り果てるほど古いフレーズを持ってくる岸田文雄センス。衝撃です。

起用した男に「男性ならではの感性に期待」なんて言わないのは、その男の個性を見ているからです。ということは、女を起用した男が「女性ならでは」なんて言うとき、その男は、対象者が女であるということ以外何も見ていない。岸田にはのっぺりとした一つの「女」像だけがあり、女性は誰でもだいたい同じものだと思っているのでしょう。

そんな彼が言う「女性ならではの感性」なんて、所詮手垢のついた、男を癒やすための優しさとか母性みたいなものと結びついた観念です。20年、岸田文雄が総裁選への立

候補時にツイッターに上げた、昭和の夫婦コントみたいな写真——夫（岸田）は座って妻の料理を食べ、妻はエプロン姿で自分は食べず立って夫を笑顔で見守るというもの——が岸田の理想の男女像。各家庭にはどんな形があったっていいけれど、こんな写真を政治家としてアップすることには確実に意味がある。5人の女性閣僚にエプロンを着けて料理を作ってもらったら彼は「女性ならではのサービスだ」と満足するかもね。

ちなみに今回の女性閣僚は、上川陽子、高市早苗、加藤鮎子、自見英子、土屋品子の5名ですが、新しく登用された後者3人は、加藤鮎子は加藤紘一の娘、自見英子は元郵政大臣・自見庄三郎の娘、土屋品子は元参議院議長・土屋義彦の娘。100％世襲。すごい。「女性登用」と言っても所詮は父ちゃんに力がある人ばかり。登用する側のおじさんたちもこういう安心できる「準男性」みたいなのがいいんでしょう。彼女らは「女性ならではの感性・共感力」なんてものじゃなく、世襲ならではのコネ性、庶民への共感力の無さを武器に活動することになるんでしょうね。

さて、加藤鮎子は今回の登用にあたり地元の山形新聞でインタビューを受けていますが、その記事で彼女は「大臣職と家庭との両立は」と聞かれています。

おい、山形新聞よ！　そんな質問を、新聞がするなよ！

男にはこんな質問をしないでしょう。家庭のことは女がやるものと決めつけているからできる質問です。いやあ、この手の問題は岸田や自民党議員ばかりの話じゃないんだよねえ。新聞まで含め、日本に根を張りまくった深い厄介な問題だ。溜息が出る。

加藤はこの質問自体のおかしさは問わず、「(夫と) 二人三脚で頑張っていきたい」などと無難に答えていましたが、「女性活躍」について聞かれた質問では「(県内には) 性別による役割分担意識も色濃く残っているように感じる」と答えていました。さっきの質問への当てつけかと思いましたよ。

2023/9/28

SNSアカウントには多数のフォロワーがいる

茂木派中堅

議員としての主な活動が「差別発言」であることでおなじみの杉田水脈、今度はアイヌ民族らに対する差別的投稿で札幌法務局から人権侵犯を認定されたそう。朝日新聞が「与野党から謝罪と説明求める声」と報じていました。あ、「与」もなんだ。自民党は黙認かと思った。「『ヘイトに寛容な党だと思われる』（茂木派中堅）」ですって。もう思われてると思うけど……。

と思えば、「杉田氏のSNSアカウントには多数のフォロワーがいるため、『彼らを引き連れて反自民勢力になられるのも厄介だ』（前出の茂木派中堅）との声も」ですって。

SNS！　そこなのか！　確かに彼女のツイッターフォロワーは約35万。票田かぁ……。

ここ一年、この事態と似たものを我々は目に焼き付けてきました。自民党が、票のために統一教会にすり寄ってきたということ。政治家は、かなり問題のある組織であろうと、後援してくれて票につなげてもらえるならそう簡単に手放したくないんですね。

　この手の話で、今いちばん私の中で熱いのは立憲民主党の原口一博です。

　総務大臣までやっていた原口ですが、ここ最近すっかり陰謀論にハマってしまいました。彼は、トランプとQアノンの支持者で、ツイッターの個人アカウントを永久凍結されたほど問題のある米共和党議員の動画を信用できる資料として示したり、コロナワクチンの危険性を訴えたり、しまいには「DS（ディープステート）が大騒ぎする時は、

この2人、意見が合いそうなので
そのうち別の党に合流するのでは…
DS、工作員に注意せよ!!
熱血派陰謀論
原口
戦後の日本人はね DSに飼いならされてきたんですよ…
自民党 西田昌司
ネチネチ系陰謀論
肉体派陰謀論
須藤元気もかなり怪しい

プロパガンダ、つまり嘘八百」と記し、ディープステート（米国政府や産業界などが秘密裏に結成した闇の政府とされる、架空の存在）なるものを肯定したりと、一線を越えてしまっている。ついにはYouTubeでウクライナを「ネオナチ政権」扱いし、在日ウクライナ大使館から強い抗議を受ける始末。国際問題になっています。

　ほったらかしにしていた立憲民主党も

さすがに動くかと思ったら、なんと口頭注意だけの処分。岡田幹事長によれば「(原口の)発言の中には、『日本はネオナチ政権の後ろにいるんだって』との表現がある。本人に確認したところ、ウクライナがネオナチだとロシアが言っているとの趣旨であった」「動画は本人により削除されている」からOKなんだって。大使館から抗議までされたのに、口頭でメッ！　て言いました、でいいのかね。

YouTubeの発言を見るまでもなく、原口はツイッターでずっとウクライナとネオナチを結びつける記事を執拗に投稿しています。「僕は言ってません、誰かが言ってるだけです」はとても通用しない。立憲民主党ってチェックがガバガバで信用ならないなあ。……そう思っていたけど、冒頭のニュースを見てゾッとした。党はわざと放置しているのかも、と。

原口のフォロワーは約31万。杉田水脈に匹敵します。

原口が突拍子もない陰謀論を言っていても、それなりに賛同する意見は必ずついてくる。自民党&統一教会のつながり同様、立憲民主党ももはや陰謀論系の支持者を切れないのかもしれない。これは地獄の入り口。

2023／10／5

あれを笑って見てたの？

なすび

日テレ『進ぬ！電波少年』の『電波少年的懸賞生活』といえば25年も前に始まった企画。なすび（芸人）が衣服まで含め持ちもの全て剝ぎ取られ、アパートの一室で懸賞に応募し続け、当たった物だけで生活するというもの。当選目標金額を達成するまで約1年3か月、実質的な監禁生活を送り、それを本人に無断で放送していました。若者が孤独の中、時には飢えかける極限状態で、懸賞結果に一喜一憂する様子を映し出す番組は大いにウケていた。たぶん。

このなすびの軌跡を追ったドキュメンタリー映画がイギリスで作られたらしい。国内上映はまだなので中身は不明だけれど、非人道的なこの企画に対して批判的な内容であることは予想されます。これに対し、行き過ぎたキャンセルカルチャーだとか、本人が訴えてもいないのに余計なことをするなとか、番組を擁護する形で「外圧」を嫌がるネットのコメントをよく見ます。

2019年のインタビューでも
反省どころか「やりすぎだった」的な
発言もないんですよね。
土屋敏男
なすびは気が狂うギリギリのところにいたから、食い物が当選したときは喜びが爆発して踊り始めたわけよ
人類の祭りの起源だよな〜
生命をかけてギリギリのところまで追い込まれないと、人間のリアルな姿をさらけ出すことなんてできない。
なるほど〜!!
インタビュアー
LIGのインタビューより

その手の人たちは、「この企画に海外の人は青ざめ、怒るらしい」と驚いたような顔をしているけど、私もこの番組を当時からホラーとして見ていました。

別に今だからいい子ぶって言うわけじゃない。たまたま一度見て、「この人は精神を病んで自殺するのでは？」という点で不安になってしまい、完全に怖いもの見たさで追っていたのでした。

なすびは訴えこそしていないものの、この企画は相当なトラウマだったことをインタビューで繰り返し語っています。「（企画から何年も後）土屋さん（番組プロデューサー・土屋敏男）に数回会う機会があったのですが、会うたびに、汗と震えが止まらなくなってしまって、まともに話せない」「あの経験を美化することは難しい」「考えないようにすることで先に進めている」「自殺も考えるほど苦悩していたことが、見ている人からは『楽しそう』と思われていたことも信じられない」「『あれを笑って見てたの？』『まだ見たいと思うの？』って」等々……。

土屋敏男からはのちに謝罪され、今のなすびの仕事にも協力していて表向き和解しているようだけど、だからといって「また海外の人権屋が我が国のことに余計な口出しを」という批判が当てはまる類の話でもないでしょう。

当時のイメージが強すぎるため、私は土屋敏男が敏腕テレビマン的な立場で仕事論を語ったりするのを見るといまだに大変な嫌悪感があります。ジャニーズの一件とはだいぶ種類が違うけれど、少なくとも評価を考え直すべき人物だろうとは思います。

別にドッキリ企画や体を張る企画をすべて否定する気はありません。でも、懸賞生活しかり、過激なお笑いとしてよく語られる「お笑いウルトラクイズ」のバスごと芸人を海に沈める企画しかり、本当に命に関わるものを「昔のテレビってむちゃくちゃだね（笑）」なんて笑顔で語れる感覚は私には皆無です。当時は「こういうお笑いが分からないなんて、私は臆病者なのかな」とモヤモヤすることもあったけど、今になってその基準は決して間違っていなかったんだとホッとする私のような日本人もいます。

2023／10／12

自分の守護神のお不動様にお参りに行ったり

松平健

ジャニーズ性加害報道にうんざりしている……とは言いづらい。どうでもいい問題では決してないからね。でも、記者会見のマナーだの、指名NGリストだの、コンサル会社との関係だの、次々に生じる問題で、どんどん主題が何だかわからなくなっていく。毎回、これは膨大な数の被害者がいる性加害の問題なんだ、と立ち返らないといけない。へこたれずに何度でも立ち返ろう！

ああ、芸能って、芸能界って、なんなんだろう。人の気持ちを高めて楽しませる歌やダンスを提供する、ということがなぜこうなるのか。

ジャニーズに限らず、ファンは芸能人に対して、売り物となるパフォーマンス以上に本人の容姿や人格を観賞し、無節操に消費してしまうところがあります。ファンはその人をアイコンとして愛で、自分がその人のことを考えるだけで気持ちよくなれるように理想化・神格化するから、今回のような性被害を知ったときも怒りや同情より「そんな現実は見たくない」という気持ちがはたらくのでしょう。
で、急に少女漫画誌ちゃおの話なんですけど、女子小学生を主なターゲットとするちゃおに松平健が登場したことがニュースになっていました。松平健は「マツケンサンバII」が言わば国民的唱歌となったことで女子中高生の間でアイコン化し、大人気なのです。サバカツを挟んだ「マツケンサンバ！ーガー」などを出すコラボカフェまでできています。

私もこの「ちゃお」の付録
「恋叶おまじないシール」を
ついPCに貼ってしまいました。

これもアイコン化の最たるもの…

ちゃおを読むと、「人生の大先輩松平健さんがちゃおっ娘のおなやみビバ☆成敗!!」として、彼が悩み相談に答えている。しかし、投稿者の名前もないし、おそらくこれらの悩みは編集部の創作でしょう。友達とケンカしたけど仲直りできないという悩みに「謝るのは難しいことだけど、さっさと謝りましょう」とか、女優になるにはどうしたらいいか聞かれて「『努力すれば夢はかなう』という気持ちでがんばることです」とか、回答もはっきり言って薄い。松平健を起用したことを「ちゃおは攻めすぎ」なんて書くメディアもあったけど、メインである相談企画はまったく「攻め」ていないのだ。

それより、松平健自身へのインタビューのほうがよほどおもしろい。子供の頃の「忍者になりきって山からみかんを取ってくる遊び」について語ったり、開運法を聞かれて「自分の守護神のお不動様にお参りに行ったり。毎年、伊勢神宮にもお参りしますよ」と、リアリティ百%の回答をしていたり。ああ、上様も人間だ。でも、ピカピカしたこのページで、ことに小学生女子に対してこれらの話はちょっと浮いてしまいそう。

アイコンとして消費するって、こういうことなんだな。リアリティのありすぎる話や生身の人間を感じさせる話はノイズに見えてくる。

別にちゃおが悪いわけじゃないけど、こんなふうに芸能人をアイコンとして消費することを学習する機会って、子供の頃からたくさんあるんだね。芸能人について消費するときのバランスってどの程度がちょうどいいのか、安易に答えは出ません。

2023/10/19

挨拶とスカートは短い方がいい

中間市長・福田健次

史上稀に見る性加害ニュースがまだ世間を揺るがす中、あまりにも小さいセクハラニュースが目に留まりました。

「『あいさつとスカートは短い方がいい』福岡県中間市長が不適切発言」

中間市の福田健次市長が10日、「北九州下関フェニックス」のシーズン報告会で、挨拶の冒頭に「挨拶とスカートは短い方がいいということで〜」と言い放ったらしい。

あれ？　私はこの名前、見覚えあるよ。すぐに過去の自分のコラムを検索。あった！

昨年6月9日号掲載の本コラム（この本の105ページ）によれば、福田健次は、ひろゆきこと西村博之の「人間性」とやらを評価して、中間市のシティプロモーション活動アドバイザーに就任させた人物でした。彼は元々福岡のローカルタレントで、言うことがとにかく軽薄。市長就任直後の「北九州人図鑑」なる番組ではいきなりMCの女性を「美佳ちゃん！」と下の名前で呼び、ふだんは「日本国の名だたる方々」が来るよう

あさイチが井ノ原快彦から華丸・大吉にかわったときは
けっこう不満の声も聞かれたが、5年半を経てまさかこんなことになるとは……
井ノ原
あさイチ
有働アナ
2018
近江アナ（当時）
大吉
華丸
九州男児だし…
イノッチがよかったのに…
考え方が古そう…
えー

な市長室で撮影させてあげていると胸を張る。政策をロクに語らず、拳を握りながら空虚な言葉ばかり連発する人物――と私は書いている。

そして、問題のフレーズにも私は覚えがありました。博多華丸・大吉の漫才です。

11年の『THE MANZAI』（フジ系）で、彼らは乾杯のスピーチを練習するというネタを披露しました。その際、自らのおじさん臭さも笑いのネタとしつつ、華丸は何度も「スピーチとスカートは短いほうがいい、などと申しますけども～」というフレーズを繰り返します。要は、このフレーズはダサいおじさん臭さの誇張表現になっていて、だからこそ「これは常套句」と主張する華丸に大吉は「古いしさぁ、若干セクハラなんで」と突っ込めるわけです。

ところが福田健次は、12年も前、まだ『あさイチ』を担当する前でジェンダー意識も希薄だった華丸・大吉ですら「古い、若干セクハラ」とネタにするほどの古典的セクハ

ラを真っ正面からおもしろい冗談として言ってのけ、しかもおそらく「華丸・大吉のネタばい。福岡人やったら分かるやろ」ってな感じで媚びを売っているわけだ（福田は石川県出身だが）。ああ、こっちが赤面するほどの野暮ったさ。

挨拶直後、彼は記者団からつつかれて「不適切ではない」とつっぱねたそうですが、翌日の11日、急に反省の意を示しました。「（発言が）笑えた時代もあったが、ふさわしくないととらえられるなら申し訳なかった」。あのね、この言い方も華丸・大吉に失礼だからね。あれは当時から「古い／セクハラだ／失礼だ」という前提だからこそ笑えるネタなんだから。

あと、「家族から言われたから反省した」的なことも言ったそうだけど、それも森喜朗とかがよく言うやつで、「俺は平気だけど、妻に言われたから折れてやったぜ」っていうただのマッチョ発言だからやめたほうがいいよ。

ひろゆきの件で名前を覚えておいてよかった。こういう昭和の垢をたっぷりつけたままの垢抜けない首長たちって、年齢や地域に限らずまだまだはびこってる。要注意です。

2023／10／26

めっちゃ良くないな／よく言いましたね！

ラランド・サーヤ

「性にまつわる世界のさまざまな話題や悩みについて、松本さんと多様な立場の出演者たちが、楽しくまじめに語り合います」というコンセプトの、『松本人志と世界ＬＯＶＥジャーナル』なるＮＨＫの特番。松本人志は著書『遺書』に性加害を軽視する記述があるなど、彼が番組に出ること自体がふさわしくない、として放送する前からバッシングを受けていました。「ＮＨＫは松本人志氏と呂布カルマ氏の性番組を放送しないでください」という署名運動まで起こる始末。

怖いもの見たさで見てみると、松本人志は、かなり露骨な内容のＶＴＲの時もワイプ内で照れ笑いせず真剣な表情で見ていました。署名運動側の懸念に比べれば、最低限の心構えはできている印象を受けました（ワイプは編集していないという前提で）。約30年前の著書からはさすがに考えが変わってますよね。

また、女性出演者がいい役割を果たしていました。男性がＡＶをセックスのお手本に

この判断は正しいと思った
タイトルからモメたんですよ 最初は「松本人志の（略）」だったんですよ
それ背負いすぎだろうと。「松本人志と」にしてもらいました
鈴木奈穂子アナ
本人も自分の意見がガンガン通る場とは思ってないだろうし、"の"は抵抗あったはず

してしまうという問題について鈴木涼美が語ると、松本は「間違った学び方もしてきた」とマジメなトーンで認め、そして「一時はよくほんとに、顔に（精液を）出すのが……」と言いかけました。すると、ラランド・サーヤは即座に「めっちゃ良くないな」「よく言いましたね！」とその行為を厳しく責めました。この番組は、非・吉本であるサーヤの強さが非常に合っている。女性陣が時々スマートに軌道修正をするので、松本・呂布カルマの男性陣もそう迂闊なことは言えない緊張感があったように思います。

じゃあ、良い番組だったかというと、う〜ん……。

今回、メインテーマが「マスターベーション」だったのだ。性を楽しむのは悪いことじゃない、という方向性はいいけれど、最初に選ぶべきテーマなのかなあ。

番組内でもサラッと触れられたけど、思春期の性の悩みを比較すると、男性が自慰行為や性器の悩みが多いのに対し、女性は月経や妊娠不安や避妊について。切迫感がまるで違う。やっぱり、男性中心に考えられたテーマなのかなあ。あるいは、出演者からして、重めのテーマは向いていないと見なしたのかも。性的同意や性被害問題や、あるいはＬＧＢＴＱ、そういう問題もほとんど触れられなかったなあ。今後やるのかなあ。

つまり、出演者よりも、番組内容や演出方法に引っかかってしまったのでした。

ちなみに、終始、鈴木涼美とサーヤはごく自然、松本と呂布カルマはどこか緊張して見えました。もはや出演者の様子がドキュメンタリー。見ていて私は意外にも、松本人志に同情的な気持ちになりました。彼は制作側にとっても、どうにか時代についていきたい（けどうまくついていけない）旧世代の代表みたいな役割なのかもしれない。冠番組なのにそんな立場、すごくやりづらそう。ゲストにしてあげてほしいと思っちゃった。

ところで、これ「ＬＯＶＥジャーナル」というより、どうしたって「ＳＥＸジャーナル」ですよね。ＳＥＸをタイトルにしづらいのは分かるけど、ＬＯＶＥとＳＥＸを混同するの、めっちゃ良くないな。

2023／11／2

ジャニーズは永久に不滅です！

NEWS・増田貴久

これを書くのは非常に勇気が要ることなのだけど、私はずっとジャニーズ事務所のあり方が嫌いでした。それはそれはもう、ずっと昔から。今さらこの状況で後出しで言うなんて、と言われそうだけど……まあ聞いてくれ。

事務所所属のタレント個人に嫌う理由はない。活動内容が好きだと思う個人もいる。ただ、総体として、事務所の売り方、名付けセンス、そして言わずもがな芸能界で勢力を持たせることを可能とするシステムだの圧力だの、性虐待の噂だの、全部もともと大の苦手でした。

でも、ジャニーズファンはとんでもない数です。日本で女ばかりの場でジャニーズ嫌いを表明するのは並大抵の勇気ではできません。巨大な反発や気まずさが起こりえます。自民党が嫌いとか吉本興業が嫌いとか言うのとはわけが違う。今、世間がやっとそう言える空気になったのだ。やっと見えない壁が破れた。

MCが問題といえば
最近こんな事件（?）もあったね
山崎まさよし、歌をまるで歌わず
ボンヤリしたMCばかりのライブを
して客からブーイング事件
え〜なんやろ
今日は歌いたくない…
お客さんと
しゃべりたくて…
歌って!!
払い戻しろ！

さて、また最近、旧ジャニーズのタレントたちが批判されるニュースがありました。「『セクハラ大歓迎』発言を謝罪」。10月14日、NEWSの広島公演で、MC中に増田貴久がコント的に会社社長に扮して「パワハラ、セクハラ大歓迎」と言い、小山慶一郎が「おまえはNGリストだ」と返す流れがあったらしい。

そっか、ライブだとこんな不謹慎ジョークも言っちゃうんだな。

私は、当日彼らがほかにどんなMCをしていたのか、ファンから無数に上がっている広島公演のレポートを読んでみました。

すると、増田のほかのMCのほうが怖く感じたのです。以下、複数のファンが書いていて、確実と思われる発言をいくつか拾ってみました。ちなみにその日は、あと数日でジャニーズが社名を変更する、という日です。

「ずっと（ジャニーズと）言い続けてやるからな俺は！」「ジャニーズ生まれジャニー

ズ育ち」「（新社名の公募について）ファンが一致団結して『ジャーニーズ』とかにすればいいんじゃ？」「これからもジャニーズ魂を守ります。ジャニーズは永久に不滅です！…よし、ネットニュースになってやる！」

これは実際に一部ネットニュースになったようですが、増田は驚くほどに「ジャニーズ」という名への執着を語っていました。

そして、ファンたちはこの発言を絶賛。よくぞ言った！　涙が止まらない！　ジャニーズの増田貴久が叩かれるなら全力で守る。負けるな！……ハッシュタグをつけて発言に疑問を呈す人なんて全くいない。感動の嵐。巨悪につぶされかけているいたいけな少年（37歳）を全力応援するぞ！という空気にあふれています。

ずっと親しんできた「ジャニーズ」という名前がなくなる悲しさまでは理解するけど、タレントも、大半のファンも、なぜそれをなくさねばならないかという本質からははるかに距離を取っている。

子供の頃からアイドルとして囲い込み、一人の責任ある成人に育て上げられないそんな事務所のあり方、私がいちばん嫌いなのはこの子供っぽい雰囲気でした。

2023／11／9

ひき肉です

ユーキャン新語・流行語大賞

今年もユーキャン新語・流行語大賞のノミネート30語が発表されましたねえ。毎年書いてますが、私はこのノミネート語の選考委員全体に「新流さん」という人格を与えています。長年の観察の結果、新流さんは政権に批判的で野球が好きなおじさんでほぼ間違いない。今年の新流さんの調子はどうかしら。

野球の話題だけは毎年欠かさない新流さんですが、今年は特に野球に興味がない私でも「アレ」や「ペッパーミル」を知っているくらいなので、野球関連語が多いのは許しましょう。30語の中に野球関連は4つ。「憧れるのをやめましょう」「アレ」「ペッパーミル・パフォーマンス／ラーズ・ヌートバー」「4年ぶり／声出し応援」。ま、妥当かな。4つでもどうにか我を抑えたほうですかね。

しかし、実は今年、その他のところで新流さんにはかなりの変化が見えます。

彼は若者の流行に疎いので（流行語大賞なのに……）、若者の流行については「語」

ではなく人名や作品名そのものを採用することが多かった（今年も、「新しい学校のリーダーズ」や「推しの子」などはその典型）。

しかし、今年は「ひき肉です／ちょんまげ小僧」を入れてきたのである！

正直に言う。恥ずかしながら、私はこの原稿を書くまでこの「ひき肉です」を全く知りませんでした。

ちなみにegg流行語大賞の第2位は
100枚つけま
…文字通り、eggのおバカ企画で、つけまを100枚つけるというものがネタとして流行。
100枚つきました〜
一応前は見えるらしい
バカバカしすぎて大好き。

「ひき肉です」は、中学生YouTuber「ちょんまげ小僧」のメンバー「ひき肉（人名）」が自己紹介するときの言葉。妙なふりつけを伴っているので、TikTokなどでまねる人が続出したそう。この「ひき肉です」、ギャル雑誌eggによる「egg流行語大賞」でもなんと3位なのである！

新流さんのセレクトが、eggが選んだ私の知らない単語と重なるなんて。少なからずショックでした。私はどうにかeggで1位だった「なぁぜなぁぜ？」を知っていたから面目を保てた（？）けど……私も年貢の納め時か？

というか新流さん、もしかして人格（中身）が変わったのかな？

そういえば、30語と銘打っているのに、「NGリスト／ジャニーズ問題」「推しの子／アイドル」「OSO18／アーバンベア」など、一項目に2つの単語をねじ込むパターンがやたら多く、9項目もある（去年は0！）。「流行語はこれ」と決めきることすらできないこの優柔不断さはどうだ。野球用語に強引さが見える例年の新流さんとは何かが違う。

政権批判的なものも少ない。一時期の新流さんだったら「人権侵犯」（杉田水脈関連）あたりの言葉にまで踏み込んでもおかしくないけど、候補にない。見た目イジりの要素が引っかかるとはいえ、「増税メガネ」は十分に流行ってたと思うけど、これも候補にない。そのわりに、大して流行っていなかった「エッフェル姉さん」は入っている。もしかして、ネタにしても怒られなさそうなラインの政治家を狙ってません？

国際問題も毎年一つ二つ入るけど、今年はウクライナ関連語も、イスラエル・ガザの関連語も全くありません。

若者についていけない新流さんをネタにしていた頃はまだよかったのかも。人格がこの方向で変節していくのはいいことなのかどうなのか……。

2023／11／16

私は、れいわ新選組の政策に共感します

捏造された蒼井優のコメント

ネット上に拡散したデマ情報について、蒼井優の所属事務所が声明を出すまでに至ってしまった。「本日、某まとめサイトにて掲載されXにて拡散されております弊社所属の蒼井優のれいわ新選組、および山本太郎氏に対するコメントですが、全くの事実無根です」と。この件、一体どんなデマがどのように広がったのか調べてみました。

①11月9日、「えす2nd」なる人物が、「マジか、ちょっとショック」とコメントをつけ、どこかのサイトに載っていた、れいわ新選組を支持する有名人のリストを投稿。そこには「蒼井優さんのコメント」として「私は、れいわ新選組の政策に共感します。太郎さんは、若者に対して、真摯に向き合ってくれています」などとあった。

②「えす2nd」はプロフィールに「安倍晋三元総理リスペクト。（略）杉田水脈さん、高市早苗さん支持」などと書く人物。フォロワーもある程度多いため、アンチれいわの人たちが「蒼井優にガッカリ」などと投稿して拡散。

③同時にれいわ支持者にもこの情報が広まり、蒼井優が持ちあげられる。

④実は②③の盛り上がりは特に大きくなかったが、事務所は早々に冒頭の声明を発表。

⑤アンチれいわ側はこのデマをれいわの党本部の仕業だと根拠なく断定し、「だかられいわは！」と罵倒して盛り上がる人が続出。

⑥逆に支持者は、これはむしろアンチや自民党が仕掛けたデマだなどと、こちらも根拠なく反論（元ブログはともかく、拡散したのはアンチの人なので、一部は正しいかも）。

……と、こんな流れ。

そもそも蒼井優がれいわ支持だという情報が載っていたのは、「図書館の自習室ブログ」なる全く無名のサイトです。ここには「彼女（蒼井優）は（略）自身のＳＮＳで、山本太郎氏を応援するコメントを投稿しています」ともありましたが、蒼井優はそもそもＳＮＳをやっていない。情報にまるで根拠がありません。そんなサイトに「ちょっとショック」を受けて拡散するなんて、余程のネット初心者か、最初から炎上狙いか、どっちかですよね。

この「図書館の自習室ブログ」の書き手は、れいわ支持の芸能人をやや好意的に取り上げたかと思いきや、サイト内には「れいわ新選組やばいまとめ！」なる否定的な記事もあり（消去済）、おそらく節操なしで、主義主張もなし。このサイトは、過去の記事を見るとタイトル通りに全国の自習室情報を挙げていたようですが、それではアクセス数が稼げないので芸能や政治ネタにもテキトーに手を伸ばし始めたんでしょう。掃いて捨てるほどある無根拠なまとめサイトの一つです。

ということで、まとめです。

・芸能人がどこかの政党を支持していると発表することは悪いことではない。
・しかしデマはしっかり否定されるべき。
・ネット上の情報については、極力、根拠を探せ。
・自分から見たアンチ側にも、味方側にも、ネットの無根拠な情報を都合よく利用する人がいるので要注意。

以上です。いかがでしたか？（まとめサイト風の締め）

2023／11／23

ヘアアイロンで火傷をすることは劇団内では日常的にある

宝塚歌劇団・井塲睦之

ビッグモーター、ジャニーズについで、宝塚の会見というのが今年の三大・失敗記者会見となるのでしょうね。

宝塚の会見はツッコミどころだらけだけど、やはり神は細部に宿る。ビッグモーターの社長が、ゴルフボールで顧客の車を故意に傷つけた社員について「ゴルフを愛する人への冒瀆ですよ」とトンチンカンな発言をしたように、今回も目立つ「細部」がある。

上級生が故意に被害者（故人）をヘアアイロンで火傷させたという疑惑について、劇団側は「ヘアアイロンで火傷をすることは劇団内では日常的にある」と言ってのけたのだ。不謹慎ながら、ボビー・オロゴンが暴れた時のムルアカのフォロー「アフリカではよくあること」という間抜けなセリフを思い出してしまった。「宝塚ではよくあること」。

この件、被害者側弁護士による説明――「宙組上級生が7階にある第3会議室に被災者（故人）を呼び出しました」「火傷事件について、A（上級生）は故意にやっていな

いのではないかと、やっていないということを被災者に答えさせようとして執拗に質問を繰り返しました」「上級生４名が中心となり、宙組劇団全体の場で、この問題を取り上げました。被災者は話をしませんでした。できる状況ではありませんでした。そして、過呼吸の状況に陥り（後略）」……の具体性・迫真性と比べれば、どちらが現実に近いかは自明に思えます。

それにしても、「女の園」であるはずの宝塚でも、会見に出てくるトップはおじさんだらけだということに私は少なからず衝撃を受けました。宝塚も、上級生が絶対で、上位者は暴力も含めた理不尽な圧力をもって下位の者を支配するという構造。これって、綿々と受け継がれている悪しき日本の集団芸です。軍隊とか体育会系部活とかに顕著だし、とても男性的・家父長制的なものに思える。被害者側の訴えに堂々と「いじめの証拠を見せろ」的なことを言い返す村上浩爾新理事長を見れば、やっぱり宝塚は「女同士って怖いねぇ」なんて方向性で語られるものではないと思います。

また、私がもう一つ気になったのは、匿名の人物による「ジェンヌの個人FC運営で鬱になった話」なるネット上での告発です。これ、記述がかなり具体的。

これによれば、宝塚には公式ファンクラブ以外にもタカラジェンヌ個人の私設ファンクラブがあり、この人物は平日は会社員として働きながら、この運営スタッフを数年務めたそう。この「業務」は無給かつ経費も持ち出しで、常にジェンヌ本人や関係者の呼び出しに備え、公演中は忙しすぎて1時間眠れれば御の字という激務。最終的に倒れて辞めたらしい。

無給の重労働も常軌を逸していますが、さらにこのファンクラブには宝塚ならではの上下関係まで適用されており、上級生のファンクラブを常に立てなければならず、上級生のファンクラブから厳しい指導を受けて謝罪文を書かされることもあるらしい。「対象への愛」を人質にとって、無給でファンにここまでさせることができる強固なシステムが成立しているのだ。本業である劇団員は言わずもがなでしょう。こんなお茶を濁した会見では終われない。

2023／11／30

コタツ記事

弁護士ドットコムニュース

ネットメディア「弁護士ドットコムニュース」は、ジャーナリストの江川紹子がX（旧ツイッター）で「スポーツ紙のコタツ記事は、なんとかならないか」と書いたことについて言及し、「ジャーナリストの江川紹子さんが、いわゆる『コタツ記事』を量産するスポーツ紙に痛烈な皮肉をぶつけた」というコタツ記事を発表した。

――これは、コタツ記事批判を元にして、スポーツ紙への皮肉として書かれたコタツ記事をさらにコタツ記事にしたものである。ああ、非常に読みづらい。

おふざけは置いといて、改めて「コタツ記事」を説明すると、取材を一切せず、コタツに入ったまま書けるような記事を揶揄する言葉です。特に、ネットニュースで、有名人の発言やSNSの文を勝手に抜き出して構成し、分析も批判も一切加えず「〇〇さんがこう言ってました」というだけの内容のものを呼ぶことが多いと思われます。

ちなみに江川紹子が例として上げたウェブ版中日スポーツの「江川紹子さん、羽生結

私も以前にこの手の記事を作られ、腹が立って、ツイッターのプロフィールに
↓この一文を書き足した。
能町みね子
@nmcmnc
ツイートの転載は10万円いただきます
ぐぬぬ
コイツは手を出せない…
ペーペー記者
スポーツ紙ペーペー記者
法的効力があるかどうか知らないが本当に記事は作られなくなった……
みんな訴訟や金銭トラブルは怖いのだ

弦さん離婚発表の『モヤモヤ3つ』を考察『苦しめているのは、誰のどういう行為なのか』」という記事を調べてみると、本文691文字中、江川のブログからの転載部分が488字。実に約70％が丸写しで、中日スポーツ独自の見解は皆無。これで原稿料も払われず、時には勝手に刺激的なタイトルをつけられ、批判だけは書いた人にいくのだ。不条理だ。

中日スポーツは、「○○さんが△日に自身のX（旧ツイッター）を更新」という定型文でコタツ記事を量産しています。私はこのフレーズで試しに今年9月以降の記事を検索し、「最近、中スポにコタツ記事を作られている人ベスト5」を調べてみました。

①ひろゆき（25回）②紀藤正樹弁護士（16回）③伊織もえ（12回）④泉房穂・前明石市長（11回）⑤江川紹子（7回）

江川さん、見事ランクイン。

明らかに毛色の違う「伊織もえ」はコスプレイヤー。コスプレ写真などを本人が出すのに応じて記事が作られている。これもPV稼ぎに役立つんだろうなあ。でも、職業柄、広めてもらえた方がうれしいって面もあるのかな。

え、もしかして、スポーツ紙側は、親切心で意見を広めてやってるつもり？

このコタツ記事の手口はずいぶん前から批判されてるけど、スポーツ紙が金も手間もかけず楽にページビューを稼げて責任も不要だからやめられないんだと思ってました。でも、1位のひろゆきなんて炎上してナンボの人だし、ほかの3人も確かに意見が賛否両論呼びそうな人たち。新聞側はもしかして、「炎上させてでも意見を広めたいだろ？協力してやるよ」とでも思っているのか。ゾッとする。

以前から私は冗談で、私自身のこの連載について「最高のコタツ記事を目指す」と言っていました。実際、私はネットを掘り起こして論考を加える手法なので、コタツから出ずにコラムを作れる。今後、私みたいな手法のものをコタツ記事と呼ぼうよ。

じゃあスポーツ紙のあれは何かというと、やはり「盗用」あるいは「剽窃」でしょう。犯罪っぽい名前にしないと止まらないよこれは。

2023/12/7

性加害

辞書を編む人が選ぶ「今年の新語」

年末に何かと発表される「流行語ランキング」の類で私が気にしているのは、まず王道の「ユーキャン新語・流行語大賞」、そして「ＪＣ・ＪＫ流行語大賞」などの若者を対象としたもの、もう一つは三省堂が主催する「辞書を編む人が選ぶ『今年の新語』」。この3種類です。

でも最近、若者対象の二つめは、TikTok等で流行った言葉そのものであることが多くてちょっと残念。今年の「ＪＣ・ＪＫ」の「コトバ部門」1位も、中学生YouTuber「ちょんまげ小僧」のメンバーの自己紹介フレーズ「ひき肉です」でした。時勢を反映している感じもあまりないし、この言葉は本家「ユーキャン」のほうのノミネート語にも入っていて、若者ならではの勢いをあまり感じない。

一方でずっと頼りにしているのは三つめの「今年の新語」。流行し、かつ、すぐに忘れ去られることなく今後も使われそうな新しい言葉が選ばれるので、私はいちばん注目

「かわちい」は、ずーっと変わらない
若者の基本語「かわいい」の
変化に対する評価でもあるらしい。
90s コギャル
かわいー
プリクラ
00s 姫ギャル
かわいい♡
写メ
20s
かわ…ちい
TikTok
確かに「かわいい」はずーっと「かわいい」。
「かわちい」も一過性のような気もするが…

しています。

今年のランキングは11月30日に発表されました。1位から順に、地球沸騰化／ハルシネーション／かわちい／性加害・性被害／〇〇ウォッシュ。

言葉の意味はおのおの調べていただくとして、硬軟どちらもあり、確実に世間の流行を捉えた言葉になっています。3位に「かわちい」が入ったのはちょっと意外だったけど、選評を読むと、単に一過性の言葉を選んだわけではないとわかります。

さて、私がこの中で、確かに！　と膝を打ったのは「性加害・性被害」でした。言うまでもなくジャニーズ問題によって広く使われるようになった言葉ですが、とくに「性加害」のほうは、私自身、使いやすい言葉だと思って最近多用するようになった自覚があります。

自分がいつ使ったかさかのぼってみると、このコラムでは去年の4月、榊英雄や木下ほうかなどの性加害問題の時が初出らしい。おそらく報道でこの言葉が使われていたからそのまま倣《なら》ったのだと思います。ここ数年こういった問題が広く語られるようになり、ジャニーズ問題によって一気に拡散した感じ。

選評によれば「従来、『セクハラ』『痴漢』『性暴力』（またはその被害）などの表現は一般的でしたが、それらすべてを含む表現が私たちの身近には用意されていませんでした」と。まさにそれだ。

さまざまな被害があり、具体的な表現が憚られたり、詳細が不明だったりしながらもそれを総合して呼ばなければいけないとき、「性」に関わる「加害」であることを過不足なくドライに表現する「性加害」という言い方はとても便利です。私自身あまりに自然に使い始めていて、新語だという自覚もなかったよ。この言葉を使おうと決断したどこかのメディアの人、ありがとう。言葉のおかげで報道がしやすくなった面は確実にあったと思う。

ついこの間まで「イタズラ」なんて言葉で性加害を表現することもあったんだから、適した言葉の発明はとても大事。今もきっといろんな分野に、当てはまる言葉を必要としている人がたくさんいる。

2023／12／14

そりゃ知ってるやろ、来年とか？　再来年とか？

銀シャリ・橋本直

M－1の決勝進出者が発表されたこの年末、あるM－1優勝経験者の、ひどい漫才が発表されたのを君は見たか。

7年前に優勝したコンビ・銀シャリが、漫才で万博をアピールしているCMです。

いや、彼らは悪くない。こんなネタ、さすがに本人たちが考えたものじゃなかろう。彼らは吉本所属。いまや大阪＝維新＝吉本。維新とガッチリ組んで万博を推進する吉本が彼らを駆り出し、バッチリ誰かの台本通りやらせたんでしょう。そうですよね？

お上は最近、大きなイベントがある時はいつの間にかいろんな動画をせっせと作ってYouTubeに上げがちです。この万博の公式チャンネルにも、銀シャリの漫才のみならず、気づけばすごい数の動画があがっています。そして、この手の動画がほとんど見られていないのもいつものこと。「アンバサダー」のダウンタウンがコメントしてる2年前の動画ですら再生回数6千回強。銀シャリの漫才の動画も、ほぼ同様のものが2回

ミャクミャクのかぶりものをさせられ、台本通りの漫才をさせられるお仕事
来年…？去年か…？
万博知ってます～？
居心地わるそう…
橋本
鰻
「させられる」と書いちゃいましたが
万が一、兆が一、彼らが作ったネタだとしたら…（ネタのハンパさに）失望してしまいそう
※銀シャリは好きなんです

アップされていますが、２つ合わせても再生回数７千回程度（コラム執筆時）。お金と手間をかけて一体何のために作っているのだろう。

で、その漫才の内容ですが。

万博のお得な前売りチケット販売開始！　と宣伝する内容の漫才なので、万博がこんなにすばらしい、という話をするのは当然で、それはまあいい。

ただ、Ｍ－１好きの私に言わせれば、銀シャリの漫才と言えば普通は、天然ボケのような柔らかい調子の鰻のボケを、理屈っぽそうな橋本が例えなども多用しながら口数多く突っ込むものです。これが彼らの味です。

でも、万博の漫才はなぜか橋本がボケをやらされているようです。冒頭、鰻に万博を知っているか聞かれた橋本は「そりゃ知ってるやろ、来年とか？　再来年とか？」などと、ボケとも言えないボケを返す。そのあとも、万博のしっかりした内容説明を担うのはおおむね鰻のほう。橋本は万博をよく知らない人という立場（ボケ?）で漫才は進みます。心なしか、橋本はずっと居心地悪そうな顔です。

絶対に役目が逆だ。

たまに橋本が突っ込んだかと思うと、鰻が「今ごろ万博のサイトも（予約が殺到して）パンパンなってるでしょう」と普通のことを言ったのに対し「いや銀シャリがパンって言うな、お前、ややこしい」と、ピント外れの不必要なツッコミをやらされています。ついでに言えば、肝心のチケットの値段や購入方法などはまったく語られず、販売先のリンクすら載っていない。パンパンにはならなそう。

誰かが吉本芸人から適当に選び、彼らの個性など何も知らない人が台本をあてがったのかな。〝維新＝吉本混成体〟的な力によってコマのように使われる吉本芸人たち、気の毒で見てられないよ。

思えば、万博とセットで開発されるＩＲのＰＲ動画でも、美術家・奈良美智の作品「あおもり犬」らしきものが無断で使われてましたね。一連の開発に関わる〝維新＝吉本的な人たち〟には、ゼロからイチを作り出す人に対する敬意なんか何もないのだ。

2023／12／21

男性器がついているかは確認中

山陰放送

活動家の方々の成果が覿面に出て、偏見に基づいたトランスジェンダーに対する憎悪が順調に世間に広まっているなあ、と恐怖を感じる今日。

私がここで皮肉を込めて「活動家」と呼んでいるのは、「男性器がある体で女湯に入ってくる、ほぼ犯罪者と見なしてよい人物をトランスジェンダー女性と故意に同一視することにより、トランスジェンダーに対する差別・憎悪を正当化するために日々努力している人たち」。こう定義したい。主にネット保守に多いが、素朴な恐怖を煽られるせいで、フェミニストを名乗る人がなぜかこの活動に乗ることも多い。

12月8日のこと。山陰放送のあるニュースの文末を見て、私は衝撃を受けたのだ。

「大衆浴場の女湯に入り、面識のない女性（20代）の体を触る…自称無職の男（32）を逮捕『マッサージのために女性の体を触った』と否認」。

事件を簡単にまとめれば、不法侵入&痴漢である。しかし、このニュースの文末を山陰放送はなんとこんなふうにまとめた。

「米子警察署は、男の心が女性であるかどうかは捜査中で、男性器がついているかは確認中としていて、詳しい事件の経緯や動機などについて調べています」。

この文、要るのか？

仮にある殺人事件の犯人が捕まったとき、「署は、容疑者が韓国人であるかどうかは捜査中」——文末をこうまとめたら大問題だ。仮に結果として犯人が韓国人だったとしても、この時点では不要だ。だって、国籍が何だろうが罪は罪。こんな文があれば、すなわち「韓国人の可能性があるのか。やっぱり韓国人は悪いことをするんだ」と、ネット上で喜んで韓国人を差別する一定の層に対しての目配せとなる。つまりこれは純度の高い差別煽動となる。

山陰放送はネット上で差別されがちな層を今後もしっかりと差別していって下さい。
県内で殺人事件が起き、男が逮捕されました。なお、男が女性の心を持っているか、男に男性器がついているか、男が韓国人であるか、男が中国人であるか、男がイスラム教徒であるか、男に知的障害があるか、男が未婚であるか、男が低身長で
あるか、男が低所得者であるか、男が低学歴であるか、
男がキラキラネームであるか、男が……（略）……は現在捜査中とのことです。
たいへんだ!! 怖い! やっぱり（長すぎて略）は犯罪者なんだ〜〜

山陰放送（あるいは米子警察署）の行為はこれと同じ。「心が女性だと称する

男」こそがこんな罪を犯すはずだという偏見に基づき、同様の偏見がある層に秋波を送っている。そして、「男性器がついているかは確認中」と書くことで、「男性器がついていない場合は対応が変わるかも」と思わせ、「ついていなかったら犯罪にならないかも⁉」と、恐怖を煽っているのだ。

冷静に考えれば、「女湯で知らない人の体をみだりに触り、相手が不快に感じた」時点で、行為主体が誰であろうと――男性でも、男性器を除去した元・男性でも、生まれながらの女性でも――全員犯罪になりうる。「男性器がついていなかったので、痴漢行為は無罪」なんてことはありえない。それでもこの文章をあえて入れた山陰放送に、私はかなり根深い憎悪煽動を感じる。

ちなみに、さんいん中央テレビも同事件を報じているが、この男の性自認や男性器の有無については一切触れていない。事件に関係ないんだから、それが普通だろう。

米子警察署と山陰放送は今後も、差別心を全面開示し、全ての男性の犯罪に「男性器がついているかは確認中」と発表するべきだと思う。この報道にこう書くことが必要だというなら、すべての犯罪報道にも当然必要ですから。

2023/12/28

税

今年の漢字

この連載、「ユーキャン新語・流行語大賞」を始めとして、年末に発表される流行語の類は毎年必ず話題にしますが、同様に毎年恒例の、日本漢字能力検定協会「今年の漢字」はめったにとりあげません。調べてみると、4年前に取り上げたのが最後でした。なぜ取り上げないか。それは、4年前も書いたけど、つまらないからだ。文字を大にして書きたい。つまらない！ちなみに4年前の漢字は……ジャーン！「令」でした！令和元年だったからです。それだけ。何も話題がふくらまない、予想を上回る無難さ。「ユーキャン」みたいに、「なぜこれが？」「偏ってるなあ」「また野球用語ばかりだ」と突っ込むことすらできない。語り合う楽しみもない。

個人個人が「自分の今年の一字」を考えるというなら、その後の話もふくらむし、いい企画だと思うんですよ。でも、日本国の丸一年を一字でまとめるのはそもそも無理が

今年の漢字は
毎年清水寺の貫主さんが
書いてますが
ワイワイ
ワイワイ
2023 今年のカタカナ
オーバーツーリズム
今年は漢字どころじゃなく
大変そうですよね…

あります。しかもこれはシンプルに投票数によって決まるので、誰もがよく知る、突飛さがない、最大公約数的な一字におさまってしまいます。

　何度もしつこく選ばれる文字もあります。オリンピックの年はだいたい「金メダルで盛り上がる一方、政治家のカネの問題が噴出した一年だった」なんて言われて「金」の字になってしまう。実際、２０００、２０１２、２０１６、２０２１年と、オリンピック開催年に４回も「金」が選ばれています。どうせ政治とカネの問題なんか毎年出るんだから、次のオリンピックの年は初めから「金」でいいよ。

　今年は「税」だそう。増税が議論されたりインボイス制度が導入されたり、一年を通じて税に関する様々な話題が続いたからなんだって。税は9年ぶり2回目。へ〜。

　この調子だと今後もせいぜい十数個の漢字でずっと回していくことになると思う。せめて「以前に出た漢字はナシ」にすれば範囲が狭まっていって面白いのに。どんどん減らして追い込んでいこうよ！

試しに今年の投票上位から過去に選ばれた字を省くと、1位から順に、税・暑・戦・虎と、4位までが既出です（「虎」すらも！　なんと2003年のタイガース優勝年にすでに出ていた）。となると、5位の「勝」が選ばれることになります。

え、「勝」？……何が？

どうもWBCや阪神の優勝とか、あるいはコロナに勝ったとか、そういうことらしい。5位にもなるとこんなにもピンと来ないのか。こりゃあ突っ込み甲斐がありますよ。こういう選び方でよくない？

また、今年もう一つ思ったのは、もしかしたら新語・流行語のほうに載せづらい気持ちがこっちに流入しているのでは、ということ。

流行語大賞の類に「増税メガネ」を推す声をちまたではけっこう見ましたが、これはシンプルに個人の悪口だし、少々見た目を腐してる感もあるので、ほとんどの賞でノミネートされていません。その一方で、こちらではこっそりと「税」が選ばれている。

あまり大っぴらに流行語にしづらいことを「漢字」に押しつければ、この無難なコンテストも少しは面白いものになるのかも。

2024/1/4・11

X

イーロン・マスク

ツイッターが「X」になったときにこの語は取り上げたけど、また取り上げたくなりました。さらに悪い意味で。

東日本大震災のときは、マスコミが追い切れない情報が民間レベルから上がったり、知人の安否がすぐ確認できたりと、ツイッターは情報拡散に役立ったイメージがありました（もちろん当時もデマや誤情報はありましたが）。

ところがこのたびの能登の大震災では、ツイッター改めXがデマだらけです。

東日本大震災の際のデマは、誤情報だけど本人は善意で広めていたり、仲間内の冗談のつもりが予想外に広がってしまったり、という程度のものが多かったように思う。しかし今回は、最初から悪意で作られたデマが拡散されているように見え、それに加えて「善意」による誤情報も多いし、拡散も早い。

おそらく被災していないのに架空の住所や実在の他人の住所を記して救助を求める、

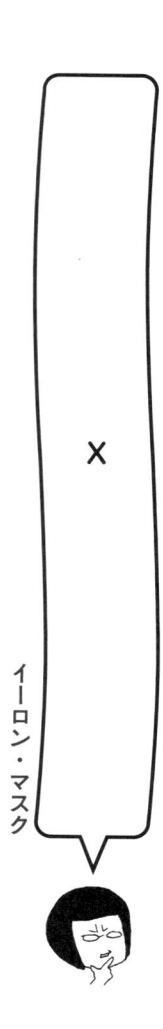

悪事で名を馳せた人の
禊（というか、一発逆転）の手段として
最近 政界進出 と 災害ボランティア が
セットになってしまった気がする
すでに現地入り
車中泊なんて久しぶりにしたな。被災地を荒らす奴は問答無用で排除する
震災に乗っかり犯罪行為するヤカラ
私人逮捕!!
Hりゅう
Rコロアキ
2人とも私人逮捕を匂わせていて
トラブルの予感しかしない……

飛び抜けて悪質な者。車の写真を勝手に晒してこれが火事場泥棒の車だと真偽不明の情報を流し、私的制裁を求める者（関東大震災時の朝鮮人虐殺を思わせる）。「火事場泥棒は殺してもいい」と書き込んで真偽不明の情報への怒りをあおり立てる呂布カルマ。「震災に乗っかり犯罪行為もするヤカラ私人逮捕しましょう」と、現地入りの計画を楽しそうにほのめかす私人逮捕系の某迷惑YouTuber。

一方で、自民党や岸田文雄憎しのあまり、彼の震災対応を根拠が薄弱なまま拙速に叩く人々もいる。これらの書き込みは拡散され、するとその一つ一つに対して、インプ稼ぎ（Xはインプレッション＝閲覧数によって報酬が入るため、バズった書き込みに意味もなく返信をつけることで便乗して金が稼げる）のために意味不明なリプライが金魚の糞のように大量に付く。重要な情報が何なのかさっぱり分からない。地獄。

私は無力さを感じつつ、SNSでは震

災関連のデマを訂正することばかり気にしてしまった。正しい情報を拡散する自信はもう持てない。

ああ……これがXだ。

私はこれまでしつこく「ツイッター」と呼んでいたけれど、このたびついに、「これがXになったということか」と悟ってしまった。混沌としてるけど善意のほうがどうにか辛勝するのがツイッター、イーロン・マスクが「バズれば勝ち」主義を堂々と導入したことで悪意が浄化されなくなったのがXだ。名前のダサさに合わせて、本質的に違うものになったのだ。

そう、「X」なんて名前はダサすぎた（X JAPANには悪いけど）。使用頻度の低いアルファベットでもあるZ・Q・Xのような文字は、幼稚なカッコつけ方をする子供たちが好む印象がある。「結局稼げる人が勝ちじゃん」なんて知ったような顔で言う、生意気な中学生みたいな。

これらの文字って、「Z」なら親ロシアのシンボル、「Q」といえば神真都QやQアノン……くしくも最近騒がれる、知的でない禍々しい団体ばかり思いつく。そして、「X」……。文字に罪はないけど、もはや三大「忌まわしいアルファベット」。

2024/1/18

松本さんも本当に本当に素敵で

松本人志性加害疑惑の被害者とされる女性

松本人志の性加害疑惑報道に関して、流出したとされるＬＩＮＥのやりとり。私はこれだけでいくらでも語りたい。

２０１５年11月８日22時23～24分にかけ、スピードワゴン・小沢から被害者とされるＡ子さんに「いまどんな感じですかー？」「大丈夫？」「無理すんなよ」と３連続ＬＩＮＥ。そして翌日０時26分、Ａ子さんから小沢へ「小沢さん、今日は幻みたいに稀少な会をありがとうございました。会えて嬉しかったです／松本さんも本当に本当に素敵で、○○さんも最後までとても優しくて／小沢さんから頂けたご縁に感謝します。／もう皆それぞれ帰宅しました／ありがとうございました」（以上、○○は個人名の伏せ字、絵文字は省略）

――このやりとりが流出し、松本人志は「とうとう出たね」と勝利宣言をし、特にＡ子さんの返信をもって「女性も喜んでる＝合意」論が後押しされたわけですが。

2015年2月「人志松本のすべらない話」関連のイベントで、博多大吉が証言してしまっている。
（松本さんが福岡に行くから）女の子をちゃんと用意するように……（と言われて女の子を誘ったが）「飲み会には行きたくない。なぜなら何されるかわからない」と
いただける笑いよりものちに与えられる暴力のほうが……（上回ると）
フハハハハ
もちろん冗談で言っているのだが、文字どおりの「暴力」がネタ化している浜田はともかく、松本の話で「暴力」というのはつまり……う〜ん

もちろん現時点で性加害の有無が分からないことは前提として、私はこの文面から、少なくとも女性は松本人志と会っても嬉しく感じていなかった、そして、小沢一敬に不快感を持ったことを読み取ることができると思います。

もし、楽しい飲み会が行われ、本当に小沢に感謝し、松本に会えたという僥倖に喜んでいたらどういうＬＩＮＥを送るか。――まず、何かを心配していた小沢の３連続ＬＩＮＥに「お返事できなくてごめんなさい！」じゃない？

ＬＩＮＥは、親密な相手となら短い時間でポンポンやりとりすることに魅力があるもの。目上の人からの返信を求めるＬＩＮＥを放置して３通も溜めるなんて、失礼です。一度これを謝るのが普通じゃないだろうか。ＬＩＮＥを放置したことを謝っていない時点で、放置せざるをえなかった事情を互いに理解していたとしか思えない。

また、長文で感謝の言葉を一気に書き「ありがとうございました」で締める態度には、

追加質問がなるべく出ないよう、最低限のお礼を全項目について言い切って、極力やりとりをさっさと終わらせたいという気持ちが見えます。

そして、感謝の内容が薄い。

確かに、「幻みたいに稀少な会」「本当に本当に素敵」など、大仰な言葉を使ってはいるけれど……、具体的な表現が何もないのだ。

会えた嬉しさが大きければ、記述は具体的にならないだろうか。実際の会話内容を記して「〇〇って言ってくださって」とか、容姿を評して「間近で拝見したら肌や手がすごく綺麗で」とか。「本当に本当に素敵」……包装紙が分厚いだけでこんなに中身のない褒め言葉、なかなかない。

とりわけ、松本ほどの大物なら「(私みたいな者にも)気さくに接してくれて」という定番の褒め言葉があるはずなのだが、「気さく」すらないというのは印象が相当悪かったことが窺えてしまう。「嬉しかった」があっても「楽しかった」がない、というのも象徴的。芸人と会って「面白かった」どころか「楽しかった」がないとは……。

こんな空虚な感謝の言葉で「とうとう出たね」と言えてしまう彼、やはりおだてられつづけてそのへんの機微が見えなくなっていたとしか思えず、切なさすら感じます。

2024/1/25

ふーん

山田涼介

　ふと思った。去年の「今年の漢字」、「旧」がよかったな。旧ツイッター、旧ジャニーズ。そしてまだ旧統一教会問題もある。「旧〇〇」の周辺のよどみがたくさん見えた年でした。

　ところが芸能界では年末から松本人志の問題が大騒動になり、さらには年明けには能登に大震災が来てしまった。この感じだと旧ジャニーズ問題は忘れられそうです。

　そういえば、KAT-TUNの中丸雄一と笹崎里菜が結婚したというニュースで、各紙は「中丸さんが所属する『SMILE-UP.』が明らかにした」と書いています。え？ジャニーズ事務所を引き継いだのはスマイルアップだけど、スマイルアップは被害者補償のために残す会社で、マネジメントは新会社（スタートエンターテイメント）がするって話じゃなかったっけ。

　性加害問題の「当事者の会」も、ちょうどこの件を訴えていました。15日の会見で、スマイル社がこれまでと同様に公然とマネジメント事業を続けていること、そのほか、年間400億円ともいわれるファンクラブ会費について言及がないこと、事務所側が被害者への態度を硬化させていることなどを指摘（これもあまり報じられてないな）。すでにこの問題はグダグダになりかけている。

そんななか、新年にスポーツ報知がHey! Say! JUMPの山田涼介にインタビューしていたのだが、これがなかなかの代物でした。

元ネタ
スタート社 福田淳氏
そんなとき 二宮和也は インスタでさっそく
菊池風磨の
左右逆だけどね
新社長のマネ なんかやってて、さすがバランス感覚にすぐれたアイドルだなぁと…
新社長いらっしゃった。
菊池風磨

旧ジャニタレへのインタビューって、問題発覚以前からどうも表層的なものが多い印象があるんですが、これはむしろ昨年の問題についてしっかり語っている。そして、本音を語っただけにマズいことになっています。

かつては辞めたいと思うこともあったが、去年の騒動を経てもそういう気持ちにはならなかったそうで、『ふーん』と思いながらも、もちろん悔しさもあって」「今まで積み上げてきたものが、一緒くたに見られて」「悔しいとも、生きにくい世の中だとも思う」「次、何をしたら楽しんでもらえるのか。そんなことを考える時間にしたら効率が良いでしょ？　効率が悪いことは嫌い」と語ったらしい。

彼自身が仮に被害に遭っていなかったとして、確かにとばっちりを受けたような思いもあるんでしょう。でも、近い関係のところに性被害者がいるのに、「『ふーん』と思」うとか、この問題が騒がれることを「生きにくい世の中」と言うとか、こういう問題に対峙することを「効率が悪い」と言うとか……。冷笑主義的というか、ひろゆき的というか。本音にも程があります。

インタビューは終始このスタンスを「逆境を楽しんでいる」という方向性でまとめています。そして最後は「僕には、これしかない。命を削って、ここに懸けている」とカッコよくまとめられているのですが、とりわけ「命を削る」なんて言葉は、この問題に絡めた場合は絶対に言えないんじゃないでしょうか。デリカシーがなさすぎる。この原稿でヨシとした事務所側も新聞側も怖い。スマイルアップの人たちはこのスタンスで行くのかな。本当にいいんですかね。

2024/2/1

説得力すごい／100％言う通り

ネット記事のタイトル

テレビでの有名人の発言をもとに（おそらく勝手に）量産されるスポーツ紙系の安易なネット記事（いわゆるコタツ記事）って多いけど、最近はYouTubeでの発言まで使われはじめました。実は記事にされた側としても、自分の影響力が強まるから結果オーライなのかもしれない。

こういう記事は大体、「人物名／動画での発言概要および抜き出し／動画についた一般ユーザーのコメント」という形のタイトルになっています。例えば、1月25日のスポニチ。「北村弁護士、羽田〝ペット犠牲〟を解説『日本は遅れてる』の声に反論『さすが』『おっしゃる通りです』」。

北村晴男がYouTubeで、1月2日の飛行機事故でペットが犠牲になったことに「正直やむを得ない」という普通の結論を述べていることを流用した記事です。記事タイトルによれば、視聴者からこの動画に「さすが」「おっしゃる通りです」というコメント

しゃべり方もふつう
う〜ん これは難しいですねぇ……
松本人志さん性加害報道
39万回視聴 3日前
本題とはズレますが、これといって演出もない北村弁護士のYouTubeがこの再生回数って… テレビの影響ってすごいなと。
「行列のできる法律相談所」も吉本色の番組だし

がついた、と読めます。実際、記事の最後は「〜と、さまざまなコメントが寄せられた」として、実際に動画に寄せられたと思しきたくさんの文章が流用されています。

　ところが、記事内の流用コメントを見ても、さらには元の動画のすべてのコメントを見ても、「さすが」「おっしゃる通りです」というフレーズは見当たらないのだ。これ、スポニチの創作である可能性がかなり高い。こんな些細なところを捏造するの？　びっくり！

　動画についたコメントなんて、多くの人にとってどうでもいい。それを逆手に取り、発言者をおだてるコメントを創作してでも載せ、パクリ元を懐柔したいのかもしれない。

　この調子でおだててしまい、気味の悪いことになっているのはデイリーの1月18日の記事。「『大物芸人からの性被害受けた』人気女性YouTuber告白も『告発しない』理由に『説得力すごい』『100％言う通り』」。

元の動画を見ると、青木歌音なるYouTuberが松本人志の一連の報道を受け、ある大物芸人から強引に誘われて行為に至ってしまったという8年前の経験を告白していま す。ところが、男性側への嫌悪感は語るものの、責める口調はあまりない。告発しないのも「売れたいという浅はかな欲望を断ち切ることができなかった」からであり、自分にもいけない部分があったからだとサバサバ語るのです。それどころか、彼女は松本人志を告発した人物に対して「(芸能界への)夢叶わずいまお金に困ってるのか、腹いせなのか」「自分で(飲みの場に)行ってあとから告発してるって、なんか都合いいなって」と、責めるスタンスを取っています。

彼女はおそらく、過去に不本意な行為を受け入れてしまった自分をこうして正当化している。そう考えれば同情できなくもないけれど、これに対し動画のコメント欄には実際に「説得力すごい」「100%言う通り」などという、告発しないことを絶賛して実質的に加害側を擁護する、頭空っぽのコメントがついてしまっています。そして、デイリーはパクリ元をおだてるためにこういう褒めコメントを流用し、タイトルにしてしまう。これで、性被害者をさらにおとしめる記事が一丁上がりです。

安直な流用記事のシステム、いずれ実害を及ぼしそう。

2024/2/8

売れればいいだけの週刊誌にモラルは無い

GACKT

先に言いますが、今回は「週刊文春擁護」の内容です。自誌で擁護する後ろめたさはあるが、それは置いといて。

園子温が週刊誌に対して提起した訴訟が和解した、というニュースをめぐり、GACKTがXで週刊誌批判のコメントをしていました。彼は以前にも「売れればいいだけの週刊誌にモラルは無い。レ◯プ、脱税、詐欺、不倫にドラッグと色んな記事を書かれたボクが言うんだから間違い無い」と書き、かなり個人的な怒りを爆発させている。

ちなみに園が問題としたのは「園子温が女優に迫った卑劣な条件『オレと寝たら映画に出してやる！』」という週刊女性の記事ですが、声明によれば、記事の内容に異なる部分があるから取り下げさせたということになります。加害の事実がなかったと決まったわけでもなければ、被害者と和解したわけでもない。

なにしろ、告発した女性は自死しているのである。

それでも、週刊誌に記事を取り下げさせたことにGACKTは快哉を叫んでいる。週刊誌は敵なのだ。

そういえば、最近、ネット上に正体不明の「文春勤務R」なる人物が現れました。「文春勤務R」は、若い世代がよく使う「マシュマロ」というネットのサービス上に、「SixTONES／松村北斗、熱愛／森本慎太郎、熱愛」などと、真偽不明の旧ジャニタレの熱愛・結婚情報を根拠もなく淡々と羅列しています。「文春」を名乗るには興味の範囲がやけに狭く、ジャニオタのいたずらの類と思えます。週刊文春の公式Xは当然、「そのような人物が弊社に勤務している事実もありません。発信内容も全て虚偽です」と注意喚起しました。

ところが、この注意喚起に対するリプライ群がすごい。

「自分達がやられたらこれか…誰が信じるん、それ」「歴史上一番でかいブーメランじゃないの?」「でも証言されてい

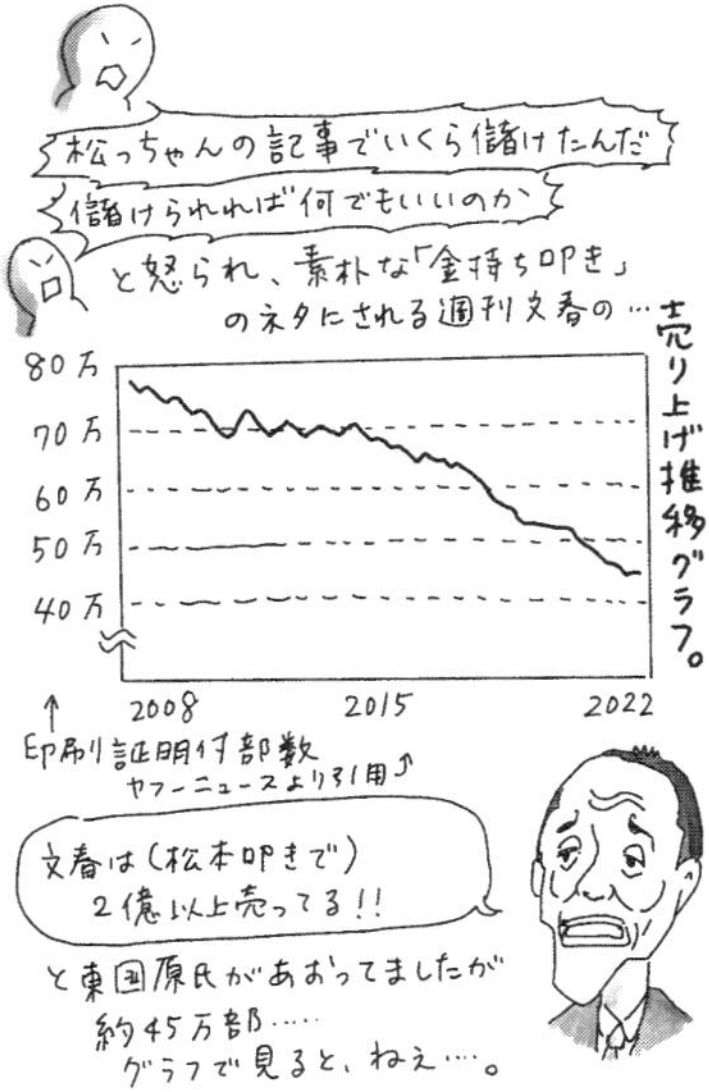

松っちゃんの記事でいくら儲けたんだ
儲けられれば何でもいいのか
と怒られ、素朴な「金持ち叩き」のネタにされる週刊文春の…
売り上げ推移グラフ。
80万
70万
60万
50万
40万
2008
2015
2022
印刷証明付部数
ヤフーニュースより引用
文春は(松本叩きで)2億以上売ってる!!
と東国原氏があおってましたが
約45万部……
グラフで見ると、ねえ…。

るのだからそれが真実なのでは？」

一見、意味が分からなかったのですが、どうやらこれらのリプライは、文春の記事はすべて虚報だという強固な確信に基づいたものらしい。

去年から文春は、ジャニーズ、宝塚、松本人志と大砲を連発したので、そのファンたちに文春アンチがたくさん生まれています。そんなアンチの総意によって、最近の文春の芸能系記事は「虚報に違いない」と決めつけられつつある。そこに、週刊誌に敵意を抱くGACKTなど芸能人本人のサポートがつけば、週刊誌を過剰に悪者に仕立て上げるムーブメントが完成してしまいます。

「文春砲」なんて言葉が生まれた頃から「いつか文春もしっぺ返しを食うぞ」という言説が見られたけど、最近決定的な誤報があったわけでも、文春側にスキャンダルがあったわけでもないのに、ただ芸能人を素朴に応援するファンたちによって、文春どころか週刊誌全体に逆風の兆候が出てきつつあるようです。

確かにこれまで文春の記事に誤報がなかったわけではないけれど、週刊文春は政治家の悪事の暴露もさんざんしていて、最近では新聞が後追いするような成果もある。推しの芸能人にしか興味がない彼らには、そういう記事は目に入らないのかもしれない。

2024／2／15

日本らしい美しさ

ミス日本協会

今年のミス日本に選ばれた椎野カロリーナが、既婚者との交際関係を暴かれ、辞退してしまいました。

彼女はそもそも、ミス日本に選ばれた時点で叩かれていました。彼女は５歳から日本に住み、国籍も日本ですが、両親ともにウクライナ人。この出自が「ミス日本にふさわしくない」と一部で指摘されたのです。が、さすがに大半の人はこれを人種差別と捉えました。

ミス日本って、何なんだ？

歴史を軽く調べると、今の流れは、オリジナルの痩身法を開発し、美容研究の第一人者と言われた故・和田静郎が１９６７年にコンテストを復活させたことに始まります。

現在はその息子である和田薫が「ミス日本協会」の会長。その妻・優子はかつて「ミス日本」に出場した人物（おそらくファイナリスト）で、前・大会委員長。そして現・委

ほかの出場者、意外と個性派が多いです。
有馬佳奈
ミス日本「海の日」
私はドローンを作ることができます。
安井南
ミス日本「水の天使」
古武術の稽古中、師匠に「あなたは予想できない打撃をするね」と言われた事があります。

員長はその娘・和田あい。

父が手がけたコンテストを息子が継いで、コンテストの出場者を妻に迎えて、その娘がまたその仕事を継いで。いやあ、世襲だ。実に日本だ。

こういったミスコンは「容姿で女性を評価するなんて時代遅れ」という批判から逃れるため、「外見ばかりじゃないよ」と言いたがります。ミス日本も例に漏れず、サイトには「『内面の美・外見の美・行動の美』の3つの美を備えることを『日本らしい美しさ』と表現します」とあります。内面や行動も大事だと言われても、それがなぜ「日本らしい」のかはよく分かりません。で、どういう内面・行動が好まれるか。公式動画を見てみると、今年のファイナリストたちが研鑽しているのは和服を着て日本舞踊（？）をすることと、生け花など。昭和の上流階級の花嫁修業というイメージです。三つ指ついて夫を迎えそう。そりゃあ不倫なんて論外だろうねぇ。

また、「外見ばかりじゃない」ということは、つまり「当然外見は大事」ということでもあります。ミス日本公式本のタイトルも「日本の美人50年」です。単に「美人」と言ったら外見のことだと思うよね。実質的創始者だって痩身法で世に出た人だし。

となると、協会があえて「日本らしい美しさ」を重視して、日本舞踊や生け花をやらせながら、明らかに西洋人的な容姿の椎野を選んだということにもけっこう矛盾を感じます。なにしろ世界では白人女性ばかりが美人の基準として評価され続けてきた歴史がありますし。かといって「西洋人的な容姿はダメ」というのも露骨な差別になるし——いやこれ、もう詰んだでしょ。

とんでもなく矛盾をはらんだコンテストが、それでも無理に時代に合わせてみた結果、予想もしなかった問題が出た感じ。「日本的な容姿ではない」人がミス日本でもいいんだから、「日本的なふるまい＝貞淑ではない」人がミス日本でもいいんじゃない？

思い出すのは最近の紅白歌合戦。今どき男女に分けるなんて、という批判に答えて去年はテーマとなる「ボーダレス」という単語をやたらと連発してたけど、「紅白」という枠組を崩す気はないんですよね。両者とも、どこまでそのまま粘る気かな。

2024/2/22

マルハラ

ＡＢＥＭＡ的ニュースショー

今月になって急に「マルハラ」なる言葉が湧き起こりました。

句点の「。」のハラスメント。すなわち、若者はＬＩＮＥの文末に「。」をつけられると怒っているようで怖く感じる、ということをハラスメントに例えた言い方です。大人は何も考えず「。」をつけるが、若者はそれに恐怖を感じる、という世代間の差として語られています。

こんなこともハラスメントか！　正しい日本語の何が悪い！　昭和世代が生きにくい世の中だ！　といきり立つ前に、私が浅い「マルハラ史」を追ってみたから読んでみてほしい。

まず前史。遅くとも２０１７年頃には、後に「おじさん構文」と呼ばれる中年男性の文章が揶揄されているが、この際、特徴の一つとして「句読点が多い」と指摘がある。

２０２０年。ＩＴジャーナリストの高橋暁子がネット記事で、絵文字の乱発など「イタすぎる〝おばさんＬＩＮＥ〟」を指摘。おばさん側も揶揄される。

２０２２年。同様に高橋暁子が「絵文字や句読点が多いと『おじさん構文』に見える理由」なるネット記事を執筆。

２０２３年10月。またも高橋暁子の記事で「ＬＩＮＥで『、』や『。』を使うと『怒っている』と思われる…オトナたちがまったく知らない若者世代のＬＩＮＥ常識」。ついに「怒っている」という要素が登場。翌月には北海道放送で、「ＬＩＮＥに『。』がつくと若者は怖い？」なる特集があり、同氏もコメント。

私（40代半ば）がなんとなく習得している
2024年現在のLINE文尾とニュアンス
イメージされる顔
相手が受ける印象
了解です
プレーン 淡々と仕事します
了解です！
笑顔！楽しく仕事してます！
了解です。
義務的、冷淡 あまり話をしたくない
了解です‼
赤い絵文字
かなり年上かな…？
了解です◎
数年前に流行ってたよね…ちょっと年上かな？
了解です～
私との関係性が微妙で迷いがあるかな？
これでいいですか？
問いつめられてるなあ
これでいいですか？？
ソフトに聞いてくれてる
かなり微妙な差

今年1月28日。「ＡＢＥＭＡ的ニュースショー」で放送作家・相川真紀が「新しいハラスメントで、マルハラっていうのがあるんですけど」とこの件を語る。2月2日にはネットニュースになり、これがハラスメントだなんて理解できない、と一気に反感を買い、爆発的に拡散、今に至る。

いや、私も日頃LINEを使う中年ですが、「。」を使いづらい気持ち、すごく分かりますよ。むしろ、中高年が「若者の言うことは分からん」と主張してわざわざ対立構図を作っていることに違和感があります。

LINEは、慣れた仲間内では、電話での会話と同等のペースでやりとりされるもの。だから、LINEユーザーは無意識に、電話の口調と同じくらいニュアンスを気にするはずです。文末に何もつけないのがプレーンな状態。冗談だよ、と示すときには、場合によって「笑」か「(笑)」か「w」か、絵文字。機嫌良く見せるときは「！」……など、いちいち巧みに調整します。文末に「。」をつければ当然かなりかしこまって見えます。

これは口頭の会話と全く同じように、慣れの中で養っていく高等技術。若者はその法則をつい中高年にも当てはめ、「。」に重々しさや怒りを読み取ってしまう、というだけで、おそらく本気でハラスメントだと考える人はいないでしょう。

だから、「マルハラ」は、この現象を「○○ハラ」の枠に当てはめ、流行語としてバズらせようとした人がいただけの話です。高橋暁子はずっと同内容を主張していたのに、アベマがハラスメント化したとたんに良くも悪くも一気に流行ってしまいました。「名づけ」と「反感を買いやすい煽り」はバズのためには必須ですからね◎ 2024／3／7（↑この記号は古い）

空飛ぶ千羽鶴

ブルーインパルスに否定的な層

現地からの写真で見るに能登の震災復興は驚くほど進んでいないけど、能登の上空にブルーインパルスを飛ばそうという計画がにわかに立ち上がりました。第一印象で言えば、私は呆れました。まだまるで通常生活を送れていないズタズタの現地の上でアクロバット飛行をするのか……と。一方で賛同する人もおり、こんなことも党派性で分断されている印象。現政権派や保守的な考えの人は賛同、そうでない人は反対、ときれいに分かれて見えます。

呆れた理由の一つとしては、飛ばす目的として議員たちから出てくる言葉が陳腐すぎるからでもあります。国会では自民党の小森卓郎が、北陸新幹線の延伸開業に際して石川・福井両県で行われるブルーインパルスの飛行に乗じて「復旧復興へと気持ちを奮い立たせることができるように」と能登でも飛行を要請。防衛大臣の木原稔も「被災者を元気づける一つの方法として、半島上空でブルーインパルスが飛行することは大変意義

なーんかブルーインパルスに
嫌な印象があったなぁ……と思ったら
この人の
せいだ!!
2020年当時防衛相
河野太郎
空自からもらった手ぬいのマスク
ボクが飛ばしたんだゾ!!
ブルーインパルス、写真撮っていたら、ぜひ、アップしてください。
#みてくれ太郎 で。(2020.5.29 ツイッター)
お前のために飛ばしてんじゃないんだよ!!

がある」と言ったそうです。「感動を与えたい」と言いたがる最近のスポーツ選手じゃないんだからさ。元気になるのも感動も見る側次第。そもそも動機が姑息な人気取りでしかないから、安っぽい言葉でしか説明できないのだ。

思い返せば私は、かつて4年前のコロナ禍初期、医療従事者への感謝の名目でブルーインパルスが飛ばされたときもやっぱり呆れていました。

ところが、肌感覚で言えば、周りは意外にもブルーインパルスを楽しみにしていました。党派的に興味なさそうだった人も案外空をワクワク眺めていました。元気になって奮い立つかはともかく、生活の刺激になり、明るい気持ちになる人が多いことは認めざるをえない。

また、ブルーインパルスに否定的な層が最近、SNSでブルーインパルスを「空飛ぶ千羽鶴」と揶揄する動きがあることも私を複雑な気持ちにさせました。

東日本大震災以降だろうか、ネット世論では千羽鶴を迷惑なものの象徴であるかのように嘲笑する傾向があります。

確かに、食うにも困る被災地に大量の千羽鶴が届いても無駄でしょう。しかし、千羽鶴自体が無益、非効率、として嗤われるのは、それこそ最近の冷笑的なインフルエンサーが非生産的活動や老人や弱い立場の人を切り捨てるのと同じ方向性に感じられます。幼い頃の入院生活で千羽鶴を贈られた思い出のある私は個人的に胸が痛む。千羽鶴もブルーインパルスも、全く無駄なものとは私は言いたくない。

ということで、実は私はブルーインパルスの飛行にあまり反対でもなくなった（賛成でもない）んですが、人がこんな時にブルーインパルスをありがたがるのって、国にその程度のことしか期待していないからだと思う。その無意識がうっすらと怖い。

本来、国は復興にガンガンお金と物と人を投じるべきなのに、手近の支援ではボランティアなど民間のほうが圧倒的に目立っていて、「復興は民間（共助）でできる。国は民間でできないことを。例えばブルーインパルス飛ばすとか」的な感覚が定着しつつあるんじゃないでしょうか。国に頼ろうという意識が人々から消えつつある。日本国は頼れない存在だとみんなが当然に思いはじめてる、ような気がする……。

2024／3／14

岩橋は強迫性障害であると公表しているように被害妄想が強く

日刊ゲンダイ

芸人・岩橋良昌（「元・芸人」というべき？）が、松本人志問題の発覚以降、Xで、番組制作会社社長からのパワハラ、真木よう子・中島裕翔にエアガンで撃たれたことなど次々と告発し、結果として吉本を解雇のような形で辞めさせられてしまいました。真偽は現時点で不明ですが、さっさと被害者側を辞めさせるに至った吉本の非情さはさすがとしかいいようがない。

また、この件で真木よう子は当然バッシングを受けましたが、問題は彼女のインスタのコメント欄です。彼女は潔白を主張しようとして、ファンのコメントに返信する形で「あの芸人さんも会った事ありません。重度の精神疾患の方だという事は把握してます」と書いたのです。

確かに岩橋は強迫性障害を自認し、やってはいけないと思うことが行動に出てしまうという特徴を「クセ」という言葉で芸に取り入れていますが、それが虚偽告発につながるかというと疑問です。当然本人も反論し、「どうも、重度の精神疾患です」「僕は強迫障害患者ですが、道徳性も人間性も失っていません」「アイツは頭おかしいからだけで終わらさせる虚しさよ」と皮肉も入れつつ激怒している。

個人的な感覚では、最近の彼の語調は激しいものの文章はまったく破綻しておらず、あまり「重度の精神疾患」からくる問題は感じられないように思うのですが……。

そういえば、似たようなことを書く新聞もありました。

岩橋、地元交野市の「北河内新人お笑いコンクール」のやらせ疑惑にも言及していたが、そこに交野市長まで参戦!!
過去いろいろあった交野市長 山本景
コンクールはやらせです
賛同しますよ!!
これを機に政治に興味が湧きました
ありがたいっス
いや、政治の世界にだけは行かないでくれ～面白いんだから……もったいないよ

3月2日、芸能ジャーナリスト・本多圭が、日刊ゲンダイで「〝エアガン被害〟告発は元プラマイ岩橋良昌の妄想か…真木よう子『面識なし』と完全否定」なる記事を出しました。

このタイトルを見れば、ふつう「被害は岩橋の妄想だった」という内容の記事だと思いますよね。ところが、本文の結論は「(岩橋の告発は)まったくの妄想ではないのではないか」と、表題と正反

対で驚きます。タイトル詐欺だ。

それでいて前段では「岩橋の落ち度は誰もが認めるところ」など、「岩橋が悪いはずだ」という前提で話が進んでいって、違和感がある。

また、文中で最悪なのは、吉本関係者の発言として「岩橋は、22年に強迫性障害であると公表しているように被害妄想が強く」とある点。

文脈的にここで「被害妄想」という言葉を出すということは、エアガンで撃たれたという被害そのものが妄想の産物である、という仮定を敷いているんでしょう。でも、その手の妄想と強迫性障害はまったく別の概念で、関係がありません。精神疾患に対する解像度の低さや蔑視が見え、そのうえこれを「関係者の発言」ということにして筆者が責任から逃げているようで、輪をかけて卑怯な記述です。

「アイツは病気だから信じるな」って、「性被害は女が部屋に行ったのが悪い」という言説と似ている。真木も本多も、真実性いかんの前にまずは告発者を貶める手法を取り、しかもその材料が精神疾患なのである。被害者側が男でも関係なくこんなことは起こりうるんだな。

2024/3/21

何よ！

kento fukaya

デイリーの記事「R−1決勝の『デモ活動』ネタが物議に　『完全に無理だった』『テレビ消した』『ブラックジョーク』など賛否両論殺到」。

これはR−1の吉住のネタについての記事です。R−1もこんなふうに語られるんだなあ。もはや国民的行事のM−1ほどじゃないけど、R−1も取り上げていいくらいメジャーになったかもね。

冒頭の記事。吉住がデモ活動をする女性に扮し、彼氏の実家に挨拶に行くというものでしたが、SNSでは「デモ＝過激派　みたいに描いてしまうことで完全に無理だった」「今の日本の政治の現状で冷笑とかしてる場合じゃない」などの意見があった、と。

正直言えば私もあんまりこのネタに乗れなかった。冒頭いきなり「さっきまでデモ活動してて」「今朝の政治家の汚職のニュースあったじゃないですか、あれ見てたらもう血が騒いじゃって！　これはもう絶対辞職させないと〜と思って！」と始まるんです

役割語問題。
海外でのインタビューも勝手に
「ガイジンらしい」吹き替えにされるけど…
翔平にはもちろん期待してますね。私たちにとって最高のスターですよ！
本当にそうだね。今日も彼はかっとばしてくれますよ〜
ショーヘイにはもちろん期待しているわ！私たちにとって彼は最高のスターよ！
そうさ！今日もヤツはかっとばしてくれるぜ!?
実際はこんなもんだと思う。

が、今これを言われたらどうしても旬の裏金問題が浮かびますよね。世間的にはこれに腹を立てることも笑いの対象なのか、と喉に小骨が引っかかって、そのあと武闘派の彼女が過激になって面白くなっていくのに、気持ちがどうも乗っていけず。

でも、この手のネット記事を見てさらに冷めてしまった。ネットメディアに「反目し合え！」と焚きつけられているようで。このくらいの話なら、「個人的には乗れませんでした」という程度で流したい。

私はそれより、誰も言及していないことを言いたい。

ということで、4番目に出たkento fukayaのネタについて言いたいことがある。

彼のネタは、20代位の女性が出会い系アプリに挑戦するが、出てくるのが変な男ばかり、というもの。主人公は本人が女装して演じています。

こんなとき、若い女を演じる男芸人の演技がいまだにオカマ臭い（あえてこの言葉遣いをします）ことがあるのはなんでなの？

　彼ははっきり言って女装が似合っていて、見た目で笑わせる気はなさそう。なのに、言葉遣いが「あっら〜！」「今風ねえ〜！」「早速やってみましょっ！」「何よ！」「やりなさいよ！」という調子。この言葉遣いの20代女性はほぼ実在しまい。お笑いのネタだから演技に誇張はあるとしても、これではゲイのオネエ言葉だ。

　彼個人を責めるのも酷なので、ここは独断と偏見で「関西の吉本芸人にはこういう人が多そう」と言わせていただきます。女性全般について固定観念に基づいたイメージが強く、女性個人を見る目が養われていないから女性の「役割語」にこだわりすぎ、「オネエ」になってしまうのかもしれない。最近の吉本がらみのスキャンダルも頭に浮かべつつ、そんなふうに思う。

　男性が女装して女性役をするお笑いのネタは今でもたくさんあるけれど、最近は、似合わない女装の「ブス」が変なことをするという短絡的な笑いは減り、女性であることについては自然なふるまいに徹した上で進むコントが増えています（レインボーの池田直人、空気階段の水川かたまりなど）。東京の芸人のほうが進化が早いのは間違いない。

2024／3／28

板野友美をぜひ広告に使ってください

アクセルジャパン

ネットがこんな形でダメになるとは思いませんでした。果てしなく劣化したネット広告の話。

最近は、特にフェイスブックやXに、平気で有名人の名前を使ったとんでもない広告が出てきます。本人が承諾しているわけがない広告が。

たとえば、前澤友作や池上彰の写真を使って「今すぐに買え！」などと投資を勧めたり、森永卓郎の写真を使い「私の株式投資の経験と投資スキルを無料で提供します」と本人が語っているかのように見せたり。ついには、宮崎駿が何かについて「セックスよりいい」と語ったことになっている広告まで登場しました（これも投資関係）。あまりのことに笑っちゃったよ……。

これらのニセ広告は、すでにテレビや新聞でも報じられている社会問題。勝手に名前と写真を使われた本人は、こんな広告を許しているSNS側に対策なり訴えなりを提起

サンプルでヒロミらがいろんなことを勧めさせられているけど
サラリーマンの4人に1人が
始めている不動産投資
強固!
福井の新米
サブスクの写真
すべて把握できてるわけないよね…
こういう使われ方を喜んでこそ芸能人なの?

すべきだと思うけど、法人が海外であることもあってうまくいかないようです。試しに私も、フェイスブックの森永卓郎のニセ広告を「コミュニティ規定に違反しているコンテンツ」として通報してみたんですが、なんと、「問題ない」という答えが堂々と返ってきました。何もチェックしていないんでしょうね。SNSを運営する企業ぐるみで詐欺をやっているといってもいいくらいだ。

　そんなこの頃、また私は新たな種類の広告を見てたまげました。TBSのニュースサイトに「板野友美をぜひ広告に使ってください」という広告が出てきたのだ。なんだか怖いぞ、なんだこれは。

　これは「アクセルジャパン」という企業内プロジェクトの広告で、「アンバサダー」であるヒロミ、名倉潤、板野友美らのさまざまな写真や動画を広告にサブスク利用できるというサービスらしい。利用料の高さから広告にタレントを起用できない中小企業も、これに申し込めば素材として使えてしまうとのこと。

公式サイトでは、名倉潤が「素材は、どんな使い方をしてくれても良いです。成長企業を、心から応援しています」なんてコメントしている。詐欺的な商材に使われることを防ぐ工夫はあると信じたいけれど、何の広告に使われたかをタレント本人が確認できるのかどうか、甚だ疑問です。ヤバい商品の広告に無責任に使われて、イメージ悪くなることない？　いや、そもそもこの名倉潤のコメントも、本当に本人が言ったものなの？　誰かがテキトーに作った物なのでは？

このサービスを恐ろしいと思うのは、私が芸能人じゃないからだろうか。芸能人は自分がどんな広告材料にされようが、何を言ったことにされようが、芸能界なんてこんなもんだと受容するんだろうか。

こういうものが成り立つのは、要は日本人（と一旦限定する）が芸能人・有名人に弱すぎるからでしょう。少しでも名の知れた人だと信用されてしまう。人生に迷ったタレントがすぐ政治家になれるのもそのせい。芸能人の言葉については、言わされてるのか、自分の意志で言ってるのか、そのくらいは見分けてから信じないといけないですね。

2024／4／4

言論の自由もあると思うんですね

東山紀之

旧ジャニーズ問題がこれだけ大きくなるきっかけとなったＢＢＣが「続編」をやってくれるそうです。原稿執筆時点ではまだダイジェスト版動画しかないけど、これだけでも書けることが大量にある。

ＢＢＣは昨年10月に旧ジャニーズが出した声明の、「弊社は現在、被害者でない可能性が高い方々が、本当の被害者の方々の証言を使って虚偽の話をされているケースが複数あるという情報にも接しており」という部分に注目します。これを受けて、ファンたちは被害者の訴えを「虚偽の話」と決めつけて誹謗中傷し、その結果として被害者の中に自殺者まで出た——というのがＢＢＣ側の見立て。

この件について、記者はスマイルアップ社長の東山紀之に直撃するのですが、この対応がひどすぎる。なんと東山はいきなり「言論の自由もあると思うんですね」と切り出すのです。誹謗中傷も「言論の自由」と言い切っている。

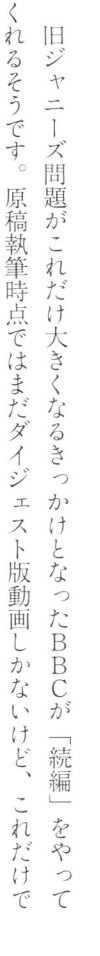

下世話な言い方をすれば、BBCはこの言質を取った時点で「勝ち確」。だからこそ、この発言をダイジェスト版にも使ったんでしょう。

言論の自由とか、多様性とか、寛容とか……現代らしいポジティブな価値観の言葉を権力者側が横取りするというのは、最近非常によくある〝卑怯さ〟です。和歌山市で行われた自民党の会合に露出の多いダンサーを招いて男たちが鼻の下を伸ばしていたことの言い訳として「多様性の重要性を問題提起しようと思った」、あるいは差別者がよく低俗な言い訳として使う「寛容になれというなら、差別する人にも寛容になれ」など。東山紀之、まさかこの系譜に属する人間だとは……。

さらに記者は「あなたの会社がそういう（誹謗中傷の）風潮を強めているかもしれないと心配することはありますか」と遠回しに聞きますが、なんとこれに対して東山は理解不能な返答をします。

「僕はそのようには感じていません。やはりきちっと被害を受けた方に向き合うという意味ではちゃんとこちらも毅然とした態度を取るべきだなと思っています」

誹謗中傷に対して毅然とした態度を取るのなら、冒頭のような「言論の自由」なんて言葉は出まい。つまり彼はおそらく、「被害を受けた人」と、「虚偽の被害を訴え出る人」を同一化し、事務所にとって邪魔な人全体に「毅然とした態度」を取る、と内心思っているのでしょう。その思いがまろび出ちゃっている。

また、彼に呆れるのは、口調や表情にも明らかに怒りやイラつきが出てしまっていることです。以前の記者会見の時からそうですが、この状況では特に会社のトップに立っちゃダメな人でしょう。

ちなみに、冒頭の声明文は、そのあと「これから被害者救済のために使用しようと考えている資金が、そうでない人たちに渡りかねないと非常に苦慮しております」と続く。

被害者を責めるジャニオタたちは「金目当てだろう」と中傷することが多いので、事務所が「お金に苦慮してます」と嘆くのは非常に効率的な犬笛。やはり意図的にファンを焚きつけていたのでは……？

2024／4／11

意見が通らないと罵倒する様な風潮もありますが

新宿区長・吉住健一

ＳＮＳ上で話題になっていた「意地悪ベンチ」の件が報道記事にまでなり、設置者である新宿区の区長が猛然と反論していました。新宿区民の私も黙っちゃいられない。

発端は、ある人が、新宿区の公園にある座面が半円状に反っているベンチを見つけ、「新種の意地悪ベンチ」とコメントしたこと。この件はかつて、非常に小さなバス停のベンチで夜を過ごしていたホームレスの女性が殺された事件も想起させ、「排除ベンチ」として炎上しました。

ところが吉住健一区長はＳＮＳで猛反論。このベンチは昔からあり、「住宅地における夜間の騒音防止」、つまり夜に飲酒等して大騒ぎする連中に長居させないためだという。さらに自分で座った写真も載せ、快適に本も読める様子をアピールしました。

これに対しさらに賛否両論が寄せられましたが、区長、完全にＳＮＳに浮かれています。これじゃ遅れてきた河野太郎だ。

実在する、長居させない！落ちつかせない！

新宿区の特選！ベンチ集
区長
オッサンもユッタリ本を読めますよ！

ほんとに？

通称カマボコ！座面をそりかえらせ快適さを除去！

通称譜面台!!

尻を押しつけるだけの一品！ベンチの限界に挑戦！

通称ただの箱!! 表面にわらべ歌を書き、「子供に役立つ」という名目までのせられているよ！

通称ガードレール!! 腰かけられるらしいが、もう別にふつうのガードレールでもよくない？

伝統と信頼の排除ベンチ 突起によって絶対に寝そべらせないぞ!!


貧血になった時に横になるところくらいほしい、と言ってきた一般人と延々やりあったうえ、別のユーザーの「どちらの方の意見が正しいと思いますか？」というアンケート調査をリポストして、区長への賛同者が約96％という結果を見せつけ、一般の意見を踏み潰してドヤ顔。また、「意見が通らないと罵倒する様な風潮もありますが」と言い放ってまともな批判まで「罵倒」と印象づけ、賛同者を煽動している。

さらには、区長への皮肉として「美味しんぼ」のパロディを使い「『このベンチは出来損ないだ、寝そべれないよ』『新宿区民は本当のベンチと言うものを知らないんだな…かわいそうに』『明日またここに来てください。本当のベンチと言うものをおみせしますよ』」というネタを書いてきた人に、ノリノリで「『士郎…策に溺れたな。食材（設備）は産地（地域性）を考慮しなければ、独りよがりなのだ』狭い公園にフルスペックの設備を置けば子どもが走り回る場所が狭くなることも知らずに書かれてもなぁ…」などと返し、批判者の気持ちを逆なでする。

ちなみに区長は、イラストに描いた譜面台のようなベンチを批判した人に「この公園には普通のベンチもあります」と反論していましたが、私が調べたところこの公園は北新宿の「大東橋公園」。実際に見に行くと、ここには一般的に想像される、背もたれがあって2～3人腰掛けられる「普通のベンチ」は1つもありませんでした。

苦情への対応を見て思ったのですが……排除ベンチはホームレスを追い出すためだと言われるけれど、もしかしたらそれ以前に「住民を黙らせたい」というのが第一の目的なんじゃないだろうか。

公園に長居する人がいたら近所から苦情が出るから、「対策してる感」を出すために長居できないベンチを作る。SNS上の苦情については、自分への賛同者を焚きつけて攻撃させ、数の力で黙らせる。……どれも、まずは即効性のある苦情つぶしの対策です。

区民の私の小さな願望は、街歩き中に一休みするために背もたれのあるベンチがほしい、それだけなのに。願望より苦情つぶしが大事なのね。

ちなみに先日、非常に人通りの多い渋谷の「公園通り」を歩いていると、立派な新しいベンチが何脚も設置されていました。やればできるはず。

2024/4/18

そういう態度

寺田学

いま国会で、離婚後共同親権を導入する民法改正案を審議中です。自民党・谷川とむは、DVや虐待がない限り離婚しづらい社会のほうが健全だと、旧統一教会が喜びそうなことを述べて反感を買い、ニュースになりました。彼自身、DV経験はない（と自称している）のにちゃっかり離婚歴があるのだが、自分の離婚にはどう折り合いをつけて発言してるんだろうか……。

この共同親権の制度については特にDV被害者が加害者から逃げづらくなるという点で大いに問題とされているのですが、その件は別の記事に譲るとして、私は細部が気になっちゃった。

谷川とむの件を報じた共同通信の記事の文末にこんな内容が。

「立民は中野英幸法務政務官が審議中に居眠りをしたり、喫煙のために何度も離席したりしていると指摘」……え、何これ。

中野議員のインスタ、あまりに普通のオッサンすぎてつい好感持ちそうになる。
島バナナパフェです。
松屋で牛丼朝食です。
日雇い感すごい
でもこんな人が自民党の要職と思うと、ねぇ…。
そりゃ居眠りもするだろう

実際の映像を見た。立民の寺田学がガッツリ叱っている。

「先日参考人質疑を行いましたけれども、この2列目、誰もいなかったですよ、途中で。何考えてんですか。我々委員会側が、お忙しい中、頭を下げて（参考人に）来ていただいてお話をしていただいているにも関わらず、離席をしていると。一瞬ならいいですよ。誰もいなかったですよこの2列目（と、席を指す）、自民党も公明党も。（略）そういう態度でやるんだったら一回引っ込めて違う法案やったほうがいい」「中野さんにも聞いときますが、あなた政務官ですよ？法案の提出をお願いしてる立場に関わらず、参考人質疑の時にどんな態度でした？ずっと寝てましたよ。タバコも何度も吸いに行ってましたよね？（略）どういう自覚してるんですか！」

思った以上の「怒られ」。しかも、これを言われた中野は「二度とないように緊張感を持って職務に向き合ってまいりたいと存じます。大変に申し訳ございませんでした」

と、とても素直に謝りました。最近くどくど言い訳する人が多いからつい「謝れてエラいねえ」と思っちゃったけど、指摘は全面的に事実ってことですよね。年齢を言うのも野暮ですが、寺田学47歳に中野英幸62歳が居眠りとサボりでしっかり叱られるというのはなかなかキツいものがあります。

中野議員について調べると、SNSの発信などから窺えるのは、家業が菓子店で甘い物が好きな気のいい田舎のおっちゃんという印象。悪いと思ったら謝れる素朴な人格だし、近所で水があふれたりしたらすぐ対策してくれそうだけど、国家的な問題に精力的に立ち向かうイメージは見えない。共同親権がどうのこうのなんて本当に興味がなさそう。眠くもなるしタバコ吸いたくもなっちゃうよね。

また、報道に出なかった寺田発言の前半部分も気になります。参考人質疑の時かなり離席者がいたということは、与党は参考人の話を聞く気がないということですよね。

こういう、家族の縛りをグイグイ強めていく旧統一教会的な政策は、自民党の一部の人が強権的に進め、法案に興味のない中野みたいな大半の自民党議員は寝たりサボったりしながら党の方針通り追従して決まっていくのですね。主張の方向性はともかく、まず「そういう態度」の議員は全員辞めてくれないかな。

2024/4/25

28、246ページ　ウィシュマさん死亡事件……2021年3月6日、名古屋出入国在留管理局に収容中に体調不良となったスリランカ人女性のウィシュマ・サンダマリさんが、適切な医療が提供されないまま亡くなった事件。遺族が管理局の職員を刑事告訴したが、2023年9月29日に全員不起訴処分（嫌疑なし）となり、捜査は終結。被入管収容者の処遇改善などを求める抗議活動が広がった。

32ページ　ZOCの巫まろ……2024年3月31日、ZOCを脱退し、所属事務所のTOKYO PINKから退所。

67ページ　『ロングブレスの魔法　呼吸を変えれば人生が変わる』……その後、24年2月に『無敵の100歳』を幻冬舎より刊行。

78ページ　東谷義和……2022年7月の参院選でNHK党から出馬して初当選するも、一度も登院しないまま23年3月に除名。暴力行為等処罰法違反や名誉毀損などの疑いで国際指名手配され、23年6月逮捕。24年3月に懲役3年、執行猶予5年の有罪判決が確定。同年6月のトークイベントで、落語家に転身して高座名は東笑亭ガーシーにすると語った。

84、90、137、325ページ　榊英雄……2024年2月20日に準強姦容疑で逮捕。同年3月11日に別の女性への同容疑で再逮捕。同年5月14日に同容疑で3度目の逮捕。

94ページ　代理人を通じて、しかるべき措置をとって参る所存です……その後、「週刊女性」を発行する主婦と生活社らに、損害賠償や謝罪広告、ネット上の記事の削除を求める訴訟を起こした。2023年12月27日、主婦と生活社らが「週刊女性」2022年4月5日発売号、4月12日発売号の記事と同一内容の「週刊女性PRIME」（ネットニュース）の記事を全文削除することを受け入れ、和解。↓348ページ

132ページ　2700……2023年8月、八十島の相方のツネが「渡米してスタンダップコメディに挑戦したい」という理由で脱退。

141ページ　萩生田光一……2023年12月、自民党5派閥の政治資金パーティーをめぐる問題で、萩生田は自民党政調会長を辞任。

143、218ページ　細田博之……2023年10月、体調不良を理由に衆議院議長を辞任。同年11月10日多臓器不全のため死去。

159ページ　中川淳一郎のツイッターが凍結……36時間後に復活した模様。

197ページ「白い雲のように」をセンターで歌った有吉……翌年、2023年末の紅白では司会を務め、藤井フミヤと「白い雲のように」を歌った。

211ページ　テレ東の高橋弘樹……2023年2月28日、テレ東を退社し、同年3月ABEMAに入社。

その後の補足

２１３ページ　三浦瑠麗＆清志夫妻……三浦瑠麗が２０２４年４月26日のXで「先日、夫婦を卒業しました。友人になりました。わたくし事ですが、三浦姓を選びましたのでお知らせいたします」と、離婚を報告。

２１９ページ　中条きよし……２０２４年５月８日、年利60％で知人男性に１０００万円を貸し付けたと「週刊ポスト」に報じられたことに関して囲み取材に応じ、１０００万円を貸したことは認めた上で年利60％については事実無根と否定。なお、当選前にアップしたYouTube動画はすべて削除されている。

２３７ページ　ryuchell……２０２３年７月12日、27歳で死去。↓２６７ページ

２３８ページ　26歳で結婚……２０２４年２月29日、29歳のとき結婚を発表。お相手は元プロバスケットボール選手の田中真美子。

２７９ページ　羽生結弦がＳＮＳで発表した結婚報告……結局１０５日で離婚。

２８９ページ　松谷創一郎……その後、２０２３年10月２日に行われたジャニーズ「廃業」会見時には、松谷の名前が「指名ＮＧリスト」に入っていた。

３６６ページ　平気で有名人の名前を使ったとんでもない広告……２０２４年５月15日、ニセ広告をめぐり、前澤友作がMeta社とFacebook Japan社を被告として「１円」の損害賠償と自身のニセ広告の差し止めを請求する訴えを起こした。

本書は「週刊文春」の連載「言葉尻とらえ隊」（二〇二一年十月七日号〜二〇二四年四月二十五日号）を選抜・改稿し、まとめたものです。

文春文庫

正直《しようじき》申《もう》し上《あ》げて

定価はカバーに表示してあります

2024年11月10日　第1刷

著　者　能町《のうまち》みね子《こ》
発行者　大沼貴之
発行所　株式会社 文藝春秋

東京都千代田区紀尾井町 3-23　〒102-8008
TEL　03・3265・1211㈹
文藝春秋ホームページ　https://www.bunshun.co.jp

落丁、乱丁本は、お手数ですが小社製作部宛お送り下さい。送料小社負担でお取替致します。

印刷製本・TOPPANクロレ　Printed in Japan
ISBN978-4-16-792303-7